Capital
RATGEBER

Hans-Joachim von Plüskow

Die richtige Bewerbung für Hochschulabsolventen und Führungskräfte

Mosaik Verlag

Der Mosaik Verlag ist ein Unternehmen
der Verlagsgruppe Bertelsmann

Satz: Filmsatz Schröter GmbH, München
Druck und Bindung: Clausen & Bosse, Leck
Einbandgestaltung: S/BS München

ISBN 3-576-05688-2 · Printed in Germany

Inhaltsverzeichnis

Vorwort

Unisono beklagen Deutschlands Personalchefs und Personalberater, in letzter Zeit etwas eleganter Executive Searcher genannt, das klägliche Versagen selbst erfahrenster Manager bei den Vorbereitungen auf einen Stellenwechsel. Horrormeldungen über fast 90prozentige Ausschußquoten bei den schriftlichen Bewerbungen dringen allenthalben aus den Büros der gewerblichen Elitejäger und Unternehmen.
Diese Zahl kann aber niemanden so recht verwundern. Kämpft doch der Bewerber mit völlig stumpfen Waffen im Vergleich zu seinen Ansprechpartnern. Die nämlich werden in speziellen Lehrgängen und Seminaren auf die Analyse von Bewerbungsunterlagen und das geschickte Führen von Vorstellungsgesprächen getrimmt.
Für einen Stellenwechsler oder einen Berufseinsteiger von der Hochschule gibt es derlei Drill-Unterricht nicht. Und das Angebot zahlreicher Bewerberberater bringt einen unsicheren Bewerber oft eher in Verwirrung als es ihm hilft.
Dieses Buch soll mit der Unsicherheit Schluß machen. Es zeigt auf, wie sich Kandidaten am besten verkaufen, was hinter den angeblich so ausgeklügelten Fragen im Vorstellungsgespräch steckt und was von den geheimnisumwitterten Psychotests zu halten ist.

Hans-Joachim von Plüskow

Einleitung

Das vorliegende Buch will Ihnen helfen, sich optimal auf eine Bewerbung vorzubereiten und damit natürlich den Wettlauf um eine neue Stelle als Sieger zu beenden.
Eine Garantie für das hundertprozentige Gelingen eines Stellenwechsels kann niemand geben. Gehören doch gerade Kreativität und Eigeninitiative zu den wichtigsten Eigenschaften für einen erfolgreichen Umsteiger oder einen Neuling im Berufsleben.
Nach dem sorgfältigen Studium der Anleitung können Sie sich aber ohne Furcht an die Gestaltung Ihrer ganz persönlichen Bewerbung machen. Die Vielzahl der Tips und Tricks, von der richtigen Wechseltaktik bis hin zur Einarbeitung in der neuen Firma, machen Ihre Verkaufsaktion in eigener Sache zu einem Unternehmen, dem Sie gelassen entgegensehen können.
Die zahlreichen Beispiele sollen Ihnen aber nur als Anregungen und nicht als Vorlage dienen. Schneidern Sie den Inhalt immer auf sich und die angebotene Stelle zu.

1 Kündigung

Wann Sie wechseln sollten

Die Situation kennt wohl jeder: Ein Streit mit dem Vorgesetzten oder verpatzte Vertragsverhandlungen ärgern einen so, daß man am liebsten gleich seinen Schreibtisch räumen und die Firma auf Nimmerwiedersehen verlassen möchte. Meist kehrt jedoch rasch wieder Ruhe ein, und die Sache ist schnell vergessen. Allzu Impulsive hingegen lassen sich schnell zu Kurzschlußhandlungen verleiten und schmeißen die Brocken ohne großes Zögern und vor allen Dingen ohne neue Aufgabe hin. Hüten Sie sich vor solch einem unüberlegten, spontanen Abschied von Ihrem alten Arbeitgeber. Resignieren Sie nicht vor persönlichen Konflikten. Sie laufen so vor Ihren Problemen weg, die Sie aber meist schon nach kurzer Zeit an Ihrem neuen Schreibtisch wieder einholen.

Außerdem kommen Sie als häufiger Stellenwechsler zu leicht in den Ruf, ein »Jobhopper« zu sein, also ein Mitarbeiter, der spätestens alle zwei Jahre sein Heil in einer anderen Firma sucht. Sei es, weil er sich dort einen rascheren Aufstieg verspricht oder auf eine satte Gehaltserhöhung hofft. Solche wanderlustigen Kandidaten verlieren schnell die notwendige Glaubwürdigkeit. Ständiges Wandern von Firma zu Firma deuten die Personalberater und Personalbüros der Unternehmen auch als Illoyalität dem Arbeitgeber gegenüber. Allerdings dürfen Sie in Ihrem Lebenslauf ruhig auch einmal eine kurze Episode in einem Betrieb haben, ohne daß Sie sich intensiven Nachfragen des Interviewpartners stellen müssen. Einen Fehlgriff bei der Auswahl eines

Jobs deuten erfahrene Spezialisten für die Auswahl von qualifizierten Managern und Nachwuchsführungskräften längst nicht als unmotiviertes Jobhopping.

Marketing- und Werbefachleute brauchen sich ohnehin nicht für einen häufigen Stellenwechsel zu verantworten. In ihrer Branche gehört das rasche Verlassen eines Arbeitsplatzes ohnehin schon fast zur Imagepflege. Wer dort über zwei bis drei Jahre einem Unternehmen treu bleibt, riskiert für unkreativ und immobil gehalten zu werden. Ähnlich kurze Zeiträume bis zum Wechsel dürfen sich auch Berufsanfänger leisten. Doch darf sich ein Neuling auf keinen Fall schon nach einem bis eineinhalb Jahren von seinem ersten Chef trennen. Er riskiert sonst, als wenig ausdauernder Bewerber abgestempelt zu werden, der schon kurz nach der Einarbeitungszeit resigniert hat. Für erfahrene Manager und Spezialisten gilt ein Zeitraum von bis zu fünf oder sechs Jahren als durchaus üblich, um sich möglicherweise von seinem Unternehmen zu lösen. Wer sich noch später zu einem Wechsel entschließt, muß sich schon einen besonders guten Grund für seinen Kündigungswunsch einfallen lassen. Personalberater halten solche Klienten schnell für träge oder qualifizieren sie als Menschen, die erst zu spät gemerkt haben, daß die Karriere an ihnen vorbeigegangen ist.

Gehören Sie nicht zu den beschriebenen Jobhoppern oder den Spätentschlossenen, müssen Sie trotzdem vor der endgültigen Trennung genau prüfen, ob ein so einschneidender Schritt für Sie wirklich der richtige ist. Gute Gründe für einen Umstieg in eine andere Firma können sein:

- Die Arbeit füllt Sie nicht mehr aus und fordert Sie auch schon länger nicht mehr.
- Die Unternehmensleitung hat einen neuen Mitarbeiter angeworben, der Ihnen direkt vor die Nase gesetzt wurde. Gleiches gilt auch bei einem Kollegen, der plötzlich mit den gleichen Aufgaben betraut wird.

- O Die Unternehmensleitung setzt alles daran, Verwaltungskosten zu drücken.
- O Die Produktion hat sich durch gesetzliche Auflagen stark verteuert.
- O Umweltschutzinitiativen haben dazu geführt, daß eine Reihe von Aufträgen nicht erledigt werden konnten.
- O Wichtige Produkte sind aufgrund technischer Fortschritte bei der Konkurrenz nicht mehr wettbewerbsfähig.
- O Viele Produkte sind wegen des veränderten Verbraucherverhaltens nur noch schwer zu verkaufen.
- O Aufgrund der außenwirtschaftlichen Situation wird die Produktpalette verkleinert.
- O Die Produkte Ihres Unternehmens sind technologisch längst nicht mehr auf dem neuesten Stand.
- O Der Personalkostenanteil Ihrer Produkte ist sehr hoch und hat in letzter Zeit auch noch zugenommen.
- O Im Gemeinkostenbereich Ihres Arbeitgebers kann noch sehr viel rationalisiert werden.
- O Ihre Firmenleitung denkt daran, die inländischen Standorte stärker zu konzentrieren.
- O Ihre Firma hat angekündigt, sie müsse freiwillige Leistungen abbauen.
- O Das Unternehmen stellt schon seit längerer Zeit keine neuen Kräfte mehr ein.
- O Seit einiger Zeit sollen Berater in Ihrem Hause die Produktion und Verwaltung durchorganisieren.
- O Einige jüngere, sehr gute Mitarbeiter haben das Unternehmen in den letzten Monaten verlassen.
- O Immer häufiger wird in Ihrem Unternehmen über einen Sozialplan für ältere Kollegen gesprochen.
- O Es gibt Gerüchte, daß Vorstand und Aufsichtsrat Sanierungsgespräche mit Banken führten oder solche Unterhaltungen geplant sind.
- O Es laufen Fusionsverhandlungen mit anderen Firmen.

○ Die Besitzverhältnisse in Ihrem Unternehmen haben sich plötzlich verändert.

Nehmen Sie aber nicht gleich jeden aufgezählten Punkt zum Anlaß, auf die intensive Suche nach einem neuen Job zu gehen. Mindestens fünf der aufgezählten Gründe für eine Kündigung sollten schon auf Ihre Situation zutreffen. Erst dann heißt es, Ernst zu machen.

Was Sie bei einer Kündigung beachten müssen

Die Szene hat wohl fast jeder schon einmal zumindest in Gedanken durchgespielt: Man geht wutentbrannt zum Chef, schreit ihn an und verläßt dann mit den barschen Worten »Machen Sie mir meine Papiere fertig. Ich gehe!!« den Raum. Doch ganz so einfach können Sie sich nicht von Ihrem alten Arbeitgeber trennen, mögen Sie seiner auch noch so überdrüssig sein. Sie haben nämlich bis zum endgültigen Abschied noch eine ganze Reihe von Pflichten zu erfüllen. Selbst beim Eintritt in eine andere Firma müssen Sie sich immer noch an einige Regeln halten, die Ihr ehemaliges Arbeitsverhältnis betreffen.

Der Gesetzgeber unterscheidet zwischen zwei Kündigungsarten:

- der fristlosen Trennung, auch außerordentliche Kündigung genannt, bei der immer ein so schwerwiegender Grund vorliegen muß, daß Ihnen ein weiteres Arbeiten in dem Betrieb nicht mehr zugemutet werden kann;
- und der fristgerechten oder ordentlichen Kündigung.

Dabei müssen Sie sich an die vertraglich festgelegten Kündigungsfristen halten. Ist in Ihrem Kontrakt nichts ausdrücklich vereinbart, gilt für Angestellte eine Frist von sechs Wochen zum Quartalsende. Ein Zeitraum von bis zu einem Monat darf nicht unterschritten werden.

Orientieren Sie sich auf jeden Fall vor Beginn entscheidender Vertragsverhandlungen mit einem potentiellen neuen Chef, wie lange Sie nach der Verkündung des Abschieds noch am alten Schreibtisch sitzen bleiben müssen. In manchen Betrieben ist es sogar üblich, höhere Führungskräfte schon vor dem vertraglich festgeschriebenen Austrittstermin zu beurlauben. Hören Sie sich einmal um, ob so ein

Entgegenkommen in Ihrem alten Hause praktiziert wird. Oft genug verkünden mögliche Kandidaten für neu zu besetzende Positionen dem Personalberater und Personalchef, wie schnell sie die Aufgabe übernehmen können. Bei der Kündigung müssen sie dann aber kleinlaut gestehen, daß sie nun doch nicht so schnell aus ihrem alten Vertrag herauskommen. Für die Bewerber sind solch späte Einsichten überaus peinlich. Meist machen sie sich mit derlei Aktionen die guten Aussichten auf einen lukrativen Umstieg zunichte. Obendrein verärgern sie auch den Managermakler, der seinem Auftraggeber schon voller Stolz von seinem schnell verfügbaren Spitzenmann berichtet hat. Die Folgen dieser Fehler sind klar: Die Berater sprechen diese mißliebigen Bewerber nie wieder an.

Wer sich aber allzu offen nach eventuellen Kündigungsfristen in seinem Unternehmen erkundigt und sich obendrein noch durch ein verändertes Verhalten seinen Kollegen und seinem Chef gegenüber verdächtig macht, riskiert, von seinem Arbeitgeber entlassen zu werden, bevor er diesen überhaupt über seine Abwanderpläne unterrichtet hat. Der Chef muß seinen möglicherweise untreuen Mitarbeiter vor einem solchen Schritt aber erst einmal gebeten haben, doch noch von seinem Vorhaben Abstand zu nehmen. Unterläßt der Angesprochene daraufhin immer noch nicht seine Aktivitäten, darf der Chef die Kündigung aussprechen. Hüten Sie sich deshalb, vor der Unterzeichnung eines neuen Vertrags im Unternehmen von Ihrem Vorhaben zu sprechen. Selbst die besten Kollegen und Untergebenen kündigen Ihnen in solchen Situationen schnell ihre Kameradschaft und berichten dem Vorgesetzten von Ihrem Entschluß zu wechseln.

Die Neuigkeit überbringen Sie Ihrem Dienstherrn also am besten selber. Verlassen Sie sich bei dem Gespräch aber nicht darauf, daß Sie damit den Formalitäten genüge getan haben und Ihre Kündigung nun rechtskräftig ist. Es gibt zwar für die Mitteilung einer bevorstehenden Trennung keine Formvorschriften, trotzdem sollten Sie auf einer Bestätigung durch Ihren Chef bestehen. Wollen Sie ganz sicher gehen, so formulieren Sie Ihren Entschluß, das Unternehmen zum nächstmöglichen Termin zu verlassen, gleich schriftlich und senden das Schreiben per Einschreiben mit Rückschein an Ihren Arbeitgeber.

Wozu Sie nach einer Kündigung verpflichtet sind

Der Arbeitnehmer hat seinem Unternehmen gegenüber eine Treuepflicht. Er muß neben der Verpflichtung, seine Arbeitsleistung zu erbringen, die Interessen seines Arbeitgebers vertreten. Er darf also nichts tun, was seinen Brötchengeber eventuell schädigen kann. Geben Sie sich auch nach Ihrer Kündigung höchst verschwiegen, wenn irgendwelche Interna aus Ihrer alten Firma zur Sprache kommen sollten. Schädigen Sie nämlich nach Vertragsende durch besonders negative Äußerungen den Ruf der alten Firma oder ihres Eigentümers, müssen Sie mit Schadenersatzansprüchen rechnen. Betriebsgeheimnisse brauchen Sie nach dem Abschied allerdings nicht mehr für sich zu behalten. Es sei denn, Sie haben sich diese Informationen auf krummen Wegen besorgt oder Sie haben sich Ihr Wissen nicht selber erworben, die Geheimnisse sind Ihnen von den Kollegen erzählt worden. Eine Verletzung der Treuepflicht liegt auch vor, sollten Sie versuchen, Kunden, die Sie im früheren Unternehmen betreuten, zu Ihrem neuen Arbeitgeber zu locken.

Aus der beschriebenen Verpflichtung, nach der Kündigung treu zur Firma zu stehen, ergibt sich eine weitere Auflage für die Mitarbeiter; sie haben drohende Schäden und Störungen im Betriebsablauf schnellstens der Unternehmensleitung zu melden. Wer sich nach seiner Kündigung allzu passiv verhält und mögliche Probleme geflissentlich übersieht, muß sich auf rechtliche Schritte gefaßt machen.

Sind Sie fit für den Umstieg?

Arbeitskraft ist wie eine Ware Marktgesetzen unterworfen. Nicht der Wille zu verkaufen entscheidet, sondern Bedarf und Angebot sind maßgebend für den Erfolg. Prüfen Sie mit Hilfe der folgenden Kriterien, ob Sie genügend Eigenschaften haben, die für einen anderen Arbeitgeber interessant sein könnten. Je mehr Pluspunkte Sie nach diesem Schema für sich verbuchen können, desto selbstbewußter können Sie möglichen neuen Partnern gegenüber auftreten. Und um so zwingender wird für Sie unter Umständen der Abschied von Ihrer bisherigen Firma. Wer unter Wert eingesetzt wird, sollte nämlich möglichst schnell umsteigen.

Ihr Plus: Berufserfahrung. Schon Hochschulabsolventen müssen praktische Erfahrungen vorweisen können. Dabei reichen auch schon längst nicht mehr ein paar Monate Praktikum aus, und die traditionellen Studentenjobs in allen möglichen Bereichen zählen bei einer Bewerbung auch nicht mehr. Ohne Praxis im angestrebten Beruf geht heute bei den Berufsanfängern nichts mehr. Diese Erfahrungen sollte der Nachwuchs möglichst während einer Lehre oder zumindest in einem einjährigen Praktikum gesammelt haben.

Was die Firmen von ihrem Nachwuchs erwarten, müssen neue Manager allemal mitbringen: reichlich Berufserfahrung. Da sehen es die Unternehmen dann besonders gern, wenn zum Beispiel ein Diplomingenieur auch schon mal am Schraubstock gestanden oder der künftige Vertriebschef einige Monate an der Verkaufsfront gearbeitet hat.

Für solche praxiserfahrenen Führungskräfte sind die Firmenchefs denn auch gerne bereit, reizvolle Gehälter zu zahlen. Lange Einarbeitungszeiten kann sich heute kaum noch ein Betrieb mehr leisten. Deshalb zählt auch die Führungserfahrung bei den Auswahlkriterien für neue Mitarbeiter besonders viel. Muß ein Unternehmen erst einmal in langfristigen und teuren Seminaren auf die Personalführung vorbereiten, verzichtet es lieber auf die Einstellung.

Ihr Plus: Weiterbildung. Eigeninitiative bei der Weiterbildung setzen Unternehmen gerade bei ihren Führungskräften voraus. Wer aber bei der Auswahl der Seminare und Kurse wahllos zugreift, erweist nur den Lehrgangsveranstaltern einen Gefallen. Die Firmen wollen auch bei Ihrer privaten Weiterbildungsplanung ein durchdachtes System erkennen.

Überlegen Sie sich deshalb zunächst, welche Seminare Ihnen beruflich weiterhelfen, wie zum Beispiel der Besuch eines Computerkurses. Dann sollten Sie auch Ihre Persönlichkeit gezielt trainieren. Der Besuch obskurer Lehrgänge für angeblich heilbringende Führungslehren bringt Ihnen wenig. Im Gegenteil: Personalchefs halten die Absolventen solcher Veranstaltungen schnell für suspekt. Schulungen wie »So führe ich meine Mitarbeiter« können aber bei der Karriere helfen.

Renommieren Sie in Ihrer Bewerbung aber nicht zu sehr mit Ihrem Weiterbildungseifer. Es genügt, wenn Sie sagen, wieviel Zeit Sie für diese Studien aufgewendet haben. Den Besuch angesehener Managerschmieden wie Insead im französischen Fontainebleau oder dem Flaggschiff der deutschen Weiterbildungsinstitute, dem Universitätsseminar der Wirtschaft (USW) in Erftstadt bei Köln können Sie jedoch in Ihren Unterlagen vermerken.

Ihr Plus: Ansehen in der Firma. Selbst die besten Leistungen ihrer Mitarbeiter belohnen Unternehmen oft nur mit schlichtem Lob. Doch wer seine Arbeit richtig verkauft, kann mit der vollen Aufmerksamkeit des Chefs rechnen.
Eine solche Verkaufstaktik beginnt mit einer genauen Selbstanalyse: Klären Sie, wo Ihre Fähigkeiten liegen. Stellt sich dabei heraus, daß Sie kein Mann oder keine Frau für die Schreibtischarbeit sind, stehen Sie dazu. Kein vernünftiger Chef oder Personalberater wird Ihnen verübeln, wenn Sie Schwächen eingestehen. An Ihren Stärken müssen Sie dann aber besonders arbeiten.
Geben Sie aber acht: Überzeugen Sie gerade bei Ihren starken Seiten durch Ruhe und Gelassenheit. Diese Charakterzüge schätzen die Firmen viel mehr als hektische Dynamik. Können Sie überdies Ihr Unternehmen bei den verschiedensten Anlässen vertreten, steigt Ihr Ansehen noch weiter.
Aber auch so banal klingende Eigenschaften wie Eloquenz, gewandtes Auftreten und korrektes Benehmen fördern Ihr Standing.

Ihr Plus: Ansehen in der Branche. Marketingstrategen brauchen sich um ihren Ruf in der Branche nur wenig zu kümmern. Ihnen nehmen die Werbeagenturen oft die Imagepflege ab. Bereitwillig berichten die Agenturen interessierten Führungskräftemaklern über die Qualifikation der Verkaufsprofis.
Aber auch Führungskräfte aus anderen Bereichen können ihren Ruf problemlos aufpolieren: Zahllose Fachpublikationen suchen ständig nach qualifizierten freien Mitarbeitern. Und die immer beliebteren Round-table-Gespräche, Diskussionsrunden, Symposien, Kongresse und Fachtagungen benötigen eine Menge Spezialisten. Die meisten Unterneh-

men lassen ihre Spitzenkräfte auch gerne zu derlei Schauveranstaltungen reisen.
Bevor Sie jedoch Ihre Imagekampagne beginnen: verständigen Sie die Firmenleitung. Manche Betriebe halten es nämlich für besonders schicklich, auf solche Aktivitäten zu verzichten. Verhält sich Ihre Firma so, fragen Sie nach dem Grund. Erscheint er Ihnen nicht plausibel, sind Ihre Karrierechancen in diesem Haus entsprechend gering.

Wohin Sie wechseln können

Die Begriffe Firmenkultur, Corporate Identity oder Corporate Culture sind in den letzten Jahren heftig strapaziert worden. Einerseits versuchten Buchautoren, Seminaranbieter oder Organisationsberater mit diesem Themenkreis ihre Kassen aufzufüllen. Andererseits sollten Sie das Wort Firmenkultur oder seine Übersetzungen dennoch ernst nehmen. Jedes Unternehmen hat in der Tat seinen ureigenen Charakter, dessen Besonderheiten Sie auf jeden Fall kennen sollten, bevor Sie an einen Wechsel denken. Denn wenn Ihre Persönlichkeitsstruktur mit der Corporate Identity nicht übereinstimmt, fehlt Ihnen der sogenannte Stallgeruch und Sie können sich die Mühen für eine Bewerbung gleich sparen. Stimmt aber alles, können Sie sich an die Arbeit machen.

Wechsel innerhalb der Branche

- *Von der kleinen Firma zur großen Firma.* Kleine und mittelständische Häuser können Sie oft mit einer flexibleren Gehaltspolitik locken als Großunternehmen oder sogar Konzerne. Dort müssen sich neue Mitarbeiter meist erst einmal in die vorgegebenen Gehaltsrahmen einordnen lassen, bis sie auf sich aufmerksam gemacht haben. Allerdings kann auch nicht jedes kleine oder mittlere Unternehmen mit den Gehältern der Großfirmen konkurrieren. Lassen Sie sich also nicht von Supereinkommen beeindrukken. Prüfen Sie erst eingehend, ob Sie überhaupt in das oft starre System eines Konzerns passen oder sich den täglich wechselnden Anforderungen im Kleinbetrieb gewachsen fühlen.

○ *Von der großen Firma in die kleine Firma.* Dieser Weg vom Unternehmen mit vielen Tausenden Angestellten und Arbeitern in die Büros eines Mini- oder Mittelbetriebs, ist für altgediente Mitarbeiter von Großunternehmen meist verbaut. Denn, so die Personalberater und Personalchefs, solche Leute sind für den Mittelstand verdorben. Statt in die Breite arbeiten Konzernmanager in die Tiefe. Ihre Entscheidungen gehen durch mehrere Instanzen und sind deshalb nach allen Seiten abgesichert. Das Konzerndenken kommt oft dem Beamtendenken ziemlich nahe, klagen die Personalexperten. Wer damit Probleme hat, sollte also möglichst früh aus diesem Teufelskreis ausbrechen. Mit solch einem Umstieg hat er sich aber keineswegs die spätere Rückkehr in einen Konzern verbaut.

Wechsel in eine andere Branche

Deutsche Führungskräfte können sich immer noch nur schwer für einen Branchenwechsel entscheiden. Diese zögerliche Haltung bedeutet aber oft einen folgenreichen Fehler für Karriere und Einkommensverbesserung, zumal branchenübergreifendes Wissen besonders gut entlohnt wird. Ohnehin zahlen die Branchen höchst unterschiedlich. So konnten in den letzten Jahren leitende Mitarbeiter aus dem Bereich Verlag/Rundfunk die höchsten Gehälter einstreichen, gefolgt von Chemie/Pharmazie, Mineralöl, Feinmechanik/Optik und Kohle/Erz. Schlußlichter auf der Skala der Einkommenshöhen sind die Bank- und Versicherungsfachleute.

Sollten Sie in einer traditionell schlecht bezahlten Branche arbeiten, prüfen Sie Ihre Möglichkeiten, in einen besser entlohnten Bereich einzusteigen. Orientieren Sie sich aber nicht ausschließlich an den Spitzenverdienern. Bedenken Sie immer: Ein Branchenwechsel ist um so problematischer, je spezialisierter die Funktion ist, die Sie derzeit

ausüben. Arbeiten in der Personalverwaltung, im Controlling, Rechnungswesen oder in Organisationsabteilungen unterscheiden sich von Branche zu Branche nur minimal. Vertriebsprofis oder gerade Entwickler und Forscher müssen sich einen so einschneidenden Arbeitsplatzwechsel jedoch sehr gründlich überlegen.
Allerdings wird der Umstieg in völlig neue Gebiete um so unproblematischer, je höher Sie bereits aufgestiegen sind. Vorstände und Hauptabteilungsleiter brauchen sich fast nie Sorgen um die möglichen Schwierigkeiten eines Branchenwechsels zu machen.

So steigen Sie richtig aus

So schwer es ist, eine passende neue Position zu finden, so leicht scheint es vielen, in der alten Firma einfach die Brocken hinzuwerfen, sobald der neue Vertrag erst einmal unterschrieben ist. Sie sollten den Ausstieg aber genau planen. Ein gelungener Abschied gehört nämlich genauso zur Imagepflege wie eine Bewerbung. Firmen halten stets Kontakt zueinander, zumal wenn sie einer Branche angehören. Außerdem gilt der vielzitierte und oft belachte Spruch: »Man sieht sich immer einmal wieder« gerade auf dem Arbeitsmarkt für Manager.

Knigge für den Ausstieg

- *Kündigen Sie nicht aus einer momentanen Verärgerung heraus.* Krach mit Kollegen, Vorgesetzten oder Mitarbeitern ist der denkbar schlechteste Grund für eine Kündigung. Planen Sie den Wechsel möglichst langfristig. Entscheiden Sie sich nicht spontan. Überdenken Sie Ihren Plan im Abstand von einigen Wochen. Machen Sie sich ein Bild, wie Kollegen mit Ihrer Ausbildung und Qualifikation im alten Unternehmen vorangekommen sind.
- *Besprechen Sie Ihre Pläne mit der Familie.* Oft genug machen sich Frustrierte im Alleingang auf die Suche nach einer neuen Stelle. Diese Aktionen zahlen sich nur selten aus. Viele Personalberater und Personalchefs müssen immer wieder mit Kandidaten fertig werden, die kurz vor dem Vertragsabschluß erst ihrer Ehefrau von einem bevorstehenden Umzug oder den künftigen Mehrbelastungen durch zahlreiche Dienstreisen und möglicher Arbeit an den Wochenenden berichten. Zieht die Familie nicht mit, bleibt nur der reichlich verspätete Rückzieher, der neben der

Peinlichkeit auch noch ein weiteres Problem mit sich bringt: Solche Bewerber brauchen sich in Zukunft erst gar nicht mehr bei dem betroffenen Personalberater oder dem jeweiligen Unternehmen für einen neuen Job anzudienen.

○ *Kalkulieren Sie die Kosten für einen Unternehmenswechsel.* Manager finden nur selten gleich in der nächsten Umgebung eine interessante Alternative zum bisherigen Arbeitsplatz. Deshalb sollten Sie schon bald nach Ihrem Entschluß, sich nach etwas anderem umzuschauen, eine genaue Rechnung aufmachen. Kalkulieren Sie dabei so: Umzugskosten können anfallen, das Haus muß eventuell verkauft oder ein Mieter gefunden werden, ein neues Heim erworben werden, ein Schulwechsel für die Kinder wird fällig, Ihre Frau oder Ihr Mann muß sich nach einer neuen Stelle umsehen, und obendrein müssen Sie sich noch einen neuen Freundes- und Bekanntenkreis aufbauen. Manchmal brauchen Sie sogar noch ein zusätzliches Auto oder eine Haushaltshilfe, die sich um die Ausrichtung der möglichen Repräsentationsaufgaben in Ihrem Hause kümmern muß.

○ *Nehmen Sie sich für den Wechsel genügend Zeit.* Die Praxis zeigt: zwischen dem Entschluß, einen anderen Arbeitsplatz zu suchen, und dem Eintritt in das neue Unternehmen liegt oft ein ganzes Jahr. Berufsanfänger sollten für die Suche nach einem interessanten Anfangsjob rund sechs Monate veranschlagen.

○ *Werden Sie sich über Ihre bisherige Karriere klar.* Ziehen Sie diese Bilanz Ihres beruflichen Werdegangs ganz objektiv. Zu selbstbewußte Umsteiger schätzen ihre Erfahrungen und ihre Fähigkeiten für einen Aufstieg zu hoch ein und wollen gleich einen möglichst großen Schritt auf der Karriereleiter mit dem geplanten Wechsel tun. Diskutieren Sie Ihre Laufbahn deshalb auch mit nahestehenden Kollegen oder Freunden. Überzogene Forderungen und übertriebene Selbstdarstellung machen Sie für eine Firma oder einen Berater nicht interessant. Zeigt aber Ihr Wunsch, das Unternehmen zu wechseln, auch gleichzeitig eine logische Karrierechance, erregen Sie die notwendige Aufmerksamkeit. Weist Ihr bisheriger Lebenslauf noch überdies eine kontinuierliche Steigerung Ihres Verantwortungsbereichs auf, haben Sie hervorragende Chancen.

○ *Besuchen Sie Fachmessen oder Tagungen.* An kaum einem Ort werden so viele vertrauliche Gespräche geführt wie auf Messen. Schauen Sie ruhig bei Ihren Branchenkollegen vorbei. Führen Sie Gespräche mit anderen Unternehmen. Bei passender Gelegenheit werden sie sich Ihrer erinnern. Für die Gilde der gewerblichen Talentesucher sind solche Plätze ohnehin in den letzten Jahren zu vortrefflichen Jagdgründen geworden. Aber auch die zahlreichen Fachtagungen, Symposien und Managertreffen, wie die schon traditionelle Top-Manager-Gala im schweizerischen Davos, sind für die Manager- und Spezialistenjäger mittlerweile ein wahres Mekka. Dort können Sie auch Ihren Wechselwunsch mit einem Berater, sozusagen auf neutralem Boden, vertraulich besprechen.

○ *Informieren Sie Ihre Firma erst nach Vertragsunterschrift.* Ihren Arbeitgeber sollten Sie erst möglichst spät in Ihre Kündigungspläne einweihen. Er kann Sie nämlich arbeitsrechtlich belangen, hat er das Gefühl, Sie hätten sich nach dem Entschluß zu gehen für Müßiggang an Ihrem alten Arbeitsplatz entschieden. Auch die Kollegen lassen Sie besser möglichst lange im Glauben, Sie würden dem Hause weiter treu bleiben. Aus guten Mitarbeitern können schnell unbequeme Nachfolgekandidaten werden, die Ihnen die letzten Monate schwermachen. Sie machen sich mit dem allzu frühen Verkünden Ihres nahen Wechsels die Arbeit nur noch schwerer und unnötig eintönig, müssen Sie doch damit rechnen, vom Informationsfluß abgekoppelt zu werden.

○ *Seien Sie auch nach der Kündigung loyal.* Halten Sie sich an die Regel: Der Ausstieg muß so sanft verlaufen, daß Sie in einigen Jahren in die Firma zurückkehren könnten. Damit gehen Sie gleich mehreren Gefahren aus dem Weg. Ihr Zeugnis fällt entscheidend besser aus. Niemand kann Ihnen Übles nachsagen. Und Ihr neuer Arbeitgeber braucht keine Angst zu haben, schlecht behandelt zu werden, wenn Sie auch ihn eines Tages verlassen wollen.

Wie Sie sich elegant von der Firma trennen

Gerade für altgediente Manager gilt ein ungewollter Firmenwechsel immer noch als Karriereknick. Doch ein in Deutschland noch wenig praktiziertes Verfahren, vom Arbeitgeber bezahlt und in den USA schon seit Jahren erfolgreich angewandt, hilft jetzt beim Um- und Aufstieg.
Outplacement heißt das Zauberwort. Dabei geht es darum, leitenden Angestellten, denen das Unternehmen keine adäquate Position mehr anbieten kann, bei der Fortsetzung ihrer Karriere unter die Arme zu greifen. Mit diesem Service für den ausscheidenden Manager beauftragt die Firma einen Personalberater. Eine Studie der Genfer Unternehmensberatungs-Gruppe Consultex über den Outplacement-Markt in Westeuropa beweist die hohe Erfolgsquote dieser bis vor kurzem noch mit Argwohn betrachteten Dienstleistung: Gut die Hälfte der betreuten Führungskräfte rückt nach dem Wechseltraining in finanziell interessantere Positionen auf. Dabei ist der typische Klient knapp unter 50 Jahre alt, verdiente an seinem alten Schreibtisch rund 100000 Mark und brauchte für den Einstieg in das neue Unternehmen im Durchschnitt knapp fünf Monate.
Auch für die Unternehmen wird die Umsetzungshilfe der Personalberater immer interessanter, zumal sie damit auch trefflich etwas für das eigene Image tun können und sich nicht mehr als inhumanes Haus beschimpfen lassen müssen. Der firmeneigene Personalchef kann Betroffene nur sehr bedingt auf einen Wechsel nach einer oft jahrelangen Firmenzugehörigkeit vorbereiten.

Was Ihnen Outplacement bringt

Eine Outplacement-Beratung kann Sie bei der Fortsetzung Ihrer Karriere sinnvoll unterstützen. Doch längst nicht jeder Personalberater kann Sie für einen erfolgreichen Firmenwechsel trimmen. Sie sollten daher,

- bevor Sie das Angebot Ihres Arbeitgebers akzeptieren, in einem unverbindlichen Gespräch klären, ob überhaupt eine vertrauensvolle und erfolgversprechende Zusammenarbeit mit dem präsentierten Umstiegshelfer möglich ist;
- auf keinen Fall auf Offerten eingehen, die Ihnen alle Arbeiten, wie das Formulieren der Bewerbung, abnehmen wollen;
- mit dem ausgesuchten Wechseltrainer Ihr persönliches Eignungsprofil klären und mit ihm die genaue Zielgruppe für Ihre Bewerbung festlegen;
- sich keinem Berater anvertrauen, der unter seinem Namen Suchanzeigen für Sie schalten will.

Wenn Sie diese Ratschläge beachten, gerät Outplacement meist zum erfolgreichen Rezept nicht nur für den Firmenwechsel, sondern auch für den flotten Aufstieg in einem neuen Unternehmen.

Stehen Sie deshalb einer solchen Offerte Ihres alten Unternehmens nicht negativ gegenüber. Denn dieser Service birgt eine ganze Reihe von Vorteilen wie

- die Jobsuche aus ungekündigter Position heraus;
- richtige Taktik und optimale Strategien durch erfahrene Berater;
- finanzielle Absicherung während des Jobwechsels;
- die Verringerung psychischer Belastungen, wie sie bei den bisher üblichen Trennungen immer wieder auftreten;
- eine erhebliche Verkürzung der Suchzeiten nach einer neuen Tätigkeit;
- den gütlichen Abschied von einem Unternehmen, bei dem Sie sowieso keine Chancen mehr haben;

- eine fundierte Karriereplanung selbst im fortgeschrittenen Alter, die überdies noch Ihr derzeitiger Arbeitgeber bezahlt. Rund 15 Prozent des letzten Jahresgehalts, mindestens jedoch 15000 Mark berechnen die Trimm-dich-Studios für Firmenwechsler.

2 Stellensuche

Welche Branchen die besten Zukunftschancen haben

Das Forschungsinstitut Chase Econometrics hat für »Capital« die Attraktivität der einzelnen Bereiche bis zum Jahre 1991 ermittelt. In diesen Zukunftswert ist das gesamtökonomische Umfeld der Branchen eingegangen. Dazu gehören zum Beispiel Wachstum, Wettbewerbsfähigkeit im In- und Ausland und die Gewinnentwicklung. Die Auguren gehen davon aus, daß sich an der errechneten Reihenfolge auch über das Jahr 1991 hinaus nur wenig ändern wird:

1. Fahrzeugbau
2. Elektrotechnik
3. Maschinenbau
4. Chemie
5. Druckerei
6. Eisen-, Blech-, Metallwaren
7. NE-Metallerzeugung
8. Kunststoffwaren
9. Gummiverarbeitung
10. Ernährung
11. Papierwaren
12. Eisen und Stahl
13. NE-Metallguß
14. Papiererzeugung
15. EST-Gießereien
16. EDV
17. Feinmechanik
18. Ziehereien
19. Musikinstrumente
20. Hohlglas
21. Stahlverformung
22. Flachglas
23. Holzverarbeitung
24. Lederverarbeitung
25. Feinkeramik
26. Textilien
27. Bekleidung
28. Tabak
29. Stahlbau
30. Steine und Erden
31. Holzbearbeitung
32. Mineralölindustrie
33. Schiffbau
34. Ledererzeugung

Was Stellenangebote in Zeitungen und Fachblättern aussagen

Rund 40 Prozent aller vermittelten Arbeitsplätze sind in letzter Zeit über Inserate in Zeitungen besetzt worden, ermittelte das Kölner Institut der deutschen Wirtschaft. Auch in Zukunft, so sind sich die Experten einig, wird sich an diesem Prozentsatz kaum etwas ändern. Die größte Zahl der ausgeschriebenen Positionen erscheint dabei in den drei großen überregionalen Tageszeitungen »FAZ«, »Süddeutsche Zeitung« und »Die Welt«. Aber auch die am Ort führenden regionalen Blätter haben sich zu interessanten Fundgruben für Wechselwillige entwickelt. Fachzeitungen und -zeitschriften gelten als aussichtsreiche Kontaktvermittler zwischen hochspezialisierten Fachleuten und den interessierten Firmen. Allround-Manager oder Kandidaten für den kaufmännischen Bereich und die Einsteigerprogramme für den Nachwuchs können sich allerdings das Studium der Spezialveröffentlichungen meist sparen. Für sie bietet »Capital« mit der Karrierebörse ein breites Feld an reizvollen Stellenangeboten für Fach- und Führungskräfte in allen Hierarchiestufen. Ingenieure und Technikspezialisten werden von den Offerten der Personalberater in »Capital« ebenfalls angesprochen.

Nehmen Sie sich aber Zeit, die meist prallgefüllten Anzeigenteile von Zeitungen und Zeitschriften genau zu studieren. Oft sehen die Inserenten die Werbung für das Image ihres Unternehmens oder bei den gewerblichen Personalmaklern die Werbung für ihre diskreten Dienstleistungen für genauso wichtig an, wie die genaue Beschreibung der ausgeschriebenen Position. Die Folge: Viele Daten, die für den Entschluß zu einer Bewerbung wichtig sind, werden

nur am Rande erwähnt oder gleich völlig zugunsten der Selbstdarstellung weggelassen.
Auf die Rückfragen interessierter Bewerber reagieren die Stellenanbieter aber längst nicht immer so bereitwillig, wie sie es in den Anzeigen vorgeben. Auch die oft angegebenen Rückrufzeiten an Samstagen und Sonntagen sollten Sie in Zweifelsfällen nicht arglos nutzen. Wer sich nämlich über eine eventuelle Unklarheit aus dem Anzeigentext informieren will und nach dem Anruf feststellen muß, daß er die Frage bei genauem Durchlesen der Annonce hätte selbst beantworten können, sammelt schon vor der eigentlichen Bewerbung kräftig Minuspunkte.
Dabei zählt noch nicht einmal, ob Unternehmen oder Berater das Gesuch unverständlich formuliert oder Sie beim Studium des Angebots zu oberflächlich waren. Sollten Sie aber auf die folgenden Fragen keine Antwort in einem verlockenden Inserat finden, können Sie bedenkenlos zum Telefonhörer greifen.

- In welcher Branche arbeitet das Unternehmen?
- Welche Größe hat das Unternehmen?
- Was produziert oder vertreibt es?
- In welcher Region liegt der Standort der Firma?
- Wie heißt die ausgeschriebene Position exakt?
- Was beinhaltet der Posten für Aufgaben, welche Verantwortungsbereiche?
- Gibt es Aufstiegsmöglichkeiten?
- Welche Bewerbungsunterlagen müssen neben den üblichen Dokumenten eingereicht werden?
- Stimmt Ihr Alter mit den Vorstellungen des Unternehmens überein?
- Zu welchem Termin soll die Stelle neu besetzt werden?

Berufseinsteiger müssen darüber hinaus noch wissen,

- welche Studienrichtung gewünscht wird;

- wie lange mögliche Einarbeitungsprogramme, zum Beispiel eine Trainee-Ausbildung, dauern;
- welche Praktika oder Lehren erforderlich sind;
- welche Spezialkenntnisse noch notwendig sind?

Hüten Sie sich vor intensiven Verhandlungen mit Personalberatern oder Unternehmen, ob vielleicht Ihr zu hohes Alter doch noch akzeptiert wird oder eventuelle Bildungslücken auch noch während der Einarbeitungszeit zu schließen sind. Bei Jobwechslern gelten solche Fragen schnell als sofortige Disqualifikation. Gehen doch die Stellenanbieter davon aus, daß sich ein verheißungsvoller Kandidat für eine Führungsposition auch genau an die Anfordernisse der Ausschreibung hält. Frisch diplomierte Kandidaten dürfen bei solchen Problemen allerdings ein wenig intensiver nachfragen. Ihnen bieten Unternehmen eher die Chance, während der ersten Monate mögliche Wissensdefizite zu schließen. Solches Entgegenkommen können Sie aber nur erwarten, wenn Ihre übrigen Qualifikationen über dem Durchschnitt liegen.

Was Bewerberberater wirklich taugen

Eine Branche hat in den letzten Jahren eine immer bessere Konjunktur: die Bewerberberater. Aber nur wenige helfen ratlosen Stellensuchenden, gleich welcher Berufsgruppen, wirklich. Viele schaden sogar.

Vollmundig verspricht die geschäftstüchtige Gilde in kleinen und größeren Anzeigen, meist direkt werbewirksam neben den Stellenofferten plaziert, formvollendete Bewerbungen mit erfolgsträchtigen Vorstellungsgesprächen. Und all diese Wohltaten wollen die vermeintlichen Helfer, selbst in fast aussichtslosen Fällen, mit Bravour vollbringen. Die notwendigen Lebensläufe, Zusammenstellung der Unterlagen und die Formulierung des Anschreibens übernehmen die Agenturen gerne auch gleich mit.

Solche Hilfestellungen für einen flotten Um- oder Einstieg in ein neues Unternehmen erweisen sich oft genug als Falle für den Kunden. Denn allzu schnell merken versierte Personalexperten, welche Bewerber bei den zahlreichen schwarzen Schafen der Wechselhelfer-Branche Nachhilfestunden genommen haben. Wer also seine Präsentation wie ein Gedicht herunterbetet, disqualifiziert sich gerade für verantwortungsvolle Aufgaben von vornherein. Suchen die Firmen doch den leistungsbereiten und initiativen Mitarbeiter. Und der zeichnet sich nicht gerade durch stures Auswendiglernen aus. Diese Maßstäbe setzen die Einstellungsbeauftragten heute schon bei ihren potentiellen Mitarbeitern in den untersten Hierarchieebenen an.

Oft kommen die Schüler der Bewerbertrainer sogar noch nicht einmal in die Büros interessierter Executive Searcher oder Personalchefs. Schon bei der Gestaltung der

Kandidatenpapiere können die freiberuflichen Lehrer mehr Schaden anrichten, als sie ihren Auftraggebern nützen.
In einem Punkt sind Manager- und Spezialistenmakler bereit, die Hilfe von Bewerberberatern als sinnvoll anzuerkennen. Und zwar, wenn es bei dem Förderunterricht für potentielle Stellenwechsler oder Berufsanfänger um die Vermittlung der notwendigen Formalien geht. Hilfe beim Abfassen eines aussagekräftigen Lebenslaufs wollen sie noch akzeptieren. Auf jeden Fall muß der Kandidat das eigentliche Bewerbungsschreiben selber formulieren.

So finden Sie einen seriösen Bewerberberater

Die Anzeigen der Branche in Tageszeitungen und Fachpresse sagen wenig über die Qualifikation der Bewerbersekundanten aus. Denn eines versprechen sie ihren potentiellen Kunden alle: eine individuelle und auf den Auftraggeber perfekt abgestimmte Hilfe. Damit Sie eine solche Offerte besser einschätzen können, sollten Sie vor der Zusammenarbeit mit einem Trainer die folgenden Punkte prüfen:

- Eine fundierte Bewerberberatung beginnt mit der Prüfung, ob ein Stellenwechsel überhaupt ratsam ist. Oft genug entstehen solche Entscheidungen aus einer momentanen Verärgerung. Ein seriöser Helfer wird aus diesem Grund auch immer genau nach den Gründen für eine geplante Veränderung forschen, in manchen Fällen sogar zum Verbleib im alten Unternehmen raten. Stellt Ihr Ratgeber solche Überlegungen nicht an, suchen Sie sich schleunigst einen anderen.
- Forschen Sie nach, ob Ihr Trainer für den Wechsel tatsächlich Personalerfahrung in der Praxis gesammelt hat. Er muß sich in die Lage von Personalchefs versetzen können und wissen, wie diese Leute reagieren. Dies können deshalb ehemalige Einstellungsexperten oder Personalberater am besten.

○ Skepsis ist auch angebracht, wenn der Berater Sie im größeren Kreis für die Bewerbung trainieren will. In Kursen vor einem größeren Auditorium können die Sekundanten allenfalls Faustregeln vermitteln. Sie können aber nur in einem vertraulichen und individuellen Gespräch mit dem Berater wirklich wichtige Tips bekommen.

○ Lassen Sie sich nicht von Technik blenden. Der Einsatz von Videogeräten gehört fast immer zum Standardangebot der Trainer. Ihr Auftritt vor der Kamera sollte sich aber maximal auf eine kurze Präsentation Ihres Auftretens beschränken. Längere Filmvorführungen kosten nur Zeit und damit Ihr Geld.

○ Wenn Ihr Berater Ihnen alle Arbeit abnehmen will, lehnen Sie dieses Angebot ab. Es ist gefährlich.

○ Gute Bewerberhelfer, die es leider nicht allzuoft gibt, versorgen ihre Klienten auch mit zugkräftigen Argumenten für ein Vorstellungsgespräch, drängen ihnen aber keine Gesprächstechniken auf. Die nämlich erkennt Ihr Gegenüber im Ernstfall sofort.

○ Bietet Ihnen Ihr Berater technische Hilfe an, beispielsweise Kopierservice und Textverarbeitung, können Sie das ruhig nutzen. Fragen Sie aber nach dem Preis. Auf keinen Fall darf er eigene Briefbogen seiner Beratung verwenden oder mögliche Interessenten an Ihrer Person auf anderem Weg auf seine Hilfe hinweisen. Besonders allergisch reagieren potentielle Arbeitgeber oder von ihnen beauftragte Spezialisten auf Stellenanzeigen, die als Kontaktadresse den Namen eines Kandidatentrainers nennen.

Wie Sie eine Stellenanzeige formulieren

Die Jobsuche im Stellenteil der Tageszeitungen oder ausgewählten Fachzeitschriften ist oft eine echte Alternative zur direkten Bewerbung bei einem oder mehreren Unternehmen oder einem Personalberater. Häufig jedoch sind die wechselwilligen Inserenten viel zu ungeschickt, wenn es gilt, die eigene Person mit den richtigen Worten darzustellen. Oft herrscht emotionale Unsicherheit, wenn es um Stellengesuche geht. Wer seine Arbeitskraft per Inserat anbietet, fühlt sich häufig – völlig zu Unrecht – wie jemand, der auf diesem Weg um einen Ehepartner wirbt.
Doch dieses Gefühl trügt: Personalchefs wie Personalberater studieren die Mittwochausgaben der überregionalen Tageszeitungen (»FAZ«, »Welt« und »Süddeutsche Zeitung«) ebenso sorgfältig, wie sie sich dies seitens der Bewerber für ihre Angebote in den Wochenendausgaben wünschen. Ähnliches Interesse zollen die Stellenbesetzer auch den Wechselwilligen, die ihre Dienste in der »Zeit« anbieten. Dieses Blatt hat sich immer mehr als ideale Vermittlungsbörse für Geisteswissenschaftler erwiesen.
Allerdings trennen die neugierigen Anzeigenleser genauso schnell die Spreu vom Weizen, wie Jobwechsler oder Berufsanfänger vermeintlich uninteressante Offerten in der Presse schnell überlesen. Die Gründe für solche Mißachtung liegen jedoch nicht in den Vorurteilen von einstellenden Firmen oder Executive Searchern, sondern meist am mangelnden Geschick der Annoncierenden.
Wer seine Person gleich auch noch mehrfach in verschiedenen Tageszeitungen oder Fachblättern anbietet, programmiert den Mißerfolg seiner Kampagne. Denn ständige Wiederholungen desselben Gesuchs machen mißtrauisch. Wem

also nicht gleich beim erstenmal der große Wurf gelingt, sollte sein Glück erst einmal wieder auf dem üblichen Weg per traditioneller Bewerbung versuchen.
Einen Test ist die Jobsuche per Inserat aber allemal wert. Denn nicht nur die Suchtrupps nach exzellentem Personal durchstöbern die Stellenanzeigen mit großem Interesse. Auch das Finanzamt unterstützt solche Eigeninitiativen Wechselwilliger. Die Rechnungen solcher Werbekampagnen für die eigene Person dürfen Steuerpflichtige in der Einkommen- oder Lohnsteuererklärung als Werbungskosten geltend machen.

Mindestanforderungen an eine Stellenanzeige

Diese Angaben *muß* jedes Stellengesuch eines ambitionierten Nachwuchsmanagers, Berufsanfängers oder veränderungsbereiten Altgedienten enthalten:

- Überschrift
- angestrebte Position/Funktion
- Ausbildung (Berufsanfänger müssen genau angeben, wo und wann sie ausgebildet wurden oder studiert haben)
- Berufsjahre
- Branchenkenntnisse
- Einkommenserwartung
- Führungserfahrung
- heutige Position/Funktion
- Mobilität
- Spezialkenntnisse

So sollte eine Stellenanzeige aussehen

- Zu kleine Anzeigen überlesen interessierte Personalchefs und Berater leicht. Übergroße Stellengesuche betrachten sie mit Mißtrauen. Üblich sind Anzeigen mit einer Größe von 30 mal 92 Millimetern. Die »FAZ« berechnet dafür etwa 950 Mark. Die »Welt« kassiert rund 340 Mark von Ihnen und veröffentlicht die Anzeige gleich zweimal, am Mittwoch und am Samstag. Allerdings erreicht sie auch längst nicht so viele Interessenten.

○ Inserieren Sie nur in den Mittwochausgaben der Tageszeitungen. An diesem Tag studieren potentielle Chefs die Stellengesuche besonders sorgfältig.

○ Suchen Sie eine Führungsposition, sollten Sie auf eine Anzeige in Ihrer örtlichen Tageszeitung verzichten. Nur auflagenstarke regionale und überregionale Blätter finden bei Personalchefs und Personalberatern die nötige Beachtung.

○ Formulieren Sie eine zugkräftige Überschrift. Die erste Zeile Ihrer Anzeige muß sofort Ihren Willen erkennen lassen, vorwärtszukommen, zum Beispiel »Kaufmännischer Leiter sucht größere Aufgabe«. Vermeiden Sie aber zu reißerische Überschriften.

○ Charakterisieren Sie sich im Anzeigentext nicht selbst. Interessierte Unternehmen oder Consultants, die hoffnungsvolle Talente für ihre Karteien ködern wollen, machen sich lieber selbst ein Bild von Ihnen. Beschreiben Sie statt dessen Ihren Werdegang und den angestrebten Aufgabenbereich.

○ Sprechen Sie in Ihrem Inserat immer einen möglichen Interessenten an. Sagen Sie also zum Beispiel »Sie suchen einen neuen Produkt-Manager« oder »Ihnen fehlt der geeignete Mitarbeiter«.

○ Deckadressen, etwa die Anschrift eines guten Freundes oder eines Rechtsanwalts, erregen leicht Skepsis beim Leser der Anzeige. Die Vermutung drängt sich auf, der Kandidat könnte etwas verbergen wollen oder sich selbst nur mangelhaft verkaufen. Bitten Sie also besser um Kontaktaufnahme unter Chiffre, wenn Sie nicht mit offenen Karten spielen können.

- Reagieren Sie schnell auf Zuschriften, aber schreiben Sie keinen allgemeinen Kontaktbrief mit abgedroschenen Floskeln wie »Sagen Sie mir doch bitte Näheres über die Position«. Bedenken Sie immer: Es geht darum, die eigene Person anzubieten. Legen Sie deshalb stets Ihrer Antwort eine vollständige Bewerbungsmappe bei.
- Prüfen Sie vor der Anzeigenaufgabe auf jeden Fall den Text noch einmal besonders sorgfältig, denn selbst den ausgefuchsten Profi-Inserenten unterlaufen immer wieder Fehler. Bleiben Ihre Schnitzer unkorrigiert, gehen sie auch in Druck – zu Ihrem Nachteil.
- Annoncieren Sie niemals unter Ihrem Namen. Nicht nur interessierte Ausspäher von geeigneten Kandidaten für neue Jobs in fremden Unternehmen studieren die Offerten Wechselwilliger in den Mittwochausgaben oder in der Fachpresse, auch Firmenchefs versuchen ab und an, auf diese Weise die Loyalität ihrer Mitarbeiter zu testen.

So könnte Ihre Stellenanzeige aussehen

Sie suchen einen **routinierten Verkaufsleiter.**
Ich bin 36 Jahre alt. Mit langjähriger Erfahrung im Vertrieb (Food/Non-Food und Investitionsgütern). Abschlußsicher und mit nachweisbaren Erfolgen auch im Verkauf erklärungsbedürftiger Produkte einschließlich Planung, Realisation und Erfolgskontrolle. Firm im Innen- und Außendienst (30 : 70%). Praxis in der Führung von Mitarbeitern. Betriebswirtschaftliche Ausbildung. Ausgesprochener Praktiker. – In ungekündigter Position als Verkaufsleiter tätig. – Möchte mich in aussichtsreiche Position verändern. Bin auch bereit umzuziehen. Zuschriften mit Nennung des Aufgabengebietes und ungefähres Einkommen unter Chiffre-Nr. . . . an die Xy-Zeitung.

Sie suchen eine **Nachwuchskraft für Ihre Controlling-Abteilung.**
Ich bin 29 Jahre und habe im Februar 1990 das Staatsexamen zum Diplom-Kaufmann (Fachrichtung: Controlling) an der Uni Köln mit der Note »gut« bestanden. Während meiner Ausbildung habe ich mehrmonatige Praktika in den Fachabteilungen großer internationaler Unternehmen absolviert. Englisch spreche ich fließend. Französische Grundkenntnisse sind vorhanden. Die Arbeit mit einem PC ist mir geläufig. Ich suche eine herausfordernde Anfangsposition in einem modern organisierten Haus. Ich bin gerne bereit umzuziehen. Mein Einkommen sollte nicht unter 50000 Mark liegen. Zuschriften bitte unter Chiffre-Nr. ... an die Xy-Zeitung.

Ihnen fehlt ein **erfahrener Entwicklungschef.**
Ich bin Diplom-Ingenieur, 43 Jahre alt und seit 10 Jahren als stellvertretender Entwicklungsleiter in einem mittelständischen Unternehmen der Kunststoffindustrie beschäftigt. Mir sind derzeit 20 Mitarbeiter unterstellt. Seit 3 Jahren arbeite ich mit CAD. Auch die anderen neuen Techniken sind mir durch kontinuierliche Weiterbildung bekannt. Während meiner Tätigkeit habe ich mehrere längere Auslandsaufenthalte, vornehmlich im arabischen Raum, absolviert. Ich bin in ungekündigter Stellung, möchte mich aber weiterentwickeln. Meinen Wohnsitz würde ich für eine interessante Position gerne wechseln. Das zukünftige Gehalt sollte etwa 130000 Mark betragen. Interessenten schreiben bitte unter Chiffre-Nr. ... an die Xy-Zeitung.

Ihrer Personalabteilung fehlt eine erfahrene Psychologin für die Auswahl und Bewertung Ihrer Mitarbeiter.
Ich bin 39 Jahre alt und arbeite seit 15 Jahren als Spezialistin

für Personalauswahlverfahren. Die üblichen Einstellungstests und deren Auswertung sind mir geläufig. In der letzten Zeit habe ich mich verstärkt mit der internen Nachwuchsförderung für das Management beschäftigt. Für mein Unternehmen habe ich dazu auch ein Beurteilungssystem entwickelt, das seit einigen Jahren mit großem Erfolg in unserem gesamten Konzern angewendet wird. Seit drei Jahren moderiere ich bei führenden Veranstaltern Seminare zu den o. a. Themen. Aus privaten Gründen möchte ich mich in den Raum Frankfurt verändern. Über mein Gehalt würde ich gerne in einem Gespräch reden. Senden Sie Ihre Zuschriften bitte unter Chiffre-Nr. ... an die Xy-Zeitung.

Marketing
26jährige, ledige, seit 4 Jahren in einem renommierten Marktforschungsinstitut ungekündigt beschäftigte ...
Diplom-Betriebswirtin
sucht eine neue, langfristig konzipierte, kreative Aufgabe in Dienstleistungs-, Handels- oder Industrieunternehmen. Gute Praxiserfahrungen in qualitativen und quantitativen Auswertungen, empirischer Forschung sowie bei Analysen und im Berichtswesen sind ebenso vorhanden wie ausgezeichnete Englischkenntnisse. Zuschriften bitte unter Chiffre-Nr. ... an die Xy-Zeitung.

Was Personalberater tun

Seit einigen Jahren mag sich ein ständig wachsender Teil der deutschen Wirtschaft, egal ob kleine, mittlere oder große Unternehmen, nicht mehr so ganz auf die Spürnase ihrer Personalabteilungen verlassen, wenn es gilt, hoffnungsvolle Kandidaten für die Führungsetagen in ihren Häusern auszusieben.

Das Angebot der Arbeitsämter kann die hohen Ansprüche an talentierte Damen oder Herren ohnehin schon lange nicht mehr erfüllen. So tut sich selbst die eigens zur Vermittlung von Führungskräften eingerichtete Zentralstelle für die Vermittlung von Führungskräften (ZAV) in Frankfurt schwer, das Interesse renommierter Firmen zu finden. Haben doch die Bewerber aus Frankfurt immer noch in vielen Firmen den Ruf, sie seien mit ihren Bewerbungsunterlagen woanders nicht angekommen.

Die in letzter Zeit blitzartig gewachsene Gilde der Personalberater, etwas eleganter auch Executive Searcher genannt, hat sich diese Mängel der staatlichen Arbeitsverwaltung und die heftig gestiegene Nachfrage nach besonders Talentierten zunutze gemacht. Rund 2000 Agenturen haben in der Bundesrepublik derzeit die Suche nach Managern zum Geschäftszweck erkoren. Allerdings setzen die Behörden ihrem Tun enge Grenzen. So dürfen sich die freiberuflichen Konkurrenten der Arbeitsämter ausschließlich um die Suche nach Führungskräften kümmern, keine Kartei mit interessanten Bewerbern führen und schon gar nicht Personal vermitteln. Wie der Begriff allerdings definiert wird, darüber herrscht weitgehend Unklarheit – zum Wohle der Bewerber. Manche Berater halten schon ein Jahresgehalt von 50000 Mark für das Einkommen eines leitenden Mitar-

beiters. Andere wieder wollen ihre Dienste erst bei sechsstelligen Jahreseinkommen beginnen.
Gerade mal die Sichtung eingegangener Bewerbungen ist den Suchdiensten nach den strengen Richtlinien gestattet. Auch dürfen sie als »Briefkästen« für ihre Auftraggeber fungieren, die in Stellenanzeigen nicht mit dem Firmennamen auf eventuelle Vakanzen hinweisen wollen.
Doch all diese Auflagen lassen das Geschäft mit der Suche nach Managern trotzdem zu einer ersprießlichen Einnahmequelle werden. Immerhin rund 20 Prozent der jährlich in Tages- und Fachzeitungen angebotenen Jobs für Führungskräfte helfen die Büros der Personalberater zu besetzen. Außerdem gibt sich die Branche seit einiger Zeit auch nicht mehr so zugeknöpft, wenn die Frage nach der eigentlich verbotenen Adressenkartei auftaucht. Da heißt es dann schon häufiger: »Unser gutes Gedächtnis kann uns wohl niemand verbieten.«
Bewerber dürfen sich diesen langsam beginnenden Wandel nicht zu sehr zunutze machen. Wer sich ohne Umschweife mit der eindeutigen Bitte nach einem neuen Job an die Executive Searcher wendet, riskiert immer noch oft eine Abfuhr. Zu leicht könnte in den Augen der Angesprochenen ein Kontrolleur der Arbeitsämter hinter der Anfrage stecken. Die Bitte nach einem Gespräch über die bisherige Karriere öffnet schon eher die Türen der Maklerbüros.
Bei solchem Entgegenkommen ist, trotz der immer wieder betonten Diskretion der Personalberater, immer noch Vorsicht angebracht. Genau wie überall tummeln sich in diesem Geschäftszweig auch eine ganze Reihe von schwarzen Schafen. Ihre Zahl hat im Laufe der Jahre zwar abgenommen, dennoch sollte sich niemand allzu arglos auf Stellenangebote von Beratern bewerben, die zwar ihren Namen nennen, die Anschrift aber lieber hinter einer Chiffre-Nummer verstecken.

Für das Gewerbe gibt es bis heute noch keine festgeschriebenen Standesregeln. Einzig der Bundesverband Deutscher Unternehmensberater (BDU) in Bonn hat für seine Mitglieder sogenannte Berufsgrundsätze formuliert. Doch nur wenige haben bisher die Hürden für die Mitgliedschaft beim BDU genommen oder sich überhaupt näher für die Interessenvertretung interessiert. Ähnliches gilt für den Frankfurter Arbeitskreis deutscher Personalberater, der sich im engen Kontakt mit der staatlichen Arbeitsverwaltung bemüht, neben dem BDU die Personalberatung in den Augen der Beamten endlich salonfähig zu machen.
Bewerber haben es allerdings trotz all dieser Mühen bei der Kontaktaufnahme mit den freiberuflichen Talentsuchern immer noch schwerer als die Unternehmen. Sie sind nicht die Kunden der Berater. Ihr Honorar kassieren die Agenturen von den Firmen. Bewerbern dürfen sie keine Rechnungen ausstellen. Wo damit die größten Interessen der Berater liegen, ist ziemlich eindeutig. Doch ohne hochkarätige Kandidaten liefen die Geschäfte auch nicht. Sie können sich durch geschicktes Auftreten und Verhandeln deshalb ganz ausgezeichnet ins rechte Licht rücken. Dann dürfen Sie, sollte der erste Kontakt mit einem Executive Searcher nicht zum gewünschten Erfolg führen, ziemlich sicher sein, später noch einmal von ihm angesprochen zu werden.

Wie Sie sich einem Personalberater präsentieren

- Studieren Sie die Stellenanzeige, auf die Sie sich bewerben, besonders sorgfältig. Nur wenn Sie die Anforderungen in den Ausschreibungen voll erfüllen, haben Sie Chancen auf den angestrebten Job. Die Bereitschaft, etwaige Qualifikationsmängel durch Weiterbildung oder Praxis zu beheben, reicht nicht aus. Fragen, die im Anzeigentext bereits beantwortet wurden, quittieren Berater mit Minuspunkten.
- Stellen Sie für das erste Telefongespräch eine kurze Selbstauskunft mit Ihrem bisherigen Werdegang zusammen. Notieren Sie sich auch eventuelle Fragen.
- Geben Sie sich nicht zu neugierig. Sofortige Fragen nach dem Unternehmen und dem genauen Salär disqualifizieren Sie. In welcher Stadt die Firma ist oder wo der Gehaltslevel liegt, dürfen Sie aber ruhig gleich in Erfahrung bringen. Es gilt aber die Devise: Es genügt, wenn Sie nach der Unterhaltung wissen, ob sich der Energieaufwand lohnt, die Bewerbung weiter zu verfolgen.
- Klären Sie frühzeitig, ob Ihre Familie zu einem Wohnortwechsel bereit wäre. Berater sprechen mobile Bewerber besonders gerne wieder an, wenn nicht gleich beim ersten Kontakt ein Anstellungsvertrag zustande kam.
- Vermeiden Sie Floskeln wie »Verhandlungssache« oder »Sollte im Gespräch unter vier Augen geklärt werden«. Führungskräftemakler ordnen solche unklaren Bewerbungen als zweite Wahl ein.
- Akzeptieren Sie möglichst den Terminvorschlag des Beraters. Terminnot macht Sie nicht interessanter, sondern läßt auf einen Vielbewerber schließen.
- Verschleppen Sie den Termin auch nicht unnötig. Auch

dies deutet nicht auf Ihre Unersetzlichkeit im alten Unternehmen hin, sondern eher auf mangelndes Organisationstalent.

○ Gehen Sie immer davon aus, daß Personalberater auf Führungskräfte spezialisiert sind und deshalb im Gespräch strenger urteilen als ein gewöhnlicher Personalchef.

○ Füllen Sie Fragebogen von Beratern gewissenhaft aus. Häufig testen sie so Ihre Bereitschaft, auf rein sach- und positionsbezogene Fragen zu antworten, auch wenn deren Sinn nicht gleich einzusehen ist.

○ Fragen Sie, wieviel Zeit Ihr Gegenüber für das Interview eingeplant hat. Sie können dann von sich aus das Gespräch beenden und brauchen sich nicht hinauskomplimentieren zu lassen. Mindestens eine Stunde sollte solch eine Unterredung jedoch dauern, sonst hat der Berater wohl kein allzu großes Interesse an Ihnen.

○ Redewendungen wie »Ich mache dies zum erstenmal« oder »Ich bin in Vorstellungsgesprächen nicht so versiert« bringen Ihnen keinen Bonus ein. Die Talentemakler suchen nur Manager, die es gewohnt sind, sich und ihre Arbeit überzeugend zu verkaufen.

○ Fragen Sie auch bei einem augenscheinlich besonders positiven Gesprächsverlauf nicht nach dem Gehalt. Der Berater hält Sie sonst für einen Jobhopper, dem es ausschließlich auf das Geld ankommt.

○ Stellen Sie Ihre Risikobereitschaft deutlich heraus. Bewerber mit Mut zu Aufgaben, die über die übliche Tagesarbeit hinausgehen, stehen bei den Agenturen hoch im Kurs.

○ Bringen Sie zumindest Ihre Englisch- und EDV-Kenntnisse immer auf den neuesten Stand. Personalberater setzen gerade bei Wirtschaftswissenschaftlern, aber auch immer mehr bei Ingenieuren oder Geisteswissenschaftlern solches Wissen voraus, selbst wenn sie in den Stellenausschreibungen nichts von solchen Qualifikationen erwähnen. Hüten Sie sich aber davor, mit derlei Fähigkeiten zu sehr zu prahlen. Sie gehören, wie gesagt, zum Handwerkszeug eines heutigen Managers. Der Trend geht sogar mittlerweile dahin, von den Kandidaten noch eine zweite Fremdsprache zu verlangen. Derzeit stehen exotische Sprachen wie Chinesisch, Japanisch oder Russisch hoch im Kurs.

- Vermeiden Sie Fragen nach der Zahl der Bewerber für die offerierte Position. Ihr Gesprächspartner glaubt sonst, Sie seien gerade auf diese Stelle angewiesen.
- Stellen Sie sich dem Berater für den neuen Job nicht zu schnell zur Verfügung. Er kann dies für eine mangelnde persönliche Identifikation mit der alten Firma halten. Kalkulieren Sie mindestens sechs Wochen ein. Kontrollieren Sie vorsichtshalber noch einmal Ihre Kündigungsfrist in Ihrem Anstellungsvertrag.
- Verlangen Sie von dem Personalberater im Anschluß an die Unterredung ein ausführliches Feedback. Diese Beurteilung hilft Ihnen, bei späteren Bewerbungen schneller zum Ziel zu kommen.
- Verzichten Sie nach etwa drei Wochen Schweigen des Personalsuchers auf eine Nachfrage in seinem Büro. Mit solch laschem Verhalten disqualifiziert sich der Berater selbst und rückt obendrein seinen Auftraggeber auch noch in ein schlechtes Licht. Normalerweise versenden die Agenturen Zwischenbescheide, sollte die Bearbeitung der Bewerbungsunterlagen länger dauern.
- Fassen Sie bei eventuellen Absagen nicht zu intensiv nach. Die Jobanbieter halten dies für mangelnde Selbstsicherheit und behandeln Ihre Bewerbungen für andere Positionen von vornherein mit Skepsis.

Wie Sie sich Minuspunkte einhandeln

Bei kleinen Mängeln und Unzulänglichkeiten drücken Personalberater schon mal ein Auge zu. So bedeuten Nervosität beim Vorstellungsgespräch oder ein nur knapp bestandener psychologischer Test selten gleich eine Absage. Mit dem sofortigen Verhandlungsabbruch reagieren die Kontakter zwischen Unternehmen und Führungskräften allerdings, wenn Sie sich eine der folgenden Sünden leisten:

- Ihr Lebenslauf weist Lücken auf.
- Der neue Job interessiert Sie hauptsächlich aus finanziellen Gründen.
- Sie beklagen sich über Ihren früheren Arbeitgeber.
- Sie überspielen Mängel, wie schlechte Examensnoten oder ein außergewöhnlich langes Studium, oder halten solche Makel für unwesentlich.
- Sie geben vor, noch woanders fest angestellt zu sein, und der Berater erfährt bei einem Kontrollanruf das Gegenteil.
- Sie zeigen keine Bereitschaft zu einem Umzug oder häufigen Dienstreisen.

Wie Sie Personalberater für Ihre Karriere nutzen können

Ginge es nach dem erklärten Willen des Gesetzgebers, sollten Ihnen nur beamtete Karriereberater bei der Planung des beruflichen Aufstiegs unter die Arme greifen. Doch oft können Sie sich den Weg in die Beratungsstellen der Arbeitsämter sparen. Beschränken sich doch die Tips der Staatsdiener meist nur auf Ausbildungs-, Fort- und Weiterbildungsratschläge für Lehrlinge, Arbeiter oder Angestellte in den unteren Hierarchieebenen der Unternehmen.
Sie sollten sich deshalb schon von vornherein den fundierten Rat eines erfahrenen Personalberaters sichern. Obwohl die freiberuflichen Experten für ihre Unterstützung bisweilen recht stattliche Gebühren berechnen, lohnt sich dieser Aufwand allemal. Bevor Sie aber mit den Karriere-Nachhilfelehrern ersten Kontakt aufnehmen, sollten Sie auf jeden Fall deren Kompetenz prüfen.
Allerdings können auch die freien Laufbahnspezialisten keine Garantie für den schnellen Weg nach oben übernehmen. Ihre Kunden sollten sich deshalb möglichst früh an die Berater wenden, fordert die Branche unisono. Oft kämen die Hilfesuchenden nämlich erst, wenn die Karriere schon einen ernsthaften Knacks hat oder die Schäden zumindest bedrohlich geworden sind, beklagen die Personalexperten. Wer sich aber von seinem Gesprächspartner nur bestätigt wissen will, braucht sich erst gar keine Zeit für den Besuch beim Karrierehelfer zu nehmen.

Der richtige Weg zum optimalen Personalberater

○ Prüfen Sie zuerst, ob Ihr Berufsverband verbilligte Karriereberatung anbietet. Zahlreiche Ständevertretungen, wie die Vereinigung leitender Angestellter (VELA) und der Bundesverband Deutscher Volks- und Betriebswirte (bdvb), gewähren ihren Mitgliedern derlei Vorteile.

○ Führen Sie vor dem Vertragsabschluß ein kurzes Vorgespräch mit dem Berater Ihrer Wahl. Erst nachdem Sie überzeugt sind, daß der Aufstiegsspezialist Ihre Probleme und Vorstellungen versteht, sollten Sie weiter verhandeln. Eine seriöse Agentur berechnet für solche Informationsgespräche keine Gebühren.

○ Fragen Sie den Personalberater, wie lange er schon im Geschäft ist. Besonders fundierte Hilfe können nur Fachleute leisten, die mehr als fünf Jahre in der Branche arbeiten oder zumindest in den Personalabteilungen für Führungskräfte größerer Unternehmen tätig waren. Nur-Karriereberater kennen sich mit den innerbetrieblichen Aufstiegsmöglichkeiten meist nicht so gut aus.

○ Vertrauen Sie keinesfalls auf Erfolgsversprechen des Personalmaklers. Er kann Sie nur auf Fehler in Ihrem bisherigen Werdegang hinweisen, Ihre Bewerbungsstrategie verbessern helfen und versuchen, mit Ihnen eine realistische Zukunftsplanung zu erarbeiten. Patentrezepte für den Weg nach oben kann selbst der erfahrenste Karriereprofi nicht ausstellen.

○ Klären Sie rechtzeitig, wie lange die Instruktion dauern wird. Experten kommen im Normalfall mit drei Stunden aus.

○ Kalkulieren Sie mit einem Stundenhonorar von rund 300 Mark. Verlangt Ihr potentieller Trainer mehr, so sollten Sie auf jeden Fall noch weitere Informationsgespräche mit anderen Beratern führen.

○ Kostenlose Beratung können Sie bei einigen Agenturen in Anspruch nehmen. Ein Teil der Personalmakler sucht sich über den Umweg einer Karriereberatung nämlich gerne aussichtsreiche Kandidaten für die, allerdings immer noch verbotene, hauseigene Adressenkartei mit hoffnungsvollen Talenten. Testen Sie aber das günstige Angebot mit der Frage nach der veranschlagten Zeit für die Unterhaltung. Will sich der Gratis-Nachhilfelehrer nur eine knappe Stunde mit Ihnen unterhalten, können Sie sich den Weg sparen. Es sei denn, Sie möchten lediglich kleinere Probleme klären.

○ Vereinbaren Sie mit dem Berater nicht nur eine einfache Lektion über Ihre Aufstiegschancen. Er muß Ihnen auch beim Praktizieren seiner Ratschläge hilfreich zur Seite stehen. Für solche Gespräche verlangen kulante Personalberater keinen Honorarnachschlag.

○ Erkundigen Sie sich, wer die Beratung durchführt. Nur die Chefs oder zumindest langjährige Mitarbeiter verfügen über den nötigen Erfahrungsschatz.

○ Formulieren Sie vor dem Besuch beim Aufstiegshelfer alle wichtigen Fragen. Überlegen Sie auch, wie Ihr zukünftiger Berufsweg aussehen soll. Sie erleichtern so dem Berater die Arbeit und sparen gleichzeitig Geld.

○ Verlangen Sie eine Quittung über das gezahlte Honorar. Karriereberatungskosten können Sie in Ihrer Steuererklärung geltend machen.

○ Hüten Sie sich vor der direkten Frage nach der Vermittlung einer neuen Stelle oder zumindest der Aufnahme in die Kartei. Das Gesetz verbietet der Gilde jegliche Stellenvermittlung. Ein Ihnen fremder Berater wird daraufhin sofort das Gespräch abbrechen oder zumindest nachdrücklich auf seine Rechte und Pflichten hinweisen. Meldet sich der so direkt Angesprochene nach einiger Zeit trotzdem mit einem Angebot, studieren Sie es dennoch ohne Schuldgefühle. Von einem Berater angesprochen zu werden, gehört heute schon beinahe zum guten Ton und läßt auf die hohe Qualität des Kandidaten schließen.

Der richtige Umgang mit Headhuntern

In Deutschland soll zwar nach dem Willen der Bundesanstalt für Arbeit in Nürnberg immer noch nicht sein, was anderswo schon seit vielen Jahren gang und gäbe ist und selbst bei uns oft schon zum Tagesgeschäft der Personalberater oder Executive Searcher gehört: die direkte Ansprache von vorher in anderen Unternehmen ausgespähten Managern oder Spezialisten aus allen nur möglichen Berufsgruppen. In der Umgangssprache zwar despektierlich, aber dennoch recht treffend »Headhunting« genannt. So beschäftigen die großen Agenturen selbst in der Bundesrepublik eigene Research-Abteilungen, die nichts anderes zu tun haben, als nach genauen Vorgaben geeignete Kandidaten herauszufiltern. Diese dürfen dann auf den Anruf des einen oder anderen Headhunters hoffen. Der Griff zum Telefon gehört denn auch bei vielen Elitejägern zum Lieblingswerkzeug, um Spitzen-Männer oder Top-Frauen mit lukrativen Job-Offerten zu überraschen.
Schon bekennen sich ganze Beratungshäuser dazu, potentielle Spitzenkräfte nur noch per Fernsprecher anzuheuern. Stellenofferten in den Tageszeitungen oder Fachpublikationen scheinen ihnen gerade für den Kontakt mit der Crème de la crème der deutschen Manager-Gilde weniger geeignet. Nachdem die diskrete Anfrage in den Vorstandsetagen heute schon keinen Hochkarätigen mehr aus der Fassung bringt, gehört es auch in den unteren Hierarchien schon immer mehr zum Zeichen der Wertschätzung, wenn der Headhunter hin und wieder einmal anläutet. Kursiert doch immer mehr der Satz: Wer nicht öfter angerufen wird, taugt auch nichts.
Allerdings erkennen die wortgewandten Waidmänner

schon in kürzester Zeit, ob sich der Griff zum Hörer gelohnt hat.
Die meisten Angesprochenen verscherzen sich die Chancen auf einen lukrativen und karriereförderlichen Firmenwechsel durch taktische Fehler. Besondere »Schlafmützen«, so die Branche, »erkennen wir schon in drei Minuten beim ersten Telefongespräch«. Und die brauchen dann auch in Zukunft nicht mehr hastig zum Telefon zu eilen, es wird bestimmt kein interessierter Personalberater am anderen Ende der Leitung sein.

Dies sollten Angesprochene tun

- Häufig rufen die Headhunter ihre Kandidaten direkt am Arbeitsplatz an. Verlegen Sie solche Gespräche lieber auf den Abend oder das nächste Wochenende. Bitten Sie um einen erneuten Anruf in Ihrer Wohnung. Sie können dann viel ungehemmter mit dem Executive Searcher reden. Ein seriöser Berater wird auf einen solchen Wunsch sofort eingehen.
- Wundern Sie sich nicht, wenn Ihr Gesprächspartner gleich zu Beginn der Unterhaltung diese Frage an Sie stellt: »Können Sie mir vielleicht bei der Besetzung einer besonders wichtigen Position helfen und mir eventuell einen geeigneten Kandidaten nennen.« Sie brauchen dann erst gar nicht Ihren Bekannten- oder Kollegenkreis zu durchforsten. Der Anrufer meint immer Sie und nicht irgend jemand anderen. Die Frage ist eine schlichte Floskel, um Ihr Interesse an einem Stellenwechsel zu testen.
- Beim ersten Telefongespräch wollen die Berater lediglich erfahren, ob Sie zu einem Vier-Augen-Gespräch bereit sind. Verzichten Sie deshalb auf eine umfängliche Selbstdarstellung. Die meisten Dinge, wie bisheriger Karriereverlauf oder Ihre beruflichen Erfolge, haben die Manager- und Spezialistensucher meist schon in ihren Unterlagen.

○ Grundlegende Fragen wie Gehaltsvorstellungen oder Ihre Bereitschaft umzuziehen, sollten Sie schon sofort klären. Lädt Sie der Anrufer zum ersten Gespräch in sein Büro oder einen neutralen Ort, meist ein Hotel, und erfährt erst dann, daß Sie auf keinen Fall in eine andere Stadt gehen wollen oder Ihre Gehaltswünsche zu hoch sind, wird er Sie auch bei der Besetzung von zukünftigen Positionen nicht mehr anrufen.

○ Müssen Sie fürchten, der Eliteanwerber wolle im Auftrag Ihres Arbeitgebers nur die Firmentreue seiner Mitarbeiter kontrollieren, üben Sie größte Zurückhaltung. Renommierte Telefonexperten werden diese Methoden zwar nicht in ihrem Dienstleistungsangebot führen. Doch die Branche der Personalberater ist längst nicht frei von schwarzen Schafen, die sich so ihr Einkommen verbessern wollen. Kommt Ihnen dennoch der Verdacht, ausgespäht zu werden, informieren Sie sich erst einmal über den vermeintlichen Stellenanbieter. Erst dann sollten Sie mit ihm ein Gespräch vereinbaren. Nachdem die Unterhaltungen mit den Spezialisten für die Suche nach hochkarätigen Kandidaten für hochkarätige Jobs mehr und mehr zum Alltag eines halbwegs erfahrenen Managers gehören, können Sie ruhig einen Kollegen oder auch Vertreter Ihres Berufsverbandes nach dem Renommee des jeweiligen Executive Searchers fragen.

Dies sollten Angesprochene nicht tun

○ Beim ersten Telefongespräch dürfen Sie nicht neugieriger sein als die Person am anderen Ende der Leitung. Fragen wie »Warum denn gerade ich?« oder »Woher haben Sie meinen Namen?« verraten Unsicherheit. Ein seriöser Stellenbesetzer wird auf derlei Dinge niemals antworten.

○ Glauben Sie nicht, Sie seien der einzige, der von Headhuntern angesprochen wird. Die Anrufer testen pro Auftrag oft bis zu hundert Kandidaten, von denen Sie die fähigsten herausfiltern und zu einem Gespräch bitten. Sie müssen, selbst wenn Sie die Bereitschaft zu einer weiteren und intensiveren Unterhaltung signalisieren, dieselbe Prozedur wie bei der Bewerbung auf eine Stellenanzeige eines Personalberaters durchlaufen.

- Es ist zwar wichtig, wer Sie eigentlich sucht, fragen Sie aber nie sofort nach dem Auftraggeber des Anrufers. Vor einer eingehenden Unterredung, die auch den Headhunter hoffen läßt, gilt eine solche Frage als naiv. Erst wenn der Executive Searcher und sein Kunde den Kandidaten interessant finden, darf der Managersucher mit dem Namen herausrücken.
- Erfahrene Telefonisten finden in wenigen Minuten heraus, wer für weitere Verhandlungen in Frage kommt. Geht ein Anrufer zu sehr ins Detail und verlangt von Ihnen mehr als schlichte Informationen über Ihre Wechselbereitschaft, legen Sie möglichst schnell den Hörer auf die Gabel. Hinter solchen Kundschaftern verbergen sich oft Laien oder unzuverlässige Personalberater.
- Lassen Sie sich nicht drängen. Gute Headhunter setzen ihre Kandidaten nicht unter Zeitdruck.
- Zeigen Sie aber auch keine Ungeduld nach dem ersten Telefonat. Vermeiden Sie allzu großes Interesse an der angebotenen Position, der Headhunter hält Sie sonst für jemanden, der unbedingt seine alte Firma verlassen will. In solchen Fällen brauchen Sie nicht mehr auf ein weiteres Signal aus dem Büro der Beratungsagentur zu hoffen. Ihr Name wird statt dessen sofort von der Adressenliste interessanter Kandidaten gelöscht.

3 Bewerbung

Wie Sie sich um eine Position in Ihrem Unternehmen bewerben

Gerade größere Unternehmen rekrutieren in letzter Zeit den Nachwuchs für qualifizierte Aufgaben mehr und mehr aus den eigenen Reihen. Ausgefeilte Personalförderungssysteme bereiten hoffnungsvolle Mitarbeiter deshalb auf den Weg nach oben vor.

Auch das Gesetz zwingt Arbeitgeber, auf neugeschaffene oder wieder zu besetzende Positionen im eigenen Haus hinzuweisen. In »geschlechtsneutralen« Ausschreibungen, Adressaten müssen also männliche und weibliche Mitarbeiter sein, sind sie gehalten, per Rundschreiben, Anschlag am Schwarzen Brett, Hinweis in der Hauszeitschrift oder durch die direkte Ansprache auf die Möglichkeit aufmerksam zu machen. Verzichtet das Unternehmen darauf, von dem freien Posten zu informieren, und engagiert einen Bewerber von außen, darf der Betriebsrat dieser Einstellung widersprechen. Diese Vorschriften gelten aber nicht für leitende Angestellte oder für spezielle Einzelfälle, da darf sich die Personalabteilung dann direkt am Markt auf die Suche machen. Außerdem hat der Gesetzgeber den Firmen noch einen weiteren Freiraum gelassen: Sie sind zwar verpflichtet, Bewerbungen aus den eigenen Reihen genau zu prüfen, brauchen sich aber nicht in jedem Fall für den Kandidaten aus dem Mitarbeiterkreis zu entscheiden.

Interessieren Sie sich für einen Karriereschritt im eigenen Betrieb, zögern Sie also nicht, mit Ihren Qualifikationen zu werben. Laufen Sie aber nicht spontan zum Personalchef

und dienen sich für die freie Stelle an. Überlegen Sie sich auch genau, ob Ihr Vorgesetzter eventuell als Referenz für Sie herhalten kann. Halten Sie sich auch davor zurück, Ihren Kollegen sofort von Ihrem geplanten Bürowechsel zu berichten.
Einen Jobwechsel bei Ihrem Arbeitgeber können Sie schon lange vorbereiten. Dazu gilt es, eine eigene Karrierestrategie zu entwickeln. Wer nämlich darauf vertraut, daß der Wert seiner Arbeit für sich spricht, hat oft das Nachsehen. Der vielzitierte Spruch: »Klappern gehört zum Handwerk« hat gerade im Wettbewerb mit anderen Kollegen große Bedeutung.

Wie Sie sich interessant machen

- Nutzen Sie das regelmäßige Beurteilungsgespräch, um Ihre bisherigen Leistungen, Ihre Wünsche und Pläne und natürlich auch Ihr Interesse am Aufstieg deutlich zu machen. Legen Sie dar, daß Sie gerne in Ihrem Unternehmen bleiben möchten. Drängen Sie auf möglichst schriftliche Vereinbarungen über gezielte Förderprogramme für Ihre Person.
- Unterstützen Sie auch Ihren Chef bei seiner Karriere. Umgehen Sie ihn auf keinen Fall bei Ihrem geplanten Weg nach oben. Nerven Sie den Vorgesetzten nicht mit ständigen Forderungen. Prüfen Sie seine möglichen Aufstiegschancen. Wird in der nächsten Zeit vielleicht eine Position für ihn frei – besteht damit für Sie eventuell die Chance, an die Stelle Ihres Chefs aufzurücken?
- Überzeugen Sie mit Ihrem Interesse an der betrieblichen Weiterbildung. Bemühen Sie sich um die Aufnahme in Mitarbeiterförderungskreise und -seminare. Zeigen Sie obendrein auch Ihre Bereitschaft, weiterbildende Fach- und Führungsseminare zu besuchen. Dafür müssen Sie aber schon hin und wieder Ihre Freizeit opfern. Solche Trimm-

kurse finden nämlich häufig an Wochenenden statt. Und wer sich scheut, einige Stunden seines Privatlebens zu opfern, läßt an seinem Aufstiegswillen zweifeln. Reden Sie gelegentlich auch außerhalb des üblichen Beurteilungsturnus über Ihre Zukunftschancen im Unternehmen. Sie unterstreichen Ihren Willen weiterzukommen ganz besonders durch Eigeninitiative.

○ Überraschen Sie mit ausgearbeiteten Verbesserungsvorschlägen. Gerade Tips zur Kostenersparnis zählen besonders viel. Sollte es in Ihrer Firma keine eigene Abteilung für derlei Einfälle der Mitarbeiter geben, scheuen Sie sich nicht, Ihren Plan direkt der Geschäftsleitung vorzulegen.

○ Pflegen Sie regelmäßigen Kontakt mit Kollegen und Vorgesetzten in anderen Ressorts Ihres Unternehmens. Vermeiden Sie aber bei diesen Gesprächen den Eindruck, Sie seien ein Alleskönner, dadurch erwecken Sie nämlich nur Mißtrauen und Eifersucht. Bei einer möglichen freien Stelle werden Sie diese Leute sicherlich niemals ansprechen. Versäumen Sie nicht, Ihren Kontaktpersonen auch einmal den einen oder anderen Gefallen zu tun. Entdecken Sie gemeinsame Interessen und planen Sie Begegnungen auch außerhalb des Betriebs.

○ Legen Sie bei der Bewerbung für einen neuen Job in Ihrem Hause dar, daß sich mit Ihrer Berufung in eine bessere Funktion auch die Motivation der übrigen Mitarbeiter verbessern kann. Das Wissen um betriebliche Aufstiegsmöglichkeiten verleitet viele, sich noch mehr als bisher mit ihren Aufgaben zu identifizieren und größere Leistungen zu bringen. Gleichzeitig kann das Unternehmen Aufsteiger ohne lange Einarbeitungszeiten einsetzen und die Kosten für Personalberater oder eigene Suchaktionen sparen.

Bewerbungsformalitäten

Können Sie sich aufgrund Ihres Images und Ihrer Qualifikation berechtigte Hoffnungen auf die ausgeschriebene Position machen, heißt es, die notwendigen Formalitäten ordnungsgemäß zu erfüllen.

- Beschaffen Sie sich über Ihre Kontakte zu den Kollegen Informationen über die zu besetzende Stelle. Versuchen Sie auch zu erfahren, warum die Position ausgeschrieben ist. Hat der bisherige Stelleninhaber gekündigt? Wurde ihm gekündigt? Ist er im Unternehmen weiter aufgestiegen? Erkundigen Sie sich, wie lange der Kollege an diesem Schreibtisch gearbeitet hat.
- Weisen Sie im Bewerbungsschreiben (siehe auch Seite 86 ff.) deutlich auf die Gründe für Ihren Wechselwunsch hin. Machen Sie deutlich, warum Sie Ihre Karriere in dem angestammten Haus fortsetzen möchten. In dem Brief sollten Sie auch ihre Qualifikation für den Posten belegen.
- Überschütten Sie die Personalabteilung nicht mit Unmengen von Unterlagen zum Beweis Ihrer Eignung. Ihre Personalakte wird ohnehin in diesem Ressort geführt. Dort kennt man deshalb Ihren Werdegang recht genau. Sie gelten sonst schnell als Aufschneider.
- Präparieren Sie sich auf das Vorstellungsgespräch (siehe auch Seite 145 ff.) genauso wie auf den ersten Vier-Augen-Kontakt in einer fremden Firma oder mit einem Personalberater. Beim Thema Gehalt oder Zusätze wie Dienstwagen oder eigene Sekretärin können Sie sich leicht an den Ihnen bekannten Gepflogenheiten der Unternehmensleitung orientieren. So vermeiden Sie lästige Diskussionen.

Wenn Sie sich direkt beim Unternehmen bewerben

Auch für Wechselwillige und Berufseinsteiger, die sich auf eigene Faust bei Unternehmen bewerben, stehen die Chancen auf einen Einstellungsvertrag wesentlich besser, als Sie vielleicht denken. Fast jede fünfte Stelle wurde in den letzten Jahren mit Kandidaten besetzt, die sich aus freien Stücken einem möglichen Arbeitgeber angedient haben. Diese Aspiranten gelten nämlich, haben sie ihre Offerte geschickt formuliert, bei möglichen Chefs als besonders initiativ und motiviert. Haben sie doch versucht, sich aus der Vielzahl der üblichen Bewerber herauszuheben.

Doch längst nicht jeder unaufgeforderte Anrufer oder Briefschreiber überzeugt die Angesprochenen von seiner Güte. Gilt es doch gerade über diesen recht unkonventionellen Weg, schon bei der ersten Kontaktaufnahme mit Nachdruck auf sich aufmerksam zu machen. Deshalb müssen diese Bewerberaktionen besonders gut geplant sein.

○ Erkundigen Sie sich, ob derzeit überhaupt Bedarf an neuen Mitarbeitern besteht. Haben Sie in der Zeitung gelesen oder wissen aus anderen Quellen, daß das Unternehmen die Einstellung weiteren Personals plant, reicht diese Information durchaus, schon aktiv zu werden.

Lehnt eine Firma Ihre Offerte, Bewerbungsunterlagen zu schicken, schnöde ab, dürfen Sie sich aber auch nicht sonderlich verärgert zeigen. Solche Rückschläge müssen Sie bei diesen Bewerbungsaktionen häufig wegstecken. Zeigt man sich interessiert, informieren Sie sich beim Personalbüro oder der einstellenden Abteilung nach den gewünschten Unterlagen. Oft reicht bereits eine Kurzbewerbung (siehe Seite 84) zum ersten Kontakt. Erst später werden dann die sonst üblichen Bewerbungsdokumente von Ihnen angefordert.

○ Suchen Sie mögliche Ansprechpartner sorgfältig aus. Fragen Sie sich dazu, ob die Firma wirklich in Ihre persönliche Karriereplanung paßt. Wie ist es in der Branche um das Renommee des Unternehmens bestellt? Bedeutet ein möglicher Eintritt in das Haus wirklich einen Aufstieg? Sind der Betrieb und der Wirtschaftszweig in den letzten Jahren gewachsen? Gab es eine Stagnation? Ist vielleicht sogar ein Rückschritt zu befürchten?

○ Bieten Sie sich niemals mit der banalen Frage »Kann ich bei Ihnen arbeiten?« oder »Haben Sie überhaupt Interesse an mir?« an. Solche untertänigen Ansprachen können Sie sich von vornherein sparen. Diese Bewerber gelten in der Praxis als völlig unsicher und auch als wenig reizvoll.

○ Begründen Sie in Ihrem Bewerbungsschreiben ausführlich, warum Sie gerade in diesem Unternehmen arbeiten möchten. Selbst wenn Ihnen das Formulieren möglicher Vorlieben für die gerade angesprochenen oder angeschriebenen Firmen als zu beschwerlich erscheint, müssen Sie sich die Zeit für eine individuelle Ansprache nehmen.

○ Bringen Sie immer die vollständige Anschrift des Unternehmens und der Personalabteilung oder des jeweiligen Fachressorts, für das Sie sich bewerben wollen, in Erfahrung. Bei dieser Detektivarbeit hilft Ihnen oft schon der schlichte Blick in ein Telefonbuch. Aber auch die Pförtner oder Telefonzentralen möglicher Brötchengeber freuen sich oft, aus ihrem Alltagstrott herausgerissen zu werden und Ihnen helfen zu können. Bewerberbriefe, die erkennen lassen, daß Sie gerade mal durch den Spürsinn eines Postbeamten oder eines aufgeweckten Hausboten zum rechten Ziel gekommen sind, erregen schon vor dem genauen Studium des Inhalts größtes Mißfallen.

○ Sprechen Sie bei Ihrem Bewerbungsfeldzug ruhig eine Reihe von Unternehmen an. Verzetteln Sie sich aber nicht. Der Kontakt und das eventuelle Interesse von etwa fünf möglichen Arbeitgebern reicht aus. Außerdem erkennen die Ansprechpartner Vielbewerber sehr schnell.

So könnte eine unaufgeforderte Bewerbung aussehen

Alfred Krause

Am Draitschbusch 79
5000 Köln 73
den 30. 9. 1989

Firma xy
zu Händen Personalabteilung
Herrn/Frau . . . .
Postfach 1234
5000 Köln 11

Sehr geehrte(r) Herr/Frau . . . .
ich beobachte schon seit langem das ausgezeichnete Wachstum Ihres Hauses.
Dabei interessieren mich in erster Linie Ihre Aktivitäten auf den Auslandsmärkten.
Ich arbeite seit nunmehr fünf Jahren auf dem gleichen Sektor und würde meine Kenntnisse gerne einem so aufstrebenden und kreativen Unternehmen wie dem Ihren zur Verfügung stellen.
Meine Spezialgebiete sind . . . ., ... und . . . .
Ich würde mich sehr freuen, in einem Gespräch mit Ihnen über eine mögliche Zusammenarbeit zu sprechen.
Damit Sie sich ein genaueres Bild von mir machen können, lege ich diesem Brief meinen Lebenslauf bei.

Mit freundlichen Grüßen

Die Bewerbung auf eine Chiffre-Anzeige

Bewerben Sie sich niemals völlig bedenkenlos auf eine Chiffre-Anzeige. Solche Angebote müssen Sie immer kritisch studieren. Heute braucht sich eigentlich keine seriöse Firma mehr hinter solchen anonymen Stellenofferten zu verstecken. Personalberater helfen gerne als »Briefkasten« aus. Ein Unternehmen, das diese Dienste nicht in Anspruch nehmen will oder kann, hat deshalb oft etwas zu verbergen. Erscheint Ihnen aber dennoch eine chiffrierte Annonce besonders reizvoll, müssen Sie deshalb äußerste Vorsicht walten lassen. Laufen Sie doch Gefahr, mit Ihrer Bewerbung direkt auf dem Schreibtisch Ihres derzeitigen Chefs zu landen. Eventuelle Schadenersatzansprüche bei solch peinlichen Situationen können Sie sich aber gleich aus dem Kopf schlagen.

Nennen Sie aus diesem Grunde niemals Ihren Arbeitgeber. Weichen Sie auf Umschreibungen aus wie »ein führendes Maschinenbauunternehmen im süddeutschen Raum« oder »ein mittelständisches Unternehmen der Fahrzeugbau-Zulieferindustrie«. Geizen Sie auch mit allzu ausführlichen Bewerbungsunterlagen. Ein kurzes Anschreiben, das Ihr Interesse an dem ausgeschriebenen Job bekundet und ein tabellarischer Lebenslauf reichen aus. Ein seriöses Unternehmen, das sich über eine Chiffre-Anzeige an Bewerber wendet, wird für solche Zurückhaltung Verständnis haben. Stößt Ihr Schreiben bei solchen Firmen auf Interesse, lüften sie den Schleier der Anonymität über ihren Namen und erbitten weitere Informationen von Ihnen.

Einige Inserenten stellen Bewerbern frei, auf ihren Schreiben einen Vermerk anzubringen, wer die Unterlagen auf keinen Fall bekommen soll. Solche, in der Fachsprache

Sperrvermerke genannte Hinweise müssen Sie aber immer besonders deutlich auf dem Umschlag angeben. Die Posteingangsstellen der Verlage kontrollieren den Inhalt der Antworten auf chiffrierte Anzeigen nämlich nicht. Sie leiten die Briefe ungeöffnet an die für Sie anonymen Empfänger weiter.

Mag sich ein Unternehmen auch nach der ersten Kontaktaufnahme immer noch nicht mit dem Namen präsentieren und erbittet weiterhin Post an die Chiffre-Nummer, ist es für Sie höchste Zeit, Ihre Aktivitäten einzustellen. Solche Häuser haben auf jeden Fall etwas zu verbergen.

Lädt Sie eine Firma aber zu einem Vorstellungsgespräch ein, scheuen Sie sich nicht, nach dem Grund für die anonyme Anzeige zu fragen. Überzeugt Sie die Erklärung nicht, schreiben Sie lieber weitere Bewerbungen an andere Häuser, die weniger geheimnisvoll agieren.

Die Bewerbung beim Arbeitsamt

Die Arbeitsämter können für wechselwillige Führungskräfte und frisch diplomierte Hochschulabsolventen meist nur wenig tun. Zum einen sind die Vermittlungsbehörden allein mit der Arbeitsbeschaffung für Arbeiter und entlassene Angestellte völlig überfordert, und zum anderen wendet sich heute kaum ein Unternehmen an das zuständige Amt, um einen talentierten neuen Mitarbeiter oder eine qualifizierte Mitarbeiterin präsentiert zu bekommen. Gilt es doch für viele hochkarätige Bewerber als Makel, über den Schreibtisch einer Behörde hinweg vermittelt werden zu müssen.

Allerdings hat die Bundesanstalt für Arbeit aus dem desolaten Ruf ihrer Dienste etwas gelernt. Fachvermittlungsdienste in den Universitätsstädten helfen arbeitssuchenden Berufseinsteigern mit akademischem Diplom und Nachwuchskräften, die nach der Einstiegsposition eine neue Aufgabe suchen. Diese Makler müssen nicht so heftig mit der Bürokratie kämpfen wie die normalen Ämter. Trotzdem ist das Image noch längst nicht so anerkannt, daß renommierte Unternehmen sich unbedingt die Dienste dieser Leute sichern wollen. Mittelständische Arbeitgeber lassen sich allenfalls auf solche Kandidaten ein. Spricht doch schon eine Bewerbung bei den staatlichen Spezialbüros nicht für die von aufstrebenden und vielversprechenden potentiellen Mitarbeitern erwartete Einsatzbereitschaft und Initiative.

Eine Sondereinheit der Bundesanstalt für Arbeit, die Zentralstelle für die Vermittlung von Führungskräften (ZAV) in Frankfurt, soll diesem Mißstand abhelfen. Die Frankfurter wollen nämlich das tun, was die Konkurrenz der freiberuflichen Managermakler offiziell nicht darf: Top-Leute auf Spitzenpositionen befördern. Bisher blieb der ZAV allerdings nur wenig Erfolg beschieden. Von dem Frankfurter Büro vorgeschlagene Bewerber bekommen von vielen angesprochenen Unternehmen immer noch gleich den Stempel eines gescheiterten Aspiranten aufgedrückt. Wer erfolgreich ist, wird in den Augen möglicher Arbeitgeber niemals mit Hilfe der Behörde versuchen, an eine andere Stelle zu kommen.

Allerdings ergreifen die ZAV-Mitarbeiter mit ihrer Spezialabteilung zur Vermittlung solcher Spitzenleute, dem Büro für Führungskräfte der Wirtschaft, die Initiative und werben verstärkt für ihre Dienste auf dem Markt für Elite-Manager. Ab und zu gelingt den Frankfurtern tatsächlich auch einmal die Besetzung einer besonders hochkarätigen Vorstandsposition. Gegenüber der freiberuflichen Konkurrenz der Personalberater ziehen die Beamten jedoch in vielen Fällen den kürzeren.

Sie sollten sich deshalb derzeit nur im Notfall mit der ZAV in Verbindung setzen. Bei der Suche nach einem karriereträchtigen Job in einem anerkannten Unternehmen kann Ihnen die Nebenstelle der Bundesanstalt für Arbeit kaum helfen. Eingehende Bewerbungsunterlagen mit dem Vermerk der Behörde betrachten besonders angesprochene größere Firmen mit einem Naserümpfen. Obendrein laufen Sie auch noch Gefahr, daß Ihre Bewerbungsunterlagen im Büro eines Personalchefs landen, der Sie bereits durch einen Executive Searcher kennengelernt hat. Bei einem so Überraschten brauchen Sie sich in Zukunft nicht mehr sehen zu lassen.

Hin und wieder lassen sich allerdings vornehmlich kleinere Häuser von dem Frankfurter Spezialbüro für die Vermittlung von Managern unter die Arme greifen. Auf die von der ZAV ausgeschriebenen Stellenangebote können Sie sich daher ruhig bewerben. Sie erscheinen in letzter Zeit immer häufiger in den einschlägigen Veröffentlichungen oder der »Capital«-Karriere-Börse. Achten Sie aber bei solchen Aktionen auf die Einhaltung eines Sperrvermerks. Schreiben Sie also besonders deutlich auf Ihr Bewerbungsschreiben und möglichst auch noch auf den Umschlag, an welches Unternehmen Ihre Dokumente auf keinen Fall weitergeleitet werden sollen.

Die Bewerbung als Test des eigenen Marktwerts

Kurz vor den jährlichen Gehaltsgesprächen trimmen sich viele erfahrene Führungskräfte auf ihre ganz eigene Weise: Sie bewerben sich auf interessante Stellenangebote und erkunden so, was andere Unternehmen bereit sind, für ihre Dienste zu bezahlen. Selbst Personalchefs beschäftigen sich hin und wieder mit diesem Zeitvertreib. Sie wollen dann in die Rolle schlüpfen, die sonst ihre Gesprächspartner spielen müssen.

Denken Sie nicht, solche Aktionen seien für Sie völlig unmöglich. Alle ein bis zwei Jahre sollten Sie Ihre Bewerbungskenntnisse und den optimalen Verkauf Ihrer eigenen Person üben. Selbst wenn Ihnen derzeit ein Wechsel völlig undenkbar erscheint, hilft das kontinuierliche Fitmachen beim Vorgehen im Ernstfall. Nehmen Sie sich aber genügend Zeit, und gehen Sie genauso vor wie bei einer richtigen Bewerbung.

Pokern Sie ruhig bis zu einem konkreten Vertragsangebot. In diesen Gesprächen sind Sie nämlich wesentlich lockerer und können daher besonders selbstbewußt vorgehen. Nicht selten sind aus solchen Versuchsballons schon hervorragende neue Jobs hervorgegangen. Auf diese Weise läßt sich glänzend ausloten, was andere Unternehmen für Positionen mit einem Mann oder einer Frau Ihrer Qualifikation bezahlen.

Vorsicht: Prahlen Sie bei Ihrem anschließenden Gehalts- oder Beurteilungsgespräch aber nicht zu sehr mit Ihrem eben erkundeten Marktwert. Manche Personalchefs lassen sich von diesen Aktionen nicht blenden. Die Folge ist dann häufig das Angebot, doch zur Konkurrenz zu wechseln. Weisen Sie deshalb nur darauf hin, daß Sie recht genau über

Ihre Chancen informiert sind. Stehen Sie bei Ihrem Arbeitgeber in einem guten Ruf, so wird er Ihnen auf jeden Fall Zugeständnisse machen. Andernfalls können Sie Ihr Bewerbungstraining in die Praxis umsetzen und tatsächlich wechseln.

Die schriftliche Bewerbung

Selbst die hochkarätigsten Manager scheitern oft kläglich, wenn es gilt, die eigene Person in einer schriftlichen Bewerbung ins rechte Licht zu rücken. Viele katapultieren sich schon durch grobe Formfehler aus der Vorauswahl möglicher Kandidaten. Andere versuchen, durch fadenscheinige Formulierungen Schwächen zu kaschieren oder angebliche Stärken zu überzeichnen. Sogar erfahrene Manager greifen immer wieder zu einem Standardtext, der dann möglichst auch noch kopiert wird, um sich für einen neuen lukrativen Posten anzubieten.
Wer obendrein die Bewerbung schon einige Tage nach Erscheinung des Angebots in den Briefkasten des Beraters oder der Firma wirft, verkauft sich noch schlechter. Von solchen Leuten vermuten die Nachwuchs- und Managerrekruteure, sie ständen unter großem Druck und müßten die Stelle unbedingt haben. Allzu langsame Aspiranten können ihre Aussichten allerdings genauso schnell begraben. Am besten senden Sie Ihre persönlichen und beruflichen Daten etwa eine Woche nach Erscheinen der Annonce ab.

Was in eine Bewerbungsmappe gehört

In der Praxis gibt es für die Zusammenstellung der Bewerbungsunterlagen keine festgeschriebenen Regeln. Zum einen hängt die Zahl der beizulegenden Dokumente von der ausgeschriebenen Stelle und zum anderen natürlich vom Alter des Bewerbers ab. Beachten Sie aber immer genau, was in der Stellenanzeige von Ihnen gefordert wird. Wer sich nicht an die Wünsche der eventuellen Arbeitgeber hält, disqualifiziert sich von vornherein. Bittet der Stellenanbieter lediglich um eine Bewerbung, so meint er normalerweise diese Dokumente in der angegebenen Reihenfolge:

1. Bewerbungsschreiben.
2. Tabellarischer Lebenslauf mit Lichtbild. Das Foto können Sie aber auch auf ein Extrablatt nach dem Lebenslauf kleben. Versehen Sie die Seite mit Ihrem Namen.
3. Zeugniskopien geordnet nach Schul-, Ausbildungs- und Arbeitszeugnissen.
4. Zertifikate über spezielle Fähigkeiten, die für den Job interessant sind, zum Beispiel Teilnahmebestätigungen an längerfristigen Controller-Lehrgängen oder Nachweise über von Ihnen beherrschte Computer-Sprachen.

Darüber hinaus verlangen Unternehmen gelegentlich Arbeits-, Schriftproben und Referenzen von potentiellen neuen Mitarbeitern. Diese Belege sortieren Sie an Position 5, 6 und 7 in Ihre Unterlagen ein. Legen Sie solche Unterlagen aber nur auf ausdrücklichen Wunsch des Stellenanbieters bei.

Fehlen Ihnen ein oder mehrere Dokumente, zum Beispiel das letzte Arbeitszeugnis, wenn der alte Chef noch nichts von der bevorstehenden Kündigung weiß oder das Hochschuldiplom noch nicht ausgestellt wurde, weisen Sie darauf hin und kündigen Sie an, die fehlenden Dokumente umgehend nachzuschicken.

Die unterschiedlichen Formen einer Bewerbung

Die Stellenvermittler und die Unternehmen sagen meist in ihren Ausschreibungen oder bei der Direktansprache eines Kandidaten, welche Unterlagen für eine Bewerbung nötig sind. Allerdings sind diese Formulierungen recht unklar. So knacken Sie den Code:

- *Kurzbewerbung.* Siehe Seite 84

○ *Bewerbung mit den üblichen Unterlagen.* Hier wollen die Personalsucher neben dem Bewerbungsschreiben und dem tabellarischen beruflichen Werdegang noch Zeugnisse und den Nachweis der Schul- und Hochschulabschlüsse.

○ *Vollständige Bewerbungsunterlagen.* Hier müssen die Interessenten, neben den schon genannten Dokumenten, in einem gleichfalls tabellarischen Lebenslauf Angaben zur Familie machen, Gehaltsvorstellungen und den möglichen Eintrittstermin mitteilen.

○ *Bewerbung mit aussagekräftigen Unterlagen.* Hier erwarten Firmen und Berater außerdem Auskünfte über die Art des Studiums, das Thema der Examensarbeit, Informationen über Nebenfächer, die nicht in den Zeugnissen ausgewiesen sind und häufig Arbeitsproben. Auch bei dieser Form der schriftlichen Präsentation müssen Sie den Grundsatz beachten: Nicht übertreiben. Immer wieder verweisen Kandidaten stolz auf ihre Arbeitszeugnisse. Bei genauer Lektüre erkennt der Personalberater oder der Personalbeauftragte des Unternehmens sofort, daß der Chef die Lobhudelei zwar unterschrieben hat, Verfasser aber der Gelobte ist. Barsche Kritik eines Executive Searchers: »Ich wäre ganz froh, wenn uns die Bewerber nicht für so blöd hielten. Sie sollten nicht so auf den Putz hauen, das sieht ein bißchen affig aus.«

Versuchen Sie aber auch nicht, Unterlagen vorzuenthalten. Diese Tricks bemerken selbst die unerfahrensten Mitarbeiter der Personalressorts sofort. Die Folgen sind dann meist überall gleich: Solche Bewerber müssen in einem eventuellen Vorstellungsgespräch mit peinlichen Fragen rechnen, wenn sie nicht postwendend eine Absage bekommen.

80 bis 90 Prozent der Bewerbungsunterlagen, selbst hochqualifizierter Führungskräfte, schicken Personalberater oder Unternehmen gleich wieder an die Absender zurück. Der Grund für diese miserable Quote liegt meist in der Mißachtung der minimalsten Formvorschriften für Aufmachung und Aussehen der Dokumente. Da müssen die Leser dann auf rosa Briefbogen oder auf kariertem Schreibpapier unleserliche Texte entziffern und sich häufig durch einen Wust ungeordneter Papiere kämpfen. Klar, daß derart Beanspruchte sich lieber mit Bewerbungsmappen beschäftigen, die makellos sind. Das sind nun mal die wenigsten. Fehlgriffe dürfen Sie sich deshalb auf keinen Fall leisten. Allenfalls besonders rare Spezialisten können sich schon mal einen Formfehler erlauben. Sie sollten sich bei dem Aufbau, dem Verfassen und dem Zusammenstellen der Unterlagen in die Lage des Lesers versetzen. Der will in einer ansprechenden Form in möglichst kurzer Zeit einen genauen Eindruck von Ihnen gewinnen. Damit Sie schon mit der Aufmachung Ihrer Informationen über Ihren persönlichen und beruflichen Werdegang Pluspunkte erzielen:

- Benutzen Sie grundsätzlich weißes, unliniertes Schreibmaschinenpapier. Mit Ihrer genauen Anschrift bedruckte Briefbogen sind natürlich auch möglich.
- Senden Sie nur Dokumente in der Größe DIN A4 ein.
- Kopieren Sie niemals Bewerbungsschreiben, Lebenslauf oder Referenzen. Zeugnisse können Sie als Kopie beilegen. Beglaubigte Testate müssen nicht sein. Zeugnisabschriften sind ebenfalls überflüssig. Es sei denn, sie werden ausdrücklich gewünscht.
- Schreiben Sie möglichst nicht mit der Hand. Sie erleichtern so dem Personalchef oder dem Executive Searcher die Arbeit. Obendrein umgehen Sie die Gefahr, daß ein übereifriger Leser sich plötzlich noch zu einer Handschriftprobe

entschließt. Außerdem können Sie mit der Schreibmaschine leichter die notwendigen Durchschläge anfertigen, die Sie von jeder Bewerbung aufbewahren und kurz vor einem eventuellen Vorstellungsgespräch noch einmal studieren sollten. Steht Ihnen keine Maschine zur Verfügung, verwenden Sie auf jeden Fall einen Füller und keinen Filzstift oder Kugelschreiber.

○ Benutzen Sie keine vorgedruckten Bewerbungsunterlagen aus dem Schreibwarenhandel. Solche Hilfsmittel dürfen allemal Aspiranten auf eine schlichte Lehrstelle ausfüllen. Von Ihnen erwarten mögliche Arbeitgeber die Fähigkeit, ein Schreiben selbständig zu gestalten.

○ Tippfehler verbessern Sie nur, wenn Ihre Schreibmaschine über ein hervorragendes Korrektursystem verfügt. Schlecht korrigierte Unterlagen oder Durchgestrichenes lassen Sie als äußerst schludrigen Kandidaten erscheinen. Nehmen Sie sich lieber die Zeit und schreiben Sie die Seite noch einmal.

○ Sortieren Sie Ihre Papiere in Klarsichthüllen ein. Pappordner verschmutzen schnell und bekommen Eselsohren. Die waren manchen Prüfern Grund genug, einen Bewerber von der Liste interessanter Kandidaten zu streichen.

○ Stecken Sie aber nicht jedes einzelne Dokument in eine Hülle. Es genügt zum Beispiel, Schulzeugnisse zusammenzufassen, Hochschuldiplome in eine Extrahülle zu packen und Weiterbildungsbelege zu sammeln. Denn eine Reihe von Personalberatern und Personalabteilungen schaltet schon vor die Lektüre der Bewerbungsdaten ein originelles Auswahlkriterium: Sie legen die eingesandten Unterlagen auf die Waage. Sie geraten in Rage, wenn jemand eine dicke Mappe, prallgefüllt mit überflüssigen Papieren, einschickt.

○ Verwenden Sie nur kräftige Umschläge, in denen Sie die Unterlagen ohne Mühe unterbringen können. Zu enge

Kuverts sehen wenig attraktiv aus und platzen zudem oft auf dem Weg zum Schreibtisch der Adressaten.

○ Verschicken Sie Ihre Bewerbungsmappe niemals per Einschreiben oder Eilboten. Solche Bewerber gelten gleich als besonders auf die ausgeschriebene Position angewiesen. Obendrein bedeuten eingeschriebene Sendungen wieder Mehrarbeit für die Unternehmen oder die Beratungsagenturen.

○ Frankieren Sie Ihre Bewerbung ausreichend. Unzulänglich freigemachte Umschläge nehmen viele Personalbüros erst gar nicht an. Die anderen bewerten solche Sparsamkeit zumindest mit einem Minuspunkt.

Wie eine Kurzbewerbung aussehen sollte

In der Urlaubszeit fügen Unternehmen und Personalberater ihren Stellenangeboten in Zeitungen und Zeitschriften gelegentlich den Zusatz »Zunächst genügt die Übersendung einer Kurzbewerbung« hinzu. Diese Aufforderung richtet sich aber nur an Interessenten, die zum Erscheinungstermin der Anzeige wirklich in Ferien sind. Wer sich von seinem Wohnort aus bewirbt, für den gilt dieser Satz als nicht geschrieben. Er muß schon die kompletten Bewerbungsunterlagen einsenden. Ein Urlauber darf sich hingegen mit einer »Kurzbewerbung« präsentieren. Dann genügt es, erst einmal ein Bewerbungsschreiben, einen kompletten tabellarischen Lebenslauf und möglichst noch ein Foto an den möglichen Arbeitgeber oder einen Berater zu schicken.

Achten Sie bei solchen Aktionen aber immer, genauso wie bei einer üblichen Bewerbung, auf die Form Ihrer Offerte. Schreiben Sie nur im Notfall mit der Hand, und fügen Sie neben Ihrer Heimatanschrift auch noch die Urlaubsadresse hinzu. Sollten Sie schon vor der Urlaubsreise mit dem Gedanken an einen möglichen Wechsel gespielt haben,

verfassen Sie schon vor der Abfahrt einige Lebensläufe. Bei einer Kurzbewerbung dürfen Sie schon mal auf den Grundsatz verzichten, einen Lebenslauf immer möglichst auf die angebotene Position zuzuschreiben. Auch Fotokopien werden in so einem Fall eher akzeptiert als bei einer Bewerbung aus der Heimat.
Hüten Sie sich aber davor, während der Ferien auf Anzeigen ohne den beschriebenen Zusatz per Kurzbewerbung zu antworten. Die Empfänger solcher Briefe stufen diese Interessenten gleich als Vielbewerber ein. Entsprechend gering ist ihr Interesse an ihnen. Wer mit diesem wenig aufwendigen Verfahren bei Unternehmen vorfühlen will, ob überhaupt eine Chance für eine Mitarbeit besteht, kann sich die Mühe und das Porto von vornherein sparen. Hinter solchen Angeboten vermuten Personalchefs entweder einen Bewerber, der sich nicht traut, seine kompletten Unterlagen einzusenden, oder einen Vielbewerber, der sich gleich per »Massendrucksache« an eine ganze Reihe von möglichen Arbeitgebern gewandt hat. Obendrein zeigen sich die so Angeschriebenen oft schon besonders verärgert, weil ihnen durch eine unaufgeforderte Kurzbewerbung Mehrarbeit entsteht: Sie müssen bei eventuellem Interesse erst die ausführlichen Unterlagen anfordern. Andere Kandidaten, die gleich alles Notwendige beigefügt haben, bekommen dann natürlich Pluspunkte.
Fazit: Bewerben Sie sich nur auf ausdrücklichen Wunsch des Stellenanbieters per Kurzbewerbung. In allen anderen Fällen müssen Sie sich schon die Mühe machen und eine komplette Bewerbung auf den Weg bringen, wollen Sie Ihre Chancen auf eine neue Position nicht von Anfang an schmälern.

Das Bewerbungsschreiben

Personalsachverständige nennen das Bewerbungsschreiben gerne die »Visitenkarte« des Kandidaten oder bezeichnen es als eine »der besten Möglichkeiten, für sich zu werben«. Diese Titel für den oft ersten Eindruck eines möglichen neuen Mitarbeiters sprechen denn auch für sich. Sie wissen selber, wie abfällig Sie über eine schlecht aufgemachte Visitenkarte urteilen oder wie unprofessionell Ihnen völlig laienhaft gestaltete Anzeigen für neue Produkte erscheinen. Eine Bewerbung ist aber nichts anderes als eine möglichst optimal ausgefeilte Verkaufsaktion in eigener Sache. Versetzen Sie sich deshalb in die Lage des Adressaten: Was will er wissen? Was sind Ihre Stärken? Wieso hätte er gerade mit dem Einkauf Ihrer Arbeitskraft das große Los gezogen? Liefern Sie ihm die Argumente, warum gerade Sie der oder die Richtige sind.

Machen Sie dem Leser Appetit, Ihre weiteren Unterlagen aufmerksam zu studieren. Allerweltsbriefe helfen Ihnen dabei überhaupt nicht. Im Gegenteil: Kreativität ist angesagt. Personalchefs und Berater müssen täglich oft ganze Berge von Kandidatenpost durcharbeiten. Kein Wunder, wenn sie schnell die Lust an Einheitsbewerbungen verlieren.

Geraten Sie aber auch nicht ins Plaudern. Ihre Ansprechpartner stehen meist unter äußerstem Zeitdruck. Außerdem interessiert es sie zu diesem Zeitpunkt nur wenig, warum Sie gerade das eine oder das andere Hobby betreiben, welcher Partei Sie besonders nahestehen oder warum Sie Ihr altes Unternehmen verlassen wollen. Halten Sie sich auch mit weitschweifigen Interpretationen möglicher Entwicklungen der Wirtschaft oder der politischen Lage zurück. Sie werden sonst nur für einen Schwätzer gehalten, der nicht weiß, worauf es ankommt.

Die formalen Anforderungen an ein Bewerbungsschreiben

Fordern die Personalexperten beim Inhalt des Bewerbungsschreibens Individualität, so schalten viele von ihnen bei der Kontrolle der Äußerlichkeiten auf bürokratisch. Zwar hat niemand bisher ein verbindliches Schema entwickelt, doch gelten einige Regeln in der Praxis zumindest als üblich. Sie sollten diese Punkte daher beim Aufsetzen eines Bewerbungsschreibens beachten. Meist sind die Prüfer Ihrer Unterlagen sehr konservative Leute, die auf die peinlich genaue Einhaltung dieser Formalien achten.

- Fassen Sie sich kurz. Eine Seite, natürlich mit der Schreibmaschine geschrieben, ist üblich. Sollten Sie sicher sein, all Ihre Pluspunkte nicht auf einem Blatt schildern zu können, dürfen Sie ausnahmsweise zwei Seiten beschreiben.
- Gliedern Sie das Schreiben übersichtlich. Bei der Aufteilung können Sie sich an den einzelnen Bestandteilen eines Bewerbungsbriefes (siehe Seite 80 f.) orientieren.
- Lochen Sie das Schreiben nicht. Es gehört zwar als erstes Dokument in Ihre Bewerbungsmappe, jedoch müssen Sie es obenauf legen. Heften Sie es aber auf keinen Fall ein.
- Versehen Sie den Bogen mit Ihrer genauen Anschrift und Ihrem vollständigen Namen. Schreiben Sie auf jeden Fall auch Ihre private Telefonnummer mit in den Briefkopf. Ihren Dienstanschluß vermerken Sie nur, wenn in Ihrem alten Unternehmen bereits bekannt ist, daß Sie das Haus verlassen wollen oder Sie mit der Diskretion von Kollegen und Mitarbeitern rechnen können. Vertrauen Sie nicht zu sehr auf das Entgegenkommen anderer. Gerade bei der Planung eines Umstiegs auf einen anderen Arbeitsplatz haben mißgünstige, neidische Kollegen schon oft für größte Probleme gesorgt.

- Versehen Sie das Bewerbungsschreiben mit dem aktuellen Datum.
- Nerven Sie den Leser nicht mit Floskeln wie »Die Klärung dieser Frage ist Verhandlungssache« oder »darüber sollten wir zur gegebenen Zeit reden«. Berater und die Mitarbeiter der Personalbüros in den Unternehmen halten Sie sonst schnell für unentschlossen oder für einen Blender.
- Unterschreiben Sie den Bewerbungsbrief mit Vor- und Zunamen. Vergessen Sie Ihre Unterschrift, können Sie auch gleich die ganze Bewerbung vergessen. Auf solche auf den ersten Blick vielleicht nebensächlich erscheinenden Dinge achten die Begutachter besonders gern. Gilt doch das Verfassen und Zusammenstellen einer Bewerbung für viele als erster Streßtest möglicher Kandidaten für einen aufreibenden Job. Wer bereits bei einem Schreiben etwas Selbstverständliches übersieht, wird in den Augen der Berater und Personalchefs in der Hektik an seinem Arbeitsplatz noch viel wichtigere Dinge übersehen.
- Listen Sie in einem Anlageverzeichnis die beiliegenden Dokumente auf.

Der Inhalt eines Bewerbungsschreibens

Eigenwerbung steht natürlich an erster Stelle, wenn es darum geht, bei einem möglichen Arbeitgeber einen guten Eindruck zu machen. Tun Sie aber niemals zuviel des Guten. Ein mit Eigenlob überfrachteter Brief löst beim Leser dieselben Regungen aus wie das langweilige Standardschreiben eines besonders einfallslosen Kandidaten: Es wandert blitzschnell auf den Stapel der uninteressanten Bewerbungen. Orientieren Sie sich bei Ihrem Werbebrief in eigener Sache an den folgenden Vorgaben. Vermeiden Sie den Eindruck, die Bewerbungsaktion als lästig zu empfinden. Wer nicht auf das konkrete Angebot eingeht und sein Interesse gerade an der ausgeschriebenen Stelle darlegt,

scheitert schon vor dem ersten Vorstellungsgespräch. Hüten Sie sich obendrein vor Versprechungen, was Sie alles tun wollen und wozu Sie in der Lage sind. Ein Arbeitgeber geht nämlich immer davon aus, daß ein engagierter Mitarbeiter ständig sein Bestes gibt.
So teilen Sie Ihr Bewerbungsschreiben ein:

- *Betreff.* Im ersten Gliederungspunkt schildern Sie in kurzen Worten, wo Sie die Offerte gelesen haben, wann das war und was für eine Position angeboten wurde. Nennen Sie am besten die in der Anzeige vom Unternehmen oder Executive Searcher benutzte Aufgabenbezeichnung.
- *Persönliche Ansprache.* Kennen Sie den Adressaten mit Namen, verwenden Sie ihn natürlich in der Anrede. Benutzen Sie aber immer den vollständigen Namen mit sämtlichen Zusätzen wie Doktortitel oder Adelsprädikaten. Ist Ihnen der Ansprechpartner unbekannt, verwenden Sie die traditionelle Formel »Sehr geehrte Damen und Herren«.
- *Einleitung.* Beginnen Sie die Einleitung immer mit einer persönlichen Ansprache. Formulieren Sie zum Beispiel »Sie suchen« oder »Ihr Haus sucht«. Vermeiden Sie »ich« zu sagen oder das Wort »bewerben« zu gebrauchen. Weisen Sie den Leser statt dessen auf seine Wünsche und Bedürfnisse hin. Damit umgehen Sie so untertänige Aussprüche wie »bitte ich höflichst« oder »hoffe ich, daß meine Bewerbung bei Ihnen Interesse finden wird«. Solche Floskeln passen nicht in das Bewerbungsschreiben eines selbstbewußten Kandidaten, nach dem sich ein Unternehmen eigentlich die Finger lecken soll.
- *Darstellung der eigenen Person.* Geraten Sie gerade bei diesem Part nicht in übertriebenes Schwelgen über Ihre Stärken, gleich ob sie fachlicher oder persönlicher Art sind. Schildern Sie knapp, aber mit überzeugenden Worten, warum Sie glauben, den geforderten Ansprüchen gerecht zu werden.

○ *Besondere Kenntnisse und Fähigkeiten.* Hier heißt es auch, wieder ganz intensiv an die ideale Länge für ein Bewerbungsschreiben zu denken (eine Seite!). Gerade bei diesem Teil wird Ihnen Zurückhaltung bei der Wortwahl und bei der Textmenge ziemlich schwerfallen. Müssen Sie doch mit gezielten Sätzen mit Ihren einschlägigen Erfahrungen und Qualifikationen überzeugen, daß Sie die optimale Besetzung für den angebotenen Posten sind.
Tragen Sie bei der Selbstdarstellung aber nicht allzu dick auf. Spätestens kurz nach der Einstellung fallen solche Kandidaten heftig auf, wenn sich ihre wahren Qualitäten herausstellen. Erfahrene Personalberater und Personalchefs überführen Blender allerdings oft schon nach wenigen Minuten im Vorstellungsgespräch. Selbst wenn die Unternehmen den vielzitierten »25jährigen Diplomkaufmann mit einem abgeschlossenen ingenieurwissenschaftlichen Zweitstudium, fünf Jahren Auslandserfahrung, Führungserfahrung, mindestens vier Fremdsprachen und einem Doktortitel« in den gelegentlich übertrieben formulierten Anzeigen suchen, halten Sie sich mit einer überzogenen Selbstdarstellung besser zurück. Stellen Sie lieber Ihre Talente mit geschickten Worten dar.
Beschränken Sie sich in Ihrem persönlichen Verkaufsschreiben wirklich nur auf wenige Punkte, die für den neuen Job von großer Bedeutung sind. Ihre Abschlüsse und Ihre wichtigsten Weiterbildungsaktivitäten erfährt das Unternehmen oder der Berater ohnehin aus Ihrem Lebenslauf. Studieren Sie deshalb noch einmal sorgfältig den Anzeigentext und überlegen Sie sich, wie Sie den Wünschen am besten entsprechen können. Was haben Sie in Ihrer Laufbahn beziehungsweise in Ihrem Studium geleistet, das Sie von anderen Bewerbern abhebt.

○ *Wichtige Schritte im beruflichen Werdegang.* Die genauen Karriereschritte erfährt der Leser beim weiteren Studium der Bewerbungsunterlagen aus Ihrem beruflichen Werdegang oder aus Ihrem ausführlichen Lebenslauf. Sie sollten sich deshalb auf die wirklich wichtigen Geschehnisse beschränken. Obendrein bescheinigen auch die Zeugnisse, was Sie bisher getan haben und wie Ihre Arbeit bewertet wurde.

Können Sie aber dem Unternehmen mit einer besonders ausgefallenen Kombination von verschiedenen Fähigkeiten helfen, gehört dies an diese Stelle in das Bewerbungsschreiben. Zitieren Sie zum Beispiel technisches Wissen, wenn Sie sich als Betriebswirt für eine Verkäuferposition in einem Maschinenbauunternehmen bewerben. Hat Sie irgendeine Aufgabe auch persönlich weitergebracht, was in keinem Zeugnis zu lesen steht, erwähnen Sie diesen Fortschritt ebenfalls. Weisen Sie genauso auf Ihre Weiterbildungsaktivitäten hin. Zählen Sie dabei aber nicht sämtliche Seminare oder Kurse auf. Wer als Nachwuchsmanager noch versucht, mit einem Englisch-Lehrgang auf sich aufmerksam zu machen, bewirkt eher das Gegenteil. Lernen Sie jedoch nebenbei eine ausgefallene Fremdsprache, die der Firma bei der Erschließung eines neuen Marktes hilfreich sein kann, erwähnen Sie diese Bemühungen.

Negative Ereignisse sollten Sie hier aber genauso nennen. Müssen Sie zum Beispiel befürchten, durch einen deutlichen Karriereknick die Skepsis des Stellenanbieters zu erregen, können Sie schon im Vorfeld durch eine einsichtige Erläuterung für diesen Ausrutscher eventuellem Mißtrauen vorbauen.

○ *Gehaltsvorstellungen.* Verlangt der Berater oder das Unternehmen in der Annonce ausdrücklich die Angabe eines Gehaltswunsches, müssen Sie dieser Forderung natürlich entsprechen. Ansonsten verschieben Sie diese Frage am besten bis zum Vorstellungsgespräch (siehe Seite 145). Der Satz »Ich kann jetzt noch nichts zu der Gehaltshöhe

sagen, weil ich die genauen Anforderungen noch nicht in allen Einzelheiten kenne«, kann Ihnen bei einer Verzögerungstaktik helfen. Gleiches gilt für die Formulierung »Im Augenblick verdiene ich ... Mark und möchte mich bei einem Stellenwechsel verbessern«. Nennen Sie in solch einem Fall aber immer nur das Brutto-Jahresgehalt. So erleichtern Sie dem Personalchef den Vergleich mit den Gepflogenheiten in seinem Haus. Bewerben Sie sich nicht auf Anzeigen, in denen das Gehalt bereits angegeben ist, Ihnen aber viel zu gering erscheint. Solche Einkommenshöhen sind dann nämlich beim Stellenanbieter üblich und weitere Verhandlungen zwecklos.
Ist die Höhe des zukünftigen Salärs Ihnen aber besonders wichtig bei dem geplanten Stellenwechsel, sollten Sie schon im Bewerbungsschreiben mit Ihren Vorstellungen herausrücken. Liegen Sie mit Ihrem Wunsch wesentlich zu hoch, wird Ihr Ansprechpartner von vornherein Ihre Bewerbung ablehnen, und Sie können sich einen zeitraubenden Vorstellungstermin sparen. Verhält er sich jedoch ruhig, hat er bereits akzeptiert.

○ *Eintrittstermin.* Vergewissern Sie sich, bevor Sie einen möglichen Eintrittstermin nennen, noch einmal in Ihrem Arbeitsvertrag, wann Sie nach einer offiziellen Kündigung aus der alten Firma ausscheiden können. Möchte der mögliche neue Arbeitgeber die Stelle umgehend besetzen, dürfen Sie sich gerade als Arbeitsloser Hoffnungen machen. Erfahrenen Personalsuchern ist klar, daß sie bei derart knappen Terminen mit zahlreichen arbeitslosen Bewerbern rechnen müssen. Ihnen erscheint ein solcher Kandidat dann aber auch nicht als indiskutabel.

○ *Grund für den geplanten Wechsel.* Hierzu brauchen Sie im Bewerbungsschreiben eigentlich keine Stellung zu nehmen. Das Thema wird ohnehin ausführlich im Vorstellungsgespräch zur Sprache kommen. Sie können sich

aber, genau wie beim Part »Wichtige Schritte im beruflichen Werdegang«, durch die Angabe des Grundes gegen Vermutungen oder Fehlinterpretationen wappnen.
Schimpfen Sie aber niemals über die Zustände in der alten Firma. Stellen Sie auch nicht das Gehalt in den Vordergrund. Verfolgen Sie lieber eine andere Strategie: Schwärmen Sie von der neuen Firma, ihrer Stellung auf dem nationalen und internationalen Markt und dem guten Ruf des Hauses über die Branche hinaus. Verkünden Sie, wie reizvoll Ihnen eine Tätigkeit in dem Unternehmen erscheint und was Sie für eine Herausforderung darin sehen. Aber auch hier gilt es wieder, nicht zu übertreiben.

○ *Schlußformulierung.* Hölzerner Bürokratenstil paßt natürlich an keine Stelle in Ihr Bewerbungsschreiben. Besonders schlechten Eindruck machen solche gedrechselten Sätze jedoch gerade am Ende des Briefs. Vermeiden Sie also zu devote Floskeln wie »Mit Interesse sehe ich Ihrer geschätzten Rückäußerung entgegen«. Verwenden Sie statt dessen lockere Formulierungen; zum Beispiel klingt »Ich würde mich freuen, bald von Ihnen zu hören« wesentlich besser.
Zu guter Letzt schließen Sie mit den üblichen Worten »Mit freundlichen Grüßen« oder einem ähnlichen Gruß.
Und denken Sie daran: Vergessen Sie auf keinen Fall Ihre vollständige Unterschrift.

Muster eines Bewerbungsschreibens für eine Trainee-Ausbildung

Franz Kindler

Eupenerstraße 70
5000 Köln 41
Telefon: 0221/4972536

Deumix AG
Abteilung Personal
Postfach
7000 Stuttgart 2

Köln, 5. August 1990

Betr.: Bewerbung für eine Trainee-Ausbildung in Ihrem Hause

Sehr geehrte Damen und Herren,
Sie stellen jedes Jahr eine Reihe junger, flexibler Diplomkaufleute für Ihr Trainee-Programm ein. Ich glaube, Ihren Anforderungen zu entsprechen.
Ich bin 25 Jahre alt und schreibe derzeit meine Diplomarbeit mit dem Thema »Neue Controlling-Konzepte in der Konsumgüterindustrie«.
Nach dem Abitur habe ich eine Lehre zum Außenhandelskaufmann absolviert. Danach leistete ich den Wehrdienst ab. Anschließen begann ich mein Studium an der Universität Köln. Zwei Semester verbrachte ich an der Harvard-Universität in den Vereinigten Staaten. Mein Examen werde ich aller Voraussicht nach im kommenden Oktober mit der Gesamtnote 2,0 ablegen.
Während meines Studiums habe ich mich intensiv mit Kostenrechnungsverfahren beschäftigt. Als zweites Schwerpunktthema habe ich mich mit Absatzwirtschaft beschäftigt. In den Semesterferien habe ich mehrere Prak-

tika in Kostenrechnungs- und Verkaufsabteilungen großer Häuser aus Ihrer Branche absolviert.
Ich könnte am 1. Januar 1991 mit der Trainee-Ausbildung beginnen, weil ich nach meinem Examen noch einen zweimonatigen Englischkurs in den USA besuchen möchte.
Es wäre schön, wenn ich mich bei Ihnen vorstellen dürfte.

Mit freundlichen Grüßen
(Unterschrift)

Anlagen
Lebenslauf
3 Zeugnisse
Kaufmannsgehilfenbrief

Muster eines Bewerbungsschreibens für Stellenwechsler

Hans-Peter Flach
Am Steinbach 999
4000 Düsseldorf 11
Telefon: 0211/654321

Düsseldorf, 30. 9. 1990

Personalberatung
Dr. Jäger & Partner
Fürstenbergpark 9
8000 München 2

Betr.: Ihre Anzeige in der Capital-Karriere-Börse 9/1988 – Marketingleiter für Unternehmen der Lebensmittelindustrie

Sehr geehrter Herr Dr. Jäger,

Sie suchen einen flexiblen und mobilen Produktmanager mit mehrjähriger Erfahrung in der Vermarktung hochwertiger Markenartikel.
Aufgrund meiner Ausbildung und meines bisherigen beruflichen Werdegangs glaube ich, Ihren Anforderungen gerecht werden zu können.
Ich bin 36 Jahre alt und habe nach meinem Universitätsstudium zum Diplom-Kaufmann mit dem Schwerpunkt Marketing als Junior-Produktmanager bei einem internationalen Parfümproduzenten in Paris gearbeitet. Nach zwei Jahren wechselte ich als Produktmanager zu Schneider Import nach Hamburg. Dort habe ich weitere zwei Jahre verantwortlich eine Spitzenmarke des Hauses betreut. Seit nun-

mehr vier Jahren bin ich für eine wesentliche Produktfamilie dieses Konzerns zuständig. Mir unterstehen derzeit 29 Mitarbeiter.
Zu meinem Aufgabengebiet gehört neben der Konkurrenzanalyse auch die augenblickliche Umstellung des Verkaufs auf Computer.
Durch diese Tätigkeit bin ich mit dem Einsatz von Personalcomputern bestens vertraut. Darüber hinaus spreche ich fließend Spanisch und Französisch. Verhandlungsführung in Englisch bin ich gewohnt.
Ich verdiene derzeit 160000 Mark brutto im Jahr und fahre einen Dienstwagen. Bei einem Stellenwechsel möchte ich mich verbessern.
Ich könnte am 1. Mai 1991 bei Ihnen anfangen, weil ich eine sechsmonatige Kündigungsfrist abwarten muß.
Sollten Sie an meiner Bewerbung Interesse haben, würde ich mich freuen, Weiteres in einem persönlichen Gespräch mit Ihnen erörtern zu können.

Mit freundlichen Grüßen
(Unterschrift)

Anlagen
Lebenslauf
Beruflicher Werdegang
5 Zeugnisse

P. S.: Bitte reichen Sie meine Bewerbung nicht an die Firma Müller in Hamburg weiter.

Wie Sie Ihren Lebenslauf gestalten

Eine wohlformulierte Beschreibung Ihres bisherigen Lebens, oft kurz CV oder Curriculum vitae genannt, ist neben dem überzeugenden Bewerbungsschreiben das wichtigste Papier jeder Bewerbung. Soll doch der Personalberater oder ein Unternehmen aus den Daten des Lebenslaufs Aufschluß über die fachliche Qualifikation eines Kandidaten entnehmen. Überzeugt der bisherige Lebensweg den Leser, nimmt er sich die notwendige Zeit, um noch die anderen Bewerbungsunterlagen zu studieren. Stolpert der Berater oder der Personalchef über irgendwelche Ungereimtheiten im CV, oder hat sich der Verfasser nicht an die Regeln für Aufbau und Form einer solchen Lebensbeschreibung gehalten, ist der Bewerbungsfeldzug für den Betroffenen meist schon vor einem Vorstellungsgespräch gescheitert. Immerhin, so ermittelte das Kölner Institut der deutschen Wirtschaft, gehört die Analyse des Lebenslaufs eines Bewerbers bei rund 90 Prozent der befragten Unternehmen fast genauso wie die Prüfung von Arbeitszeugnissen zu den wichtigsten Auswahlkriterien für neue Mitarbeiter.

Wie der Leser einen Lebenslauf interpretiert

Erfahrene Personalexperten entnehmen einem Lebenslauf wesentlich mehr als nur die schlichten Daten von Ausbildung und beruflichem Werdegang des Schreibers. Es kommt also darauf an, daß Sie vor dem Abfassen Ihres CV auch die Prüfungskriterien genau kennen. Sie können dann viel besser auf sich aufmerksam machen. So widmet der Leser drei Dingen besondere Aufmerksamkeit: der äußeren Form, der Analyse der zeitlichen Abfolge des

Lebenswegs und der Prüfung auf die Reihenfolge der Positionen, die der Bewerber bisher innehatte.

Die äußere Form eines Lebenslaufs

Von der optischen Gestaltung des Lebenslaufs und der gekonnten Auswahl der enthaltenen Daten hängt das Interesse eines Bewerbungsprüfers ganz besonders ab. Wer offensichtlich nicht in der Lage ist, wichtige Fakten für ein Unternehmen oder einen Personalberater auszuwählen, verärgert zum einem den Leser der Unterlagen wegen der unnötigen Mehrarbeit und disqualifiziert sich schon frühzeitig als qualifizierter Manager, dem es überdies an der notwendigen Fähigkeit fehlt, sich in die Lage eines anderen Menschen hineinzuversetzen.
Allerdings müssen Sie sich auch vor zu knappen Informationen hüten. Solche sparsamen Übersichten über Ihren bisherigen Werdegang und Ihre Ausbildung bringen Ihnen ebenfalls Minuspunkte ein. Damit dokumentieren Sie nicht gerade Ihr großes Interesse an der ausgeschriebenen Aufgabe. Fehlende Informationen wird ein Interviewpartner stets besonders intensiv erfragen. Vermuten doch die gewieften Aushorcher potentieller Mitarbeiter hinter Auslassungen immer besondere Gründe, die ein Kandidat gerne verschweigen möchte. Manche Personalexperten interpretieren allerdings aus besonders knappen Lebensläufen, die in keiner Weise auf die ausgeschriebene Stelle abgestimmt sind, schlichte Unfähigkeit des Bewerbers. Auch nicht eben eine Eigenschaft, die einem Manager zur Ehre gereicht.

Der zeitliche Aufbau eines Lebenslaufs

Neben der äußeren Form eines CV gibt auch die Folge der durchlaufenen Stationen bei der Schul- und Berufsausbildung und beim beruflichen Werdegang wertvolle Aufschlüsse über die Qualität eines möglichen neuen Mitarbeiters.

Dabei widmen die Prüfer zum Beispiel besonders langen Ausbildungszeiten an den Hochschulen, mehrfach gewechselten Lehrstätten oder extrem kurzen Aufenthalten bei Unternehmen große Aufmerksamkeit. Gleichzeitig kontrollieren sie auch noch häufig die Termine, an denen Sie ein Unternehmen verlassen haben. Weicht ein Abschiedstag deutlich von einem üblichen Kündigungsgrund ab, stehen Sie schnell als entlassener Kandidat da. Präparieren Sie sich deshalb mit guten Gründen, sollten Sie mit Nachfragen rechnen müssen. Weichen die Angaben in Ihrem Lebenslauf von den Daten in Ihren Zeugnissen ab, reagieren Personalchefs ebenfalls mit größtem Argwohn. Gleiches gilt natürlich bei eventuellen Lücken in der Folge Ihres Datenblatts.

Reihenfolge der bisherigen Positionen

Grundsätzlich sollte jeder Wechsel einen sinnvollen Schritt auf der Karriereleiter mit sich bringen, urteilen Personalfachleute. Lesen sie aus dem Lebenslauf eines Kandidaten das planlose Herumwandern von einer Firma zur anderen heraus, schwindet ihr Interesse an einem näheren Kennenlernen beträchtlich. Nur wer aus der Folge seiner Arbeitgeber einen kontinuierlichen Aufstieg und eine ständige Zunahme an Verantwortung erkennen läßt, zeichnet sich aus. Rückschritte müssen Sie in den Bewerbungsunterlagen oder im Vorstellungsgespräch erklären. Einer der wenigen überzeugenden Gründe kann das wesentlich höhere Niveau eines Unternehmens sein. In so einem Fall ist ein Interviewer bereit, einen solchen Schritt zu akzeptieren.

Aus der Häufigkeit Ihrer Stellenwechsel lesen Personalchefs obendrein noch Ihre Verbundenheit mit den Arbeitgebern heraus. Haben Sie im Schnitt alle zwei Jahre einen neuen Job angetreten, gilt Ihre Firmentreue als besonders schlecht. Die Gründe für diesen Wandertrieb müssen Sie in einem Bewerbungsgespräch auf jeden Fall parat haben.

Sachliche Anforderungen an einen Lebenslauf

Der Aufbau eines Lebenslaufs wird noch im weiteren Verlauf dieses Kapitels genau geschildert. Sie müssen jedoch neben dem Inhalt weitere Punkte beachten.

- Schreiben Sie den CV grundsätzlich mit einer Schreibmaschine. Es sei denn, es wurde ausdrücklich ein handgeschriebenes Exemplar gefordert. Sie umgehen so mögliche graphologische Gutachten, die oft von Laien – und somit gefährlich – gedeutet werden.
- Hüten Sie sich vor langatmigen Ausführungen über Ihr Leben. Meist reicht ein kurzer Abriß, der sogenannte tabellarische Lebenslauf. Früher forderten mögliche Arbeitgeber ausführliche Beschreibungen des Werdegangs ihrer möglichen neuen Mitarbeiter. Stichworte reichen heute meist aus. Allerdings muß Ihr Lebenslauf trotzdem einen lückenlosen Überblick geben. Jeden unwichtigen Weiterbildungskurs brauchen Sie deshalb nicht aufzuführen.
- Beschränken Sie sich auf ein bis maximal zwei Seiten bei einem mit der Schreibmaschine geschriebenen Lebenslauf. Bei einer handschriftlichen Zusammenstellung Ihrer Daten sollten Sie mit einer Seite auskommen. Mit derart kurzen Übersichten weisen Sie außerdem auf Ihr Talent hin, sich prägnant ausdrücken zu können. Sie erleichtern dem Leser darüber hinaus auch noch die Arbeit. Dafür kassieren Sie gegenüber anderen Bewerbern, die sich in epischer Breite über ihre Person auslassen, mindestens einen Pluspunkt.
- Legen Sie den Bewerbungsunterlagen niemals einen kopierten Lebenslauf bei. Ein angesprochenes Unternehmen oder ein Personalberater qualifiziert Sie damit gleich als »Vielbewerber« ab. Und Kandidaten, die offensichtlich bei der Stellensuche unter Druck stehen, scheiden bei der

Vergabe von Führungspositionen ohnehin von vornherein aus.
Mit einer Kopie Ihres Lebenslaufs überzeugen Sie ebenfalls nicht mit Ihrem Interesse an der angebotenen Aufgabe. Nur mit einem maßgeschneiderten CV, aus dem ein Leser Ihre berufliche Qualifikation für den Job entnehmen kann, verschaffen Sie ihm den richtigen Eindruck von sich.

- Nennen Sie in einem Lebenslauf niemals die Gründe für den geplanten Wechsel. Solche Aussagen gehören allenfalls in das Bewerbungsschreiben.
- Vermerken Sie auf Ihrem Lebenslauf zumindest immer Ihren Namen.
- Unterschreiben Sie Ihre Lebensbeschreibung und fügen Sie obendrein das aktuelle Datum der Ausfertigung hinzu. Damit weisen Sie ein Unternehmen beziehungsweise einen Führungskräftemakler zusätzlich noch einmal auf Ihr Interesse an der Position hin. Denn nur individuell geschriebene Bewerbungsunterlagen überzeugen.
- Kontrollieren Sie vor dem Absenden der Unterlagen immer die Daten in Ihren Zeugnissen und die Angaben im Lebenslauf. Eventuelle Abweichungen sprechen gegen Sie.
- Bleiben Sie bei der Angabe der Daten und Fakten immer ehrlich. Zum einen erkennen Personalauswähler solchen Schwindel meist innerhalb kürzester Zeit. Zum anderen fällt der Betrug beim Vergleich mit Zeugnissen und anderen Bestätigungen ohnehin auf. Die Folgen sind dann immer dieselben: Der Bewerber kann seine Unterlagen einpacken und nach Hause gehen. Erkennt ein Arbeitgeber erst nach Abschluß eines Vertrags, daß er hinters Licht geführt wurde, darf er den Mitarbeiter gerichtlich belangen.

Inhalt und Aufbau eines tabellarischen Lebenslaufs

Von Stellenwechslern wollen die Personalberater und Personaloberen in erster Linie wissen, was sie in den einzelnen

Funktionen und Unternehmen gemacht haben und in welchen Branchen sie tätig waren. Bei Nachwuchskräften heißt es, mangels Praxis deshalb jeden Schritt der Ausbildung aufzuzeigen. Die Faustregel für die Abfassung eines Lebenslaufs lautet, egal von wem er geschrieben wird: Beginnen Sie bei der Schulbildung und enden Sie mit der Beschreibung Ihrer Sprachkenntnisse oder Hobbys. Halten Sie sich aber immer an diesen Aufbau:

○ *Persönliche Daten.* Beginnen Sie mit Ihrem Geburtsort und dem Geburtsdatum. Nur auf ausdrücklichen Wunsch eines möglichen Arbeitgebers oder eines Beraters brauchen Sie Ihren Familienstand und Ihre Konfession anzugeben. Die Namen Ihrer Eltern und deren Beruf interessieren heute nur noch die wenigsten. Es sei denn, Sie können davon ausgehen, daß Ihr Vater oder Ihre Mutter eventuell dem Empfänger der Bewerbung bekannt sind. Ihre Nationalität fügen Sie immer dann hinzu, wenn Sie durch die Schreibweise oder die Aussprache Ihres Familiennamens nicht sofort als deutscher Staatsangehöriger identifiziert werden können oder Sie trotz eines deutschklingenden Namens Ausländer sind.

○ *Ausbildungsdaten.* Dieser Absatz Ihres Lebenslaufs beginnt mit dem Eintritt in die Volksschule, daran schließt sich der Übergang in weiterführende Schulen wie Gymnasium, Real- oder Hauptschule an. Die Namen der besuchten Schulen brauchen Stellenwechsler nicht mehr anzugeben. Berufsanfänger nennen die Namen der Ausbildungsstätten, zumal dann, wenn die Schulen am Ort des Unternehmens sind. Zusätzlich zählt noch der erreichte Abschluß und natürlich die Dauer der Ausbildung.

Wer ein Universitäts- oder Fachhochschulstudium hinter sich hat, nimmt in seinem Lebenslauf neben dem Studienfach, eventuellen Schwerpunkten und der Dauer des Studiums auch noch die Examensnote auf. Berufsanfänger fügen obendrein noch das Thema ihrer Diplomarbeit hinzu. Sprachkurse, die für die Stelle von Wichtigkeit sein können, und andere Seminare, die Sie für die angebotene Position interessant machen, gehören natürlich auch mit der Angabe der Dauer und des Veranstalters unter die Rubrik Ausbildungsdaten in den Lebenslauf. Mögliche Auslandsaufenthalte vor, während oder nach dem Studium sollten Sie auf jeden Fall angeben. Bedenken Sie aber: Die Kurse und Reisen in fremde Länder müssen immer einen Bezug zur angestrebten Position haben. Auslandstrips, um Land und Leute kennenzulernen, überzeugen nicht von Ihren Qualitäten und dem Ehrgeiz, sich optimal für einen Arbeitsplatz zu präparieren.

Absolventen von sogenannten Sonderausbildungsgängen für Abiturienten (siehe Seite 238) oder der klassischen Lehren müssen in ihrem Lebenslauf die Dauer der Ausbildung, den erreichten Abschluß beziehungsweise den Titel, die Prüfungsnote und den Ausbildungsbetrieb angeben.

○ *Berufspraxis.* Dieser Teil, der über Ihre berufliche Laufbahn und Ihre bisherige Karriere informiert, ist deshalb natürlich das wichtigste Aushängeschild für Sie. Bei Anfängern, die noch nicht mit fundierter Praxiserfahrung für sich werben können, zählen Praktika oder erste berufliche Kenntnisse immerhin schon einiges. Solche Daten dürfen Sie aber nur vermerken, wenn sie mit Sicherheit für Ihre Qualifikation für den angebotenen Job oder den Ausbildungsplatz sprechen. Kurzfristige Aushilfsdienste zur schlichten Aufbesserung des Taschengelds will niemand wissen. Manche Unternehmen halten solche Angaben sogar eher für lächerlich. Stellenwechsler geben in einem CV die Dauer der Beschäftigung in den einzelnen Firmen an. Dabei reicht bei höheren Positionen meist

schon das Jahr des Eintritts in das Unternehmen und das Jahr des Abschieds aus.
Genaueres Augenmerk richten mögliche neue Chefs oder Managermakler aber auf die Art der ausgeübten Tätigkeit. Halten Sie sich dabei am besten an die in Ihrem alten Unternehmen gängigen Bezeichnungen für Ihre Funktion. Beschränken Sie sich auch nicht auf pauschale Formulierungen wie leitender Mitarbeiter in der Marketingabteilung. Hier sind genauere Definitionen gefragt, zum Beispiel Produktmanager oder Mediaexperte.
Darüber hinaus gehört in einen ordnungsgemäßen Lebenslauf der Name Ihrer früheren Arbeitgeber. Damit legen Sie, gerade wenn Sie für besonders renommierte Häuser tätig waren, nur Ehre für sich ein. Ein wenig zurückhaltend sollten Sie allerdings bei der Nennung Ihres derzeitigen Betriebs sein, falls man dort noch nichts von Ihren Abwanderungsplänen weiß. Sie wecken damit vielleicht nur schlafende Hunde. Allzu überraschte Personal- oder Firmenchefs haben schon häufig die Pläne ihrer Mitarbeiter durchkreuzt, wenn sie noch nicht über deren bevorstehenden Wechsel im Bilde waren und sie nach Referenzen gefragt wurden.
Zusätzlich zu diesen Details ist es üblich, auch noch Ihre Obliegenheiten im Unternehmen in möglichst knappen Worten zu schildern. Hierbei können Sie gleich eine der wichtigsten Anforderungen an einen aufschlußreichen Lebenslauf erfüllen. Gilt es doch Fähigkeiten, die für die ausgeschriebene Stelle laut Anzeige oder telefonischer Vorabinformation besonders wichtig sind, herauszustellen. Übertreiben Sie bei Ihrer Selbstdarstellung aber nicht. Ihre Angaben können von den Lesern Ihres Lebenslaufs mit Hilfe der vorgelegten Zeugnisse leicht überprüft werden.
Haben Sie in Ihrem derzeitigen Unternehmen irgendwelche besonderen Vollmachten erhalten, sollten Sie dies natürlich

angeben. Wer zum Beispiel für längere Zeit den Vorgesetzten vertreten hat, mit Prokura oder Handlungsvollmacht ausgestattet wurde, wirbt mit diesen Informationen für seine Person.
Steht zu befürchten, daß niemand Ihren alten Arbeitgeber, von dem Sie sich trennen wollen, kennt, und Sie ihn ohne Befürchtungen nennen können, fügen Sie dem Namen der Firma zusätzlich noch die Produkte und die Größe des Hauses hinzu. Sie erleichtern damit die Analyse Ihres Werdegangs.

O *Sprachkenntnisse.* Mit der Erwähnung eines Ferien-Sprachkurses in Englisch überzeugen Sie selbst als Berufseinsteiger keinen interessierten Arbeitgeber oder Personalberater mehr. Haben Sie dagegen für längere Zeit Sprachen wie Japanisch, Chinesisch oder Russisch gebüffelt, gehören diese Informationen mit der Dauer des Studiums in den Lebenslauf, immer vorausgesetzt, sie haben etwas mit der offerierten Position zu tun. Auslandsorientierte Unternehmen schätzen seit dem EG-Beitritt Spaniens immer häufiger Kandidaten, die sich in diesem Sprachraum auskennen. Auch Französisch gilt als Vorteil für den Bewerber, vorausgesetzt aber, daß er sich fließend unterhalten kann und in der Lage ist, Verhandlungen zu führen. Urlaubsreisen in ein fremdes Land gehören keinesfalls in einen Lebenslauf. Wer aber mehrwöchige Kurse mit einem anerkannten Diplom belegen kann, sollte diese Fähigkeiten unter der Rubrik Sprachkenntnisse aufführen. Die Dauer des Lehrgangs darf aber niemals unter einem Monat betragen.

O *Weiterbildung.* Der freiwillige Besuch spezieller Seminare, mit denen Sie Ihre Kenntnisse auf Ihrem Spezialgebiet, Ihre Managementfähigkeiten und Ihr Führungsverhalten auf den letzten Stand gebracht haben, spricht für Ihr Engagement. Auch Lehrgänge für angrenzende Fachgebiete gehören in einen Lebenslauf. Überschütten Sie den Leser aber nicht mit einer ausführlichen Beschreibung eines jeden Kurses. Es genügt, die wichtigsten Seminare zu nennen. Deren Dauer sollte immer mindestens eine Woche betragen. Fügen Sie ruhig den Namen des Veranstalters hinzu, selbst wenn das beiliegende Teilnahmezertifikat ohnehin noch einmal den Veranstalter enthält. Wer aber versucht, mit einer ganzen Latte von Kurzseminaren auf seinen Drang zur Weiterbildung hinzuweisen, macht sich unglaubwürdig. So gehört ein dreitägiges Rhetorik-Training niemals in Ihren Lebenslauf. Eine mehrwöchige Trainerausbildung an einem anerkannten Institut spricht dagegen für Sie.

O *Hobbys.* Bei der Aufzählung Ihrer Freizeitbeschäftigungen ist immer Vorsicht geboten. So gilt ein Golfspieler oft noch als Angeber, und einem Briefmarkensammler haftet der Makel an, ein penibler Spießer zu sein. Probleme kann sich auch jemand schaffen, der in seiner Lebensbeschreibung behauptet, ein großer Literaturliebhaber zu sein oder möglichst viel Zeit in Theater und Oper zu verbringen. Wer so für seinen intellektuellen Geist wirbt, läuft Gefahr, bei einem Vorstellungsgespräch nach seinem gerade gelesenen Buch oder dem letzten Theaterbesuch gefragt zu werden. Gerät der so ins Verhör genommene Kandidat dann ins Stottern, erntet er Mißfallen. Darüber hinaus wird ein aufmerksamer Personalchef diesen Bewerber ganz besonders unter die Lupe nehmen. Gilt doch allein durch diese offensichtliche Übertreibung oder sogar Lüge der Inhalt des ganzen Lebenslaufs als fragwürdig. Beschränken Sie sich deshalb bei der Nennung Ihrer Hobbys nur auf Aktivitäten, die wiederum mit der angebotenen Tätigkeit in enger Verbindung stehen. Ein leidenschaftlicher Golfspieler kann also durchaus zu seinem Hobby stehen und sogar damit Lorbeeren sammeln, bewirbt er sich um eine Aufgabe, bei der Kontakt zu Selbständigen und Top-Managern besonders wichtig ist.

○ *Gesellschaftliche Engagements.* Parteimitgliedschaften brauchen Sie natürlich in einem Lebenslauf nicht zu nennen. Sollten Sie sich aber tatkräftig bei karitativen Einrichtungen oder in der Kirche einsetzen, können Sie damit, wieder vorausgesetzt, die Aufgabe ist für die Ausübung Ihrer angestrebten Stelle interessant, auf sich aufmerksam machen.

○ *Referenzen.* Geben Sie nur die Namen von möglichen Ansprechpartnern an, falls Sie ausdrücklich darum gebeten werden. Gleiches gilt für schriftliche Beurteilungen Ihrer Person und Ihrer Leistung durch ehemalige Vorgesetzte, Kollegen, Kunden oder Mitarbeiter (siehe Seite 137).

Wie ein ausführlicher Lebenslauf aussehen sollte

Früher forderten Unternehmen von ihren Bewerbern statt einer tabellarischen Zusammenstellung ihrer Daten einen Lebenslauf in Aufsatzform. Und der sollte dann auch noch mit der Hand geschrieben sein. Damit schlugen die Personalchefs gleich zwei Fliegen mit einer Klappe: Sie konnten sich über den Werdegang eines Kandidaten informieren und gleichzeitig auch noch über das vorgelegte Handschreiben ein graphologisches Gutachten anfertigen lassen. Obwohl die meisten Einstellungsbüros und die Managermakler heute mit einem tabellarischen Überblick vorliebnehmen, fordern immer noch einige eine ausführliche Lebensbeschreibung.

Müssen Sie sich mit einem solchen Aufsatz bewerben, hüten Sie sich davor, eine wunderschön ausgeschmückte Abhandlung über Ihre Person abzuliefern. Sie sollten zwar nicht ständig mit denselben Worten über sich sprechen. Lautmalerische Formulierungen haben aber in dieser Form des Lebenslaufs nichts zu suchen.

Bei der Gestaltung des Inhalts können Sie sich an die Regeln für eine tabellarische Übersicht halten. Denken Sie auch bei einem Aufsatz immer daran, sich kurz zu fassen. Eine Seite ist meist schon genug. Zwei Seiten müssen aber auf jeden Fall ausreichen.

Notieren Sie sich, bevor Sie mit dem Schreiben beginnen, am besten erst einmal alle Daten und Fakten. Obwohl dieses Verfahren von Ihnen besonders viel Zeit erfordert, dürfen Sie einen handgeschriebenen Aufsatz über Ihr Leben natürlich genausowenig kopieren wie einen tabellarischen.

Andreas Hohenester

Siegstraße 9
5000 Köln 40

Lebenslauf

Ich bin am 18. April 1950 in Bonn geboren. Dort besuchte ich auch von 1956 bis 1960 die Volksschule und daran anschließend bis 1969 das Gymnasium, das ich mit dem Abitur abschloß.
Von 1969 bis 1971 leistete ich in Rheine/Westfalen meinen Wehrdienst ab.
Daran anschließend leistete ich beim Bankhaus Schmitz & Müller in Köln ein achtzehnmonatiges kaufmännisches Praktikum ab. Im Jahre 1973 schloß ich an diese Tätigkeit ein weiteres technisches Praktikum bei der Werkzeugmaschinenfabrik Schulte in Erkelenz an.
Vom Sommersemester 1974 bis zum Sommersemester 1978 studierte ich an der Universität Köln Volkswirtschaft und schloß die Ausbildung mit dem Diplom und der Note »gut« ab.
1978 trat ich als Junior-Produktmanager in die Firma Pro-Computer in München ein.
Dann wechselte ich Anfang 1983 als Produktmanager in die Deutschlandniederlassung eines US-Computerkonzerns. Dort bin ich bis heute zuständig für den Verkauf von Großrechnern.
Während meiner Berufstätigkeit habe ich neben einem Sechs-Wochen-Managementkurs am Universitätsseminar für Wirtschaft in Erftstadt ein Drei-Wochen-Seminar »Neue Führungstechniken« bei Insead in Fontainebleau besucht.

Ich spreche und schreibe fließend Englisch. 1987 habe ich einen zehntägigen Crash-Kurs »Spanisch für Manager« am Institut .... in Madrid absolviert.
Nebenher bin ich Vorsitzender der Schulpflegschaft am Städtischen Gymnasium in Köln. Außerdem bin ich Mitglied im Prüfungsausschuß für Industriekaufleute bei der Industrie- und Handelskammer Köln. Bis 1992 gehöre ich dem Kölner Landgericht als Schöffe an.

Köln, den ....
(Unterschrift)

Muster eines tabellarischen Lebenslaufs für Führungskräfte

Andreas Hohenester

Siegstraße 9
5000 Köln 40

Lebenslauf

18. April 1950	Geboren in Bonn
Schulbesuch	
1956 bis 1960	Volksschule in Bonn
1960 bis 1969	Gymnasium in Bonn
1969	Abitur
Tätigkeiten vor dem Studium	
1969 bis 1971	Wehrdienst in Rheine/Westfalen
1971 bis 1972	Kaufmännisches Praktikum beim Bankhaus Schmitz & Müller in Köln
1973	Technisches Praktikum bei der Werkzeugmaschinenfabrik Schulte in Erkelenz
Studium	
1974 bis 1978	Universität Köln
1978	Examen zum Diplom-Volkswirt, Abschlußnote: gut
Berufstätigkeit	
1978 bis 1983	Junior-Produktmanager bei der Firma Pro-Computer in München
1983 bis heute	Produktmanager bei der Deutschland-Niederlassung eines US-Computerkonzerns, dort zuständig für Großrechner

Weiterbildung

1984	Sechs-Wochen-Managementkurs am Universitätsseminar der Wirtschaft in Erftstadt
1986	Drei-Wochen-Seminar »Neue Führungstechniken« am Insead in Fontainebleau

Sprachkenntnisse

Englisch:	Fließend in Wort und Schrift
Spanisch:	1987 zehn Tage Crash-Kurs »Spanisch für Manager« am Institut .... in Madrid

Gesellschaftliche Aktivitäten

Vorsitzender der Schulpflegschaft am Städtischen Gymnasium in Köln. Mitglied im Prüfungsausschuß für Industriekaufleute bei der Industrie- und Handelskammer Köln. Bis 1990 Schöffe am Kölner Landgericht.

Hobbys: Urlaubstrips durch die Vereinigten Staaten

Köln, den ....

(Unterschrift)

Muster eines tabellarischen Lebenslaufs für Auszubildende

Peter Schneider

Am Draitschbusch 18
8000 München 99

Lebenslauf

Persönliche Daten

Geburtstag:	19. Mai 1969
Geburtsort:	Kassel

Schulausbildung

August 1975 bis Juni 1979	Volksschule in Kassel
August 1979 bis Mai 1988	Friedrich-Schneider-Gymnasium in München; Abschluß: Abitur; Notendurchschnitt: 1,2

Berufspraxis

Juni bis Juli 1988	Kaufmännisches Praktikum bei der International-Versicherung in München

Sprachkenntnisse

Englisch:	fließend
Französisch:	Grundkenntnisse

Hobbys: Programmieren

München, den ....

(Unterschrift)

Muster eines tabellarischen Lebenslaufs für Einsteiger

Monika Holstein

Bürgerstraße 14
4000 Düsseldorf 82

Lebenslauf

22. Juni 1958	Geboren in Trier
Schulbesuch	
1964 bis 1968	Volksschule in Bonn
1968 bis 1972	Deutsches Gymnasium in Brüssel
1972 bis 1974	Gymnasium in Bonn; Abschluß: mittlere Reife
Berufsausbildung	
1974 bis 1977	Lehre als Außenhandelskaufmann; Abschlußnote: gut
1977 bis 1979	Kaufmännisches Praktikum beim Lebensmittelwerk Pierre in Paris
1980 bis 1984	Fachhochschule Köln; Studienschwerpunkt: Betriebswirtschaft; Abschlußnote: 2,7; Abschlußdiplom: Diplom-Betriebswirt
1984 bis August 1988	Technische Hochschule Aachen; Studienschwerpunkt: Elektrotechnik; Abschlußnote: 2,1; Abschlußdiplom: Diplom-Ingenieur; Thema der Diplomarbeit: Die Einführung neuer Produktionsverfahren in Unternehmen der Elektrobranche

Tätigkeiten neben dem Studium

Neben ständigen Ferienjobs in Unternehmen aus der Elektrotechnik Mitarbeit im Allgemeinen Studentenausschuß der Technischen Hochschule Aachen. Von Mai 1986 bis August 1988 Erste Vorsitzende des Ausschusses. In den letzten vier Semestern Tutor für die Erstsemester.

Sprachkenntnisse

Französisch:	Verhandlungssicher
Englisch:	Verstehen von Fachliteratur

Besondere Interessen

Bildungsreisen in den arabischen Raum.

Düsseldorf, den ....

(Unterschrift)

Wie Ihr beruflicher Werdegang aussehen sollte

Meist reicht es aus, die beruflichen Stationen in Verbindungen mit den wichtigsten Aufgabengebieten im Anschluß an die persönlichen Daten und die Ausbildung zu schildern. Gerade bei älteren Bewerbern besteht die Möglichkeit, den beruflichen Werdegang von dem übrigen Lebensweg zu trennen. Gelingt es Ihnen also nicht, Ihre umfangreiche Laufbahn auf den maximal zwei Seiten Ihres Lebenslaufs unterzubringen, können Sie auf einem Extrablatt Ihren Berufsweg darlegen. Manche Stellenanbieter fordern von den Bewerbern ohnehin solch ein Einzeldokument.
Dabei können Sie sich an den Aufbau des tabellarischen Lebenslaufs halten. Verschicken Sie den beruflichen Werdegang aber nicht stur in einer Standardform. Nehmen Sie sich ausreichend Zeit, für jede Bewerbung einen maßgeschneiderten Werdegang zu entwerfen.
Vorsicht: Auch die Daten und ausgeführten Tätigkeiten, die Sie zur Beschreibung Ihres Aufstiegs verwenden, müssen einer Prüfung standhalten. Zeugnisse und andere Zertifikate dürfen unter keinen Umständen von Ihren Angaben abweichen.

Muster für einen beruflichen Werdegang

Jürgen Ehlert

Brickstraße 9
5000 Köln 41

Beruflicher Werdegang

April 1975 bis Dezember 1979	Junior-Produktmanager bei der Firma Tiefkühl-Müller in Köln. Das Unternehmen beschäftigt rund 600 Leute und ist auf die Produktion und den Vertrieb von tiefgekühlten Delikatessen aus Frankreich spezialisiert.
Januar 1980 bis Juni 1985	Produktmanager bei der Firma Star-Getränke in Bonn. Dort zuständig für den gesamten Vertrieb und die Werbung für das Spitzenprodukt des Hauses.
Oktober 1986	Beförderung zum Verkaufsleiter bei der Firma Star-Getränke.
Januar 1987 bis heute	Stellvertretender Geschäftsführer bei der Firma Star-Getränke und zuständig für die gesamte Verkaufsplanung, Werbung, Einkauf und Personal.

Wie Ihr Lichtbild aussehen sollte

Grundsätzlich gehört ein Foto in jede Bewerbungsmappe. Doch Vorsicht: Personalberater und Personalchefs sind meist recht konservative Leute. Deshalb gehören Urlaubsfotos, Aufnahmen, die den Bewerber im trauten Familienkreis oder am Schreibtisch zeigen, auch nicht in die Unterlagen zur Präsentation der eigenen Person. Dieser Hinweis mag vielen vielleicht kindisch klingen. Doch können selbst die Executive Searcher, die sich mit der Suche nach den hochkarätigsten Führungskräften beschäftigen, ganze Pakete von ernstgemeinten Bewerberkonterfeis vorlegen, die den karrierewilligen Manager in der Badehose oder in besonders lockerer Umgebung zeigen.
Sie sollten deshalb die folgenden Punkte beachten, wenn es heißt, ein aussagekräftiges Lichtbild einzuschicken:

- Verlassen Sie sich niemals auf die Produkte aus den Fotoautomaten. Wer sich vor dem grauen Hintergrundvorhang dieser Münzapparate präsentiert, kassiert sofort Minuspunkte im Wettbewerb um eine neue Position. Vereinbaren Sie deshalb einen Termin mit einem Profi-Fotografen. Seine Arbeit ist zwar meist wesentlich teurer als die Automatenbilder, dennoch lohnt sich die Ausgabe. Und obendrein können Sie diese Kosten in Ihrer Steuererklärung geltend machen.
- Greifen Sie bei der Vorbereitung auf den Fototermin nicht zu Ihrer auffallendsten Garderobe. Wählen Sie eine normale, der Position angepaßte Kleidung.
- Senden Sie keine Ganzaufnahmen ein. Paßbildformat reicht völlig aus. Andernfalls könnte der Betrachter nämlich zu dem Schluß kommen, Sie würden sich selber zu sehr in den Vordergrund rücken.

○ Kleben Sie Ihr Foto oben rechts auf den Lebenslauf. Vorher sollten Sie die Rückseite aber mit Namen und Anschrift versehen. Sie können Ihr Porträt aber auch auf ein Extrablatt (natürlich im DIN-A4-Format) kleben und Ihren Bewerbungsunterlagen beilegen. Dieses Papier beschriften Sie aber auch mit Ihrem Namen.

○ Verwenden Sie nur Fotos, die noch nicht älter als ein Jahr sind. Es macht dabei keinen Unterschied, ob Sie sich in Schwarzweiß oder in Farbe ablichten lassen.

○ Suchen Sie Ihr Bewerbungsbild besonders sorgfältig aus. Wer sich entspannt und selbstsicher gibt, macht beim Betrachter einen besonders guten Eindruck. Erfahrene Personalexperten lesen aus den vorgelegten Bildern nämlich leicht die psychische Verfassung der Kandidaten heraus. Außerdem gehen sie davon aus, daß Sie Ihr Foto mit Bedacht ausgewählt haben.

Wie ein Arbeitszeugnis aussehen muß

Die Abfassung eines Arbeitszeugnisses, jährlich hunderttausendfach praktiziert, stellt nach wie vor größte Probleme für Personalchefs wie Beurteilte dar. Nur zu gerne versuchen deshalb gerade Führungskräfte, die Bedeutung solcher Notenblätter bei Vorstellungsterminen herunterzuspielen. Dabei müssen sie dann, wenn es gilt, eine lückenlose Kette solcher Expertisen vom Abschluß der Ausbildung bis hin zum letzten Arbeitgeber zu präsentieren, oft passen. Auf solche Testate mag aber die Gilde der Personalchefs und Manageranwerber bei all ihren Kandidaten, egal für welche Hierarchieebene sie vorgesehen sind, nicht verzichten. Selbst hochkarätige Top-Leute müssen sich oft noch mit derlei Briefen ausweisen.
Zwar nimmt der Wert der Schul- und Ausbildungszeugnisse im Laufe der Jahre ein wenig ab. Nur Berufsanfänger sollten deshalb in ihrer Bewerbung das Abschlußzeugnis der letzten allgemeinbildenden Schule beifügen. Bei jungen Leuten reichen auch, so die Examensurkunde noch nicht ausgestellt ist, eine Zusammenstellung der Abschlußnoten oder eine vorläufige Promotionsbescheinigung. Ältere Wechselwillige müssen hingegen mit einer kompletten Beurteilungsmappe sämtlicher ehemaligen Arbeitgeber überzeugen. Dabei richten Firmen und Executive Searcher ihr ganz besonderes Augenmerk auf die Testate der letzten und vorletzten Chefs.
Zwischenzeugnisse akzeptieren sie aber auch als Gütebeweis. Allerdings wollen Firmenwechsler nur selten ihren derzeitigen Dienstherrn schon frühzeitig von ihren Veränderungsplänen informieren. Erst die Kündigung soll das Geheimnis lüften. Wer aber für den neuen Job dennoch

einen aktuellen Leistungsnachweis braucht, kann auf einen Trick ausweichen: Die Kopien der letzten betrieblichen Beurteilung zählen auch schon. Allerdings dürfen diese Gutachten nicht älter als ein bis maximal 1,5 Jahre sein. Derlei Dokumente haben für den Bewerber noch einen weiteren Vorteil: Sie sind auf jeden Fall frei von Hinweisen, die Zeugnisaussteller schon mal in die Papiere einbauen und für den Laien völlig unverfänglich klingen. Denn durch spezielle Formulierungen weisen viele Personalchefs ihre Kollegen hin und wieder auf eventuelle Mängel eines Bewerbers hin. Klar und deutlich dürfen sich die Beurteiler ohnehin nicht äußern. Das Arbeitsrecht verbietet solche negativen Botschaften.

So prüfen Sie ein Zeugnis

Personalberater und Personalchefs sind sich einig. Oft genug, so ihre Aussage, wissen ihre Besucher gar nicht, welch schlechte Zeugnisse sie ihnen bei Bewerbungsgesprächen vorlegen. Kontrollieren Sie deshalb den Inhalt der Abschiedsworte des alten Arbeitgebers besonders intensiv.

- Formulierungen wie »Er verließ uns im gegenseitigen Einvernehmen« oder »er bemühte sich stets« gelten in der Praxis als negativ. Die meisten Bewerber mit solchen Gütezeichen brauchen damit erst überhaupt nicht zum Vorstellungsgespräch zu erscheinen. Selbst wenn diese Aussagen in Ihren Ohren auch noch so positiv klingen mögen, sollten Sie auf jeden Fall mit dem Verfasser dieser Zeilen sprechen und auf die Änderung solcher Passagen drängen.
- Reklamieren Sie auch, wenn wichtige Dinge einfach fehlen oder aber falsches Lob gespendet wird. Wer seinem ehemaligen Konstrukteur zum Beispiel Pünktlichkeit und hohen Ordnungssinn attestiert oder seinem Kassenprüfer korrekte Kleidung bescheinigt, disqualifiziert sie durch diesen Schachzug von vornherein.

○ Beschreibt der frühere Vorgesetzte statt dessen Ihre persönliche Qualifikation besonders ausführlich, empfiehlt er Sie für neue Aufgaben. Diese lobenden Worte müssen Sie dann im folgenden Vorstellungsgespräch nur noch genau begründen können.

Was im Zeugnis unbedingt stehen muß

Die Arbeitsrechtler unterscheiden zwischen dem einfachen und dem qualifizierten Arbeitszeugnis. Führungskräfte aller Berufsgruppen dürfen sich aber niemals auf ein einfaches Testat einlassen. Solche Beurteilungen können nur Arbeiter oder allenfalls noch untere Angestellte zum Nachweis ihrer Klasse vorlegen. Für alle anderen gilt diese simple Form der Beurteilung, die eigentlich nur eine schlichte Zusammenstellung wichtiger Daten wie Ein- und Austrittsdatum und die Nennung der Funktion umfaßt, eher noch als Hinweis auf katastrophale Leistungen. Sie sollten sich aus diesem Grund auch nur auf ausgefeilte Zeugnisse einlassen. Die müssen dann aber Ihr soziales Verhalten und Ihre Leistung beschreiben und sich nicht auf Stichworte beschränken. Auf die folgenden Kernpunkte sollte eine schriftliche Benotung deshalb immer eingehen:

○ *Eingangsformulierung.* Sie sollte nicht nur den Namen der jeweiligen Firma enthalten, sondern gegebenenfalls auch einen Hinweis auf die Gruppe, zu der das Unternehmen gehört. Termine und Zeitdauer jeweiliger Tätigkeiten und Funktionen müssen detailliert aufgelistet werden.

○ *Tätigkeitsbeschreibung.* Sie muß ausführlich die Aufgaben darstellen, die Sie während Ihrer Dienstzeit gelöst haben. Drängen Sie darauf, daß von Ihnen selbständig betreute Projekte auch als solche dargestellt werden. Die Formulierung »Er war an der Bearbeitung des XY-Projekts beteiligt«, ist nicht akzeptabel. Beförderungen oder gewachsene Personalverantwortung gehören ebenfalls in Ihr Zeugnis.

○ *Persönliches Verhalten.* Verhalten und Leistungsbereitschaft interessieren einen möglichen neuen Chef ganz besonders. Den Umgang mit Kunden, Kollegen, Vorgesetzten oder Untergebenen müssen Sie deshalb besonders ausführlich beschreiben lassen.

○ *Abschlußfloskel.* Für viele mag sich die Formulierung am Ende des Zeugnisses meist recht albern anhören. Die Leser der Bewertungen wissen jedoch oft recht genau, was sich hinter Sätzen wie »im gegenseitigen Einvernehmen« versteckt: meist ein schlichter Rausschmiß oder der Versuch, einen mißliebigen Kollegen elegant zu verabschieden. Formeln hingegen, die das Bedauern über den Austritt ausdrücken und obendrein noch Wünsche für eine erfolgreiche Zukunft ausdrücken, lassen auf einen interessanten Bewerber schließen. Der Satz »Er verläßt uns auf eigenen Wunsch« bringt Ihnen auch Pluspunkte ein.

○ *Austrittstermin.* Diesen Tag sollten Sie auf jeden Fall in Ihr Zeugnis aufnehmen lassen. Fehlt er im Abschlußbericht über Ihre Leistungen, argwöhnen spätere Leser einen fristlosen Rausschmiß. Das Abschiedsdatum darf auch nicht zu weit vom Tag der Zeugnisausstellung entfernt liegen.

Was nicht im Zeugnis stehen darf

Wahrheitspflicht und Wohlwollensgebot geraten zwar mitunter in Gegensatz, doch für manche Wahrheiten hat die Rechtsprechung den Konflikt von vornherein gelöst. Sie gehören unter keinen Umständen in Ihr Zeugnis:

○ *Einmalige Vorkommnisse.* Sie haben in einer Beurteilung jedenfalls dann nichts zu suchen, wenn der Vorfall – gemessen an der Dauer der Beschäftigung – für das Gesamtbild des Beschriebenen untypisch war. Gleiches gilt selbstverständlich auch für einen vorübergehenden Leistungsabfall oder eine einmalige Fehlleistung.

○ *Außerdienstliches Verhalten.* Soweit das Zeugnisrecht von Führung spricht, meint es ausschließlich das dienstliche Verhalten. Jedes Wort zur privaten Führung ist überflüssig.

○ *Betriebsratstätigkeit.* An dieser Mitteilung mag zwar mancher Arbeitgeber ein vehementes Interesse haben, fast nie jedoch – urteilen die Arbeitsgerichte – ein berechtigtes. Einzige Ausnahme: Der Arbeitnehmer war als Betriebsratsmitglied über einen längeren Zeitraum von der täglichen Arbeit freigestellt.

○ *Beendigungsgrund.* Solche Dinge haben in den Testaten nichts zu suchen. Es sei denn, sie sind für eine zutreffende Beurteilung des Arbeitnehmers unverzichtbar oder Sie bestehen auf ihrer Erwähnung.

Welche Formulierungen nützlich sind

Schon seit Jahren hat sich in den Personalbüros ein Formulierungsschema eingebürgert, das selbst in den Zeugnissen brillantester Manager immer wieder auftaucht. Und selbst die Arbeitsgerichte halten sich an diese althergebrachten Satzgefüge zugunsten der Betroffenen. Beurteilungen, die deutlich von den folgenden Formeln abweichen, können daher bei der Bewerbung schaden.

○ *»Zur vollsten Zufriedenheit«.* Dies signalisiert in Ihrem Zeugnis Ihre absolute Spitzenklasse. Wer noch das Wort »stets« hinzusetzt, stellt für seinen ausscheidenden Mitarbeiter die beste Empfehlung aus. Manche Firmen weigern sich jedoch, den Zusatz »vollste« in ein Zeugnis aufzunehmen. Sie halten ihn für grammatikalisch falsch (was allerdings auch stimmt). Sie sollte dieser »Schnitzer« aber überhaupt nicht stören, schmückt er doch Ihren Leistungsnachweis. Wenn dieses zusätzliche Gütesiegel gerechtfertigt ist, können Sie insistieren, bis das Wort ins Zeugnis geschrieben wird.

- *»Zur vollen Zufriedenheit«.* Wer dieses Attribut in seinem Zeugnis findet, dem bestätigt das Unternehmen immerhin noch gute Leistungen. Alles andere, wie »zur Zufriedenheit« oder schlicht nur »in großem und ganzem zu unserer Zufriedenheit«, verunziert Ihre Beurteilung gewaltig.
- *»Die Fähigkeit, Mitarbeiter zu führen und zu motivieren«.* Beschreibungen, die Ihre Führungsqualitäten herausstellen, schaffen bei der Bewerberauswahl rasch Pluspunkte.
- *»Zeigt Initiative«.* Solche Einschübe in den Beurteilungen für ausgeschiedene Mitarbeiter sprechen für einen weiterbildungswilligen, flexiblen Angestellten.
- *»Zeigt vorbildliches Verhalten gegenüber Mitarbeitern und Vorgesetzten«.* So bescheinigt Ihnen das Unternehmen ein ausgezeichnetes Sozialverhalten. Eine Eigenschaft, die gerade von Managern besonders gefordert wird und für Unternehmen heute auch schon in den unteren Führungsebenen zu den wichtigsten Einstellungskriterien zählt.
- *»Arbeitet selbständig«.* Fehlt Ihnen diese Formulierung im Zeugnis oder attestiert man Ihnen selbständiges Arbeiten nur mit Einschränkungen wie »meist« oder »in der Regel«, erregen Sie bei Personalchefs oder Personalberatern Mißfallen. Ihre Bewerbung findet dann meist bei den Expertenjägern kein Interesse.

Verbotene Formulierungen

Ausgerechnet in dem für jeden Arbeitnehmer wichtigsten Bereich, der Leistungsbeurteilung, besitzt der Arbeitgeber erheblichen Ermessens- und Formulierungsspielraum. Abwertende Kritik freilich brauchen Sie nicht hinzunehmen, auch dann nicht, wenn sich die despektierlichen Worte hinter wohlklingenden Phrasen verstecken.

○ *Negative Formulierungen.* Rechtlich mißbilligt werden Formeln, die eine eindeutig negative Bewertung enthalten, zumal dann, wenn sie sich an den herkömmlichen Schulnoten orientieren. Beurteilungen wie »nicht ausreichend« oder sogar »mangelhaft« und »ungenügend« können Sie also stets beanstanden.

○ *Verdeckte Kritik.* Verlassen Sie sich nicht auf den Wortsinn, wenn Formulierungen auch anders auslegbar sind. Ein Zeugnistext, der dem Mitarbeiter bescheinigt, er habe seine Aufgabe »mit großem Fleiß und Interesse wahrgenommen«, gilt nach gängiger Rechtsprechung als Erklärung, »er habe sich bemüht, aber dennoch nichts geleistet«. Selbst hinter Lob wittern die Arbeitsrichter oft noch Kritik, wenn es besonders zurückhaltend formuliert ist. So reicht denn auch ein mattes »zur Zufriedenheit« schon dann nicht mehr, wenn der zu Beurteilende auch nur durchschnittliche Leistungen gezeigt hat.

Wenn Sie ein Zeugnis bekommen wollen

Oft lassen Personalchefs ihre Kollegen erst einmal selbst zur Feder greifen, wenn sie um ein Zeugnis angegangen werden. Übertreiben die Wechselwilligen die persönliche Darstellung jedoch zu heftig, holen sie die Chefs dann allerdings schnell auf den Boden der Tatsachen zurück und korrigieren die allzu blumigen und positiven Formulierungen.

Besonders gewitzte Mitarbeiter handeln allerdings im Rahmen einer vertraglichen Trennung eine Vereinbarung aus, wonach ihnen gestattet wird, selbst einen Zeugnisentwurf zu fertigen, von dem der Arbeitgeber nur »aus wichtigem Grund« abweichen darf. Mit diesen Worten sichern sich Scheidende praktisch das Recht, ihr Testat selbst zu schrei-

ben. Denn nur in seltenen Ausnahmefällen wird der Chef oder die Personalabteilung den »wichtigen Grund« behaupten und noch seltener beweisen können.
Allerdings haben längst nicht alle Angestellten die Möglichkeit zu solchen Spitzfindigkeiten: Geschäftsführende Gesellschafter einer GmbH beispielsweise können grundsätzlich kein Zeugnis verlangen, wenn ihre Gesellschaftereigenschaft – sprich Eigentümerfunktion – überwiegt. Und unselbständige Handelsvertreter müssen unter Umständen erst einmal darlegen, ob sie tatsächlich als Angestellte gelten. Der Vertrag allein zählt dabei nicht; entscheidend sind die tatsächlichen Verhältnisse. Freie Mitarbeiter dürfen schließlich nur um eine Bewertung bitten, wenn sie durch einen Dienstvertrag an ihr Unternehmen gebunden sind. Wer lediglich auf der Grundlage eines sogenannten Geschäftsbesorgungsvertrags arbeitet, also nicht seine Arbeitskraft, sondern ein bestimmtes Arbeitsergebnis schuldet, hat keinen Anspruch auf ein Zeugnis.

Was Firmen und Berater von einem Zeugnis erwarten

Versierte Personalexperten finden schnell heraus, ob ein Laie das Zeugnis formuliert oder ein Profi die Expertise aufgesetzt hat. Wer sich nämlich in endlosen Formulierungen ergeht und jede Tat des Mitarbeiters bis in das kleinste Detail würdigt, nimmt den Lobeshymnen schon von vornherein die Seriosität. Deshalb reichen in der Praxis zwei bis drei Seiten Beurteilung für eine qualifizierte Kraft völlig aus. Werden aber schlichte Sachbearbeiter seitenlang dargestellt, dann reagieren die Talentsucher mißtrauisch.
Im Zeugnis sollte der Inhalt deutlich gewichtet werden. So gilt ein Zertifikat, in dem der persönliche Teil ausführlich ist, als Pluspunkt. Knappe Beschreibungen dieser Eigenschaften machen die Leser zumindest argwöhnisch.

Selbst die Gilde der Headhunter, die ihre Kandidaten gleich persönlich anspricht und nicht den Weg über Stellenofferten in Fachpresse oder Tageszeitungen geht, orientiert sich bei der Endauswahl an der Güte der präsentierten Atteste. Und die zählen dann besonders viel, wenn die Bewerber auch gleich noch den Nachweis ständigen Weiterbildungsinteresses und den Ehrgeiz, neueste Entwicklungen kennenzulernen, in den Zeugnissen dokumentieren können.
Die Ausführlichkeit der Leistungsbeschreibung richtet sich nach der Länge der Betriebszugehörigkeit. Je länger ein Wechselwilliger dem Unternehmen angehörte, desto präziser sollte die Schilderung seiner Tätigkeit sein. Ganz besonderen Wert legen einstellende Firmen jedoch auf die Darlegung der letzten Monate im alten Betrieb. Hat sich der Mitarbeiter im Laufe seiner Angestelltenzeit entscheidend gesteigert, gehört dieser Aufschwung ebenfalls in eine korrekte Beurteilung.
Allzu genau und penibel sollte ein Zertifikat für Unternehmenswechsler jedes besuchte Seminar oder jeden Fernkurs und jede Aufgabe nicht schildern. Zu leicht deuten Leser solch ausschweifende Formulierungen als elegante Verschleierung für anderes Unvermögen.
Bei der Interpretation des Zeugnisses müssen Bewerber Personalchefs und Personalberatern ohnehin helfen. Denn meist ergeben sich gerade aus den bestgemeinten Expertisen bohrende Fragen im Vorstellungsgespräch. Deshalb sollten Firmenwechsler gleich bei der Übergabe der Bewertung mit ihrem alten Vorgesetzten den Inhalt ausführlich durchsprechen. Selbst die kleinsten Ungereimtheiten gilt es dabei zu klären. Denn gerade die regen meist zu unangenehmen Fragen von möglichen neuen Arbeitgebern oder deren Suchtrupps an.
Allergisch reagieren diese Leute auch auf Bewerber mit lückenhaften Zeugnissen. Wer seinen Werdegang nicht

vom Examen an Uni oder Fachhochschule bis hin zum Abschlußbericht des letzten Betriebs vorlegen kann, kommt schnell in den Ruf, schlechte Beurteilungen verbergen zu wollen. Da läßt sich dann immer noch ein mangelhaftes Zertifikat eher erklären, als eine unglaubwürdige Entschuldigung für das fehlende Attest zu stammeln.

Ihr Recht beim Zeugnis

Nach gängiger Rechtsprechung haben Sie sofort einen Anspruch auf die Erteilung eines Zeugnisses, nachdem Sie das Arbeitsverhältnis durch Kündigung oder einvernehmliche Vereinbarung aufgelöst haben. Auf dieses Recht sollte niemand leichtfertig verzichten: Oft verlaufen gerade die letzten Wochen bis zum faktischen Ende des Arbeitsverhältnisses nicht ohne heftige Spannungen. Warten Sie mit der Frage nach der Beurteilung bis zum letzten Tag, riskieren Sie also, daß solche Konflikte in die Bewertung eingearbeitet werden. Unerfreulicher Streit ist damit programmiert. Häufig verlangen die Chefs allerdings, der Mitarbeiter solle sich bis zum Ausscheiden mit einem vorläufigen Zwischenzeugnis begnügen. Sie sollten sich aber nur dann darauf einlassen, wenn zwischen Kündigung oder Auflösungsvertrag und tatsächlichem Ende noch Wochen oder sogar Monate vergehen, so daß ein Aufschieben der endgültigen Beurteilung gerechtfertigt ist.
Auch den Inhalt des Zertifikats hat das Arbeitsrecht geregelt. So muß das Zeugnis auf Ihren Wunsch über die Art und Dauer der Beschäftigung, Leistung und Verhalten Auskunft geben. Dabei ist Ihr Chef allerdings zu keiner erschöpfenden Beurteilung verpflichtet. Sie können aber verlangen, daß er zu allen Punkten Stellung nimmt, auf die nach Ihren konkreten Aufgaben und Tätigkeiten sowie nach Ihrer Stellung im Betrieb jeder unvoreingenommene Leser des Zeugnisses eine Auskunft erwarten würde. Wurden Sie

etwa als Mitarbeiter mit Führungsaufgaben betraut, können Sie fordern, daß sich das Attest eingehend zu Fragen der Durchsetzungsfähigkeit, Entscheidungsfreude und des Umgangs mit Mitarbeitern äußert.
Auch das Erwähnen des Beendigungsgrunds, zum Beispiel »auf eigenen Wunsch«, »wegen Auftragsmangels« oder »wegen Wegfall des Arbeitsplatzes«, kann geeignet sein, Spekulationen über die wahren Gründe der Trennung von vornherein die Grundlage zu entziehen. Auch sie müssen daher im Zeugnis erwähnt werden, wenn Sie es ausdrücklich verlangen.

Wie Sie Ihr Recht auf ein Zeugnis durchsetzen können

Verweigert Ihr Arbeitgeber die Ausstellung eines Zeugnisses, zögert er dessen Erteilung heraus oder enthält die Beschreibung Ihrer Fähigkeiten unrichtige Angaben, müssen Sie notfalls klagen. Warten Sie mit diesem Schritt, um etwa zunächst Erfahrungen mit dem mangelhaft ausgestellten Zertifikat zu sammeln, wird Ihnen der Richter in einem späteren Prozeß Ihr Zögern vorhalten. Solches Zögern kann der Arbeitgeber nämlich auch als Einverständnis mit der Beurteilung werten. Der Rechtsstreit wäre dann verloren.
Klagen müssen Sie auch dann, wenn Sie bereits wegen einer – vor der Erteilung des Zeugnisses ausgesprochenen – Kündigung gegen Ihren alten Arbeitgeber vor Gericht gezogen sind. Die Erhebung einer solchen Kündigungsschutzklage bedeutet nämlich noch keineswegs, daß damit auch ein im gleichen Zusammenhang erteiltes Zeugnis angegriffen wird.
Neben der Ausstellung eines korrekten Zeugnisses können Sie von Ihrem Dienstherrn Schadenersatz verlangen, wenn Sie finanzielle Nachteile erlitten haben, weil die schriftlichen Aussagen über Sie falsch, verspätet oder gar nicht

erteilt wurden. Dabei wird die häufig schwierige Beweisführung in zweierlei Hinsicht erleichtert: Erstens müssen nicht Sie diese Unrichtigkeiten beweisen, sondern Ihr Chef deren Richtigkeit darlegen. Zum anderen brauchen Sie als Kläger nicht zu belegen, daß das Zeugnis allein ausschlaggebend für den Schaden, etwa eine Ablehnung bei der Stellensuche, war. Es reicht, wenn Sie ein so ernsthaftes Interesse von einem potentiellen neuen Chef an einer Bewerbung nachweisen, das es wahrscheinlich erscheinen läßt, daß der Schaden durch die verzögerte Erteilung oder die Fehler in der Beurteilung verursacht wurden.

So vereinbaren Sie ein Zwischenzeugnis

In den Personalbüros ist der Trick schon altbekannt: Immer wieder verlangen Mitarbeiter ein Zwischenzeugnis und wollen sich damit nicht den Weg in ein neues Unternehmen ebnen. Im Gegenteil: Die vermeintlichen Abwanderer wollen mit ihrer Nachfrage nur den Chef herausfordern. Die anvisierte Folge der Aktion sollten dann ganz und gar nicht wohlgesetzte Worte im Zwischenurteil sein. Eine Gehaltserhöhung oder eine Beförderung ist das Ziel des Pokerspiels.
Die Strategie kann sich auch als Bumerang erweisen. Die Rechtsprechung kennt nämlich den Kündigungsgrund des Abkehrwillens. Äußern Sie also die Bitte nach einem Zwischenzeugnis mit der deutlichen Absicht, Ihren Schreibtisch wirklich zu räumen, so kann Ihnen der Chef mit einer Kündigung zuvorkommen.
Wollen Sie diese Gefahr umgehen, aber nicht verschleiern, daß der Wunsch nach einem solchen Dokument zumindest in einem losen Zusammenhang mit einem Stellenwechsel steht, begründen Sie Ihre Bitte so: Ihnen läge ein konkretes Angebot vor, das Sie zumindest beantworten wollen.
Sie können derlei Querelen jedoch umgehen, wenn Sie ein

Zwischenzeugnis verlangen, sobald sich eine günstige Gelegenheit bietet. Und das muß nicht gleich die feste Absicht sein, den Arbeitsplatz zu wechseln. Es genügt, so die Rechtsprechung, jedes »anzuerkennende Interesse«, beispielsweise

- eine außerbetriebliche Fortbildungsmaßnahme, sofern die Teilnahme ein Arbeitszeugnis voraussetzt;
- eine Versetzung – jedenfalls dann, wenn es in dem Unternehmen nicht üblich ist, regelmäßig Zwischenbeurteilungen zu den Personalakten zu nehmen;
- eine Änderung der Betriebsstruktur, zum Beispiel die Umwandlung einer Personengesellschaft in eine Kapitalgesellschaft, oder die wesentliche Änderung der Kapitalmehrheit, jedenfalls bei Führungskräften;
- ein Betriebsübergang, etwa der Verkauf des Unternehmens;
- die Wahl in den Betriebsrat;
- der Wechsel des Vorgesetzten.

Obendrein brauchen Sie das Zwischenzeugnis auch nicht von der Firmenleitung oder dem Personalchef formulieren zu lassen. Der direkte Vorgesetzte kann Ihnen die gewünschten Zeilen auch aufsetzen. So können Sie, gutes Einvernehmen mit dem Chef vorausgesetzt, Wirbel in der Firmenleitung vermeiden. Personalberater und Unternehmen glauben dem Urteil des unmittelbaren Chefs bis zum endgültigen Zeugnis ebenso wie dem offiziellen Abschlußbericht der Personalabteilung.

Trotzdem müssen Sie stets besonders sorgfältig prüfen, ob das Zwischenzeugnis nicht eher schadet als nutzt. Neben dem Vertrauensschwund in der Firma – vor allem für Führungskräfte ein wichtiger Faktor – ist auch die Präsentation beim Berater oder bei einer neuen Firma direkt zu berücksichtigen. Versierte Personalexperten wissen, mit welchen Risiken ein solches Dokument unter Umständen

erbeten werden muß. Der Bewerber macht sich dann nicht eben interessanter. Denn so entsteht leicht der Eindruck, der Kandidat müsse jetzt sowieso das alte Unternehmen verlassen.
Wem aber ein möglicher neuer Chef oder ein Executive Searcher keine Chance auf einen anderen Job ohne ein Zwischenzeugnis einräumen will, sollte sich zumindest bei der Gestaltung des Papiers nicht allzugroße Sorgen machen: Der Inhalt unterscheidet sich nicht sehr wesentlich vom üblichen Abschlußzeugnis: Es muß alle Informationen enthalten, die zur Beurteilung eines Arbeitnehmers wichtig sind. Allerdings kann derjenige, dem der Vorgesetzte oder die Personalabteilung ein solches Zwischenzeugnis ausgestellt hat, in der späteren Abschlußbeurteilung nicht auf den alten Formulierungen bestehen. Die Rechtsprechung erlaubt einen Meinungswandel des Verfassers.
Den gleichen Wert wie ein Zwischenzeugnis haben regelmäßige Mitarbeiterbeurteilungen. Werden solche Urteile zu den Personalakten genommen, wäre ein solches Testat zur schlichten Leistungsbeurteilung nicht nur überflüssig; der Chef könnte es mit Recht sogar verweigern.

So könnte Ihr Zeugnis aussehen

Firma Anschrift

Zeugnis

Herr Franz Kindler, geb. am 18. April 1950, trat am 1. Oktober 1982 als Produktmanager in unser Unternehmen ein. Herr Kindler wurde zunächst in der Produktgruppe Waschmittel eingesetzt. Zu seinen Aufgaben gehörten die eigenverantwortliche Erstellung des Budgets für unsere Handelsmarke B und die Betreuung der Werbemaßnahmen.

Aufgrund seines großen Engagements und seiner außergewöhnlichen Leistungen konnte Herr Kindler schon bald als Produktgruppen-Manager eingesetzt werden. In dieser Position war er für alle marketing-technischen Aktivitäten für unsere Waschmittel voll verantwortlich.
Nachdem Herr Kindler diese schwierigen Aufgaben mit großem Geschick zu unserer vollsten Zufriedenheit gelöst hatte, betrauten wir ihn mit der Leitung unseres Gesamtvertriebs. Auch dort arbeitete sich Herr Kindler in kürzester Zeit in die Materie ein.
Herr Kindler besitzt neben seinem außergewöhnlichen Fachwissen eine ausgezeichnete Allgemeinbildung. Er hat eine schnelle Auffassungsgabe und arbeitete stets vollkommen selbständig. Seine Kreativität und sein Ideenreichtum haben ihm in unserem Hause größte Anerkennung verschafft.
Seine Art, Mitarbeiter zu führen und zu motivieren, machte ihn zu einem außerordentlich gern gesehenen Vorgesetzten. Darüber hinaus zeigte er sich stets kooperativ.
Herr Kindler verläßt unser Haus am 31. Dezember 1990, um als Vertriebs- und Marketingvorstand seine Erfahrungen und Fähigkeiten einzusetzen.
Wir bedauern außerordentlich, einen so hochgeschätzten Mitarbeiter zu verlieren.
Wir wünschen Herrn Kindler für seinen zukünftigen beruflichen Weg den größten Erfolg.

Ort, den 31. Dezember 1990

Firma
(Unterschrift des Personalchefs)

So könnte Ihr Zwischenzeugnis aussehen

Firma Anschrift

Zwischenzeugnis

Frau Catrin Reldnik, geboren am 21. November 1947, trat am 1. September 1980 als Mitarbeiter-Trainerin in unsere Firma ein.
Als Trainerin oblagen ihr die Aus- und Fortbildung unserer kaufmännischen Auszubildenden und die Weiterbildungsaktivitäten für unseren gesamten Mitarbeiterstamm. Insbesondere auf dem Gebiet der Weiterbildung des Management-Nachwuchses entwickelte sich Frau Reldnik schnell zu einer Expertin und gehört derzeit sicherlich zu den auf diesem Gebiet kenntnis- und erfahrungsreichsten Spezialistinnen in unserer Branche.
Frau Reldnik arbeitet selbständig und schnell. Sie vermag auch komplizierteste Ausbildungsprogramme so zu systematisieren, daß sie von auszubildenden und festangestellten Mitarbeitern aller Hierarchieebenen problemlos verarbeitet und umgesetzt werden können. Andererseits bewies sie auch überdurchschnittliches Talent für die Motivation ihrer Kollegen.
Frau Reldnik verfügt über ausgezeichnete Umgangsformen und hat unser Haus auf Fachveranstaltungen mit großem Erfolg vertreten. Ihr Verhältnis zu ihren Kollegen war stets hervorragend. Zudem war sie immer eine besonders zuverlässige Mitarbeiterin.
Anlaß für dieses Zwischenzeugnis ist der Wechsel des Abteilungsleiters in ein anderes Unternehmen der Firmengruppe.

Ort, den 31. Dezember 1990

Firma
(Unterschrift des Vorgesetzten)

Wie Sie gekonnt Referenzen einholen

Die Strategien der Unternehmen sind höchst unterschiedlich: Einige verlangen mit der schriftlichen Bewerbung gleich die Angabe einiger Referenzadressen. Andere wieder lassen sich erst beim Vorstellungsgespräch von Ihnen die Namen von mehreren früheren Chefs, Kunden oder zumindest gleichrangigen ehemaligen Kollegen geben. Kümmern Sie sich deshalb möglichst früh um diese Ansprechpartner. Müssen Sie den Personalberater oder Personalchef erst vertrösten, wirft dieses Zögern ein denkbar schlechtes Licht auf Ihre Qualifikation und den Ruf in Ihrem jetzigen oder früheren Unternehmen.
Drängen Sie aber nicht selber mit der Vorlage renommierter Namen, die für Sie sprechen wollen. An diese Leute kommen die interessierten Nachfrager meist nur schlecht heran, und Sie hält man für zu sehr von sich überzeugt. Überschütten Sie Unternehmen oder Managermakler auch nicht mit zu vielen Lobeshymnen auf Ihre Person. Solche schriftlich vorgelegten Leistungsbeweise spielen bei der Beurteilung keine Rolle. Im Gegenteil: Sie gelten als vom Bewerber bestellt, der damit von irgendwelchen Schwächen ablenken will.
Meist reicht schon die Angabe von drei möglichen Auskunftgebern aus. Die können Sie dann mit genauer Anschrift, Funktion und Telefonnummer auf einem besonderen Blatt angeben. Dieses Papier ordnen Sie am besten gleich nach Ihrem Lebenslauf oder der geforderten Handschriftenprobe in Ihre Bewerbungsunterlagen sein. Hüten Sie sich aber, diese Informationen unaufgefordert beizulegen.
Kümmern Sie sich aber nicht nur um Ansprechpartner zum

Beleg Ihrer fachlichen Qualifikation. Sind für den neuen Job besondere persönliche Voraussetzungen erforderlich, sollten Sie auch auskunftsbereite Freunde oder Bekannte bereit haben. Hochschulabsolventen können mit den Namen ehemaliger Professoren aussagekräftige Fürsprecher nachweisen.
Oft wird der augenblickliche Chef durch den Rückruf eines möglichen neuen Arbeitgebers erst von den Abwanderplänen seines Mitarbeiters überrascht. Derart überfallene Vorgesetzte können Ihre Wechselpläne schon durch schlichtes Zögern zunichte machen. Sie brauchen noch nicht einmal die Auskunft zu verweigern. Nennen Sie deshalb lieber den Namen des vorletzten Obmannes. Verzichten Sie aber auf eventuelle Ansprechadressen, die nicht sofort bereit sind, über Sie auszusagen.
Verlangt ein Personalberater oder eine Firma zur Besetzung eines besonders hochkarätigen Jobs Referenzen von Ihnen, sollten Sie mißtrauisch werden. Erfahrene Managerrekruteure kennen gerade die Werdegänge von Top-Leuten ganz genau. In den Personalbüros renommierter Häuser sieht es nicht anders aus. In solchen Fällen wollen sich offensichtlich Entscheidungsträger um die Verantwortung drücken.
Zieht Ihr Gesprächspartner ohne Ihre ausdrückliche Genehmigung Erkundigungen über Sie ein, macht er sich schadensersatzpflichtig, sollten sich durch diese Aktion Nachteile für Sie ergeben. Verbieten dürfen Sie ihm seine Neugier allerdings nicht. Sie machen ihn so nur argwöhnisch. Bitten Sie sich statt dessen aus, daß er von ihm gewünschte Informanten nur nach vorheriger Rücksprache mit Ihnen anspricht.

Wenn Sie eine Schriftprobe vorlegen müssen

Auch der Fortschritt der Psychologie hat viele Personalchefs und einen guten Teil der Gilde der Personalberater immer noch nicht von ihrer Unsicherheit gegenüber Bewerbern erlöst. Ganz im Gegenteil: Schriftproben sind in letzter Zeit wieder sehr gefragt.

Zwar betonen die neugierigen Talenteausspäher unisono, daß sie die Erkenntnisse der Graphologen nur ganz am Rande in die Beurteilung ihrer Kandidaten mit einbeziehen. Doch ganz verzichten möchten sie auf die Aussagen der Schriftdeuter auch wieder nicht. Dabei mögen sich selbst die Handschriftengutachter nur ungern entscheiden, ob ihr Handwerk denn Wissenschaft oder Kunst sei. Vorsorglich behaupten viele der Zunft, es sei gleich beides.

Lange Ausbildungszeiten oder anerkannte Diplome brauchen die Schriftgelehrten von eigenen Gnaden noch nicht einmal zum Nachweis ihrer Fähigkeiten vorzulegen. Der Gesetzgeber macht es den Graphologen leicht: Jeder, der sich berufen fühlt, die Handschrift seiner Mitmenschen zu deuten, darf dies ohne staatliche Auflagen tun.

Trotz dieses mißlichen Rufs und den großen Zweifeln an den Erkenntnissen der Schriftdiagnostiker kann sich kein Bewerber der Forderung nach einer Handschriftenprobe entziehen. Es sei denn, er will seine Chancen auf den Ein- oder Umstieg schon von vornherein auf Null bringen. So bleibt nur die Vorsorge. Denn wer einmal eine Handschriftenprobe einreicht, erklärt damit schon sein Einverständnis zu einem graphologischen Gutachten.

Daraus will dann der mögliche neue Chef oder der Managersucher Rückschlüsse auf Seele und Charakter des Untersuchten ziehen. So weist zum Beispiel ein starker Strich und eine starke Schräglage auf seelische Probleme oder ein langsames Tempo auf einen temperamentlosen Probanden hin.

Große Hilfe mag die Branche der Schriftgelehrten ratsuchenden Bewerbern aber nicht geben. Dabei würde ein fachkundiges Gespräch der Graphologie viel von dem Ruch des Kaffeesatzlesens und der Sterndeutung nehmen. Besonders verwirrend wird die Sache, wenn sich die Sachverständigen mit dem Einsatz vermeintlicher Wundermittel, wie mit dem Gebrauch eines »Stereo-Mikroskops« oder einer »Neonröhren-Lupenleuchte«, schmücken.

Was Sie bei einer Handschriftenprobe beachten müssen

- Geben Sie kein Geld für ein eigenes, vorsorgliches Gutachten aus. Solches Wissen hilft Ihnen nicht.
- Versuchen Sie nicht, möglichst schön zu schreiben oder Ihre eigentliche Handschrift zu verstellen. Erfahrene Graphologen durchschauen diese Taktik sofort.
- Verlangt der Berater oder der Personalchef eine Schriftprobe nach Ihrer Wahl, so verzichten Sie auf das Abschreiben von Zeitschriftenartikeln. Sie können sich statt dessen viel besser ins rechte Licht rücken, wenn Sie die geforderte Probe dazu nutzen, weitere Informationen über sich und Ihre bisherige Karriere zu geben.
- Bittet Sie ein Graphologe im Auftrag einer Firma zu einem Gespräch, mißtraut er seiner Kunst offensichtlich. Versuchen Sie sich dann bestmöglich darzustellen.
- Verlassen Sie sich nicht auf die Aussagen Ihres ehemaligen Lehrers oder Professors über Ihre Handschrift. Schriftdeuter legen ihrem Gutachten ganz andere Maßstäbe zugrunde.
- Legen Sie Ihren Bewerbungsunterlagen niemals aus freien Stücken einen handgeschriebenen Text bei. So spie-

len Sie Ihren möglichen Verhandlungspartnern nur zusätzliche Bewerbungskriterien in die Hände.

- Schreiben Sie die Schriftprobe möglichst mit einem Füllfederhalter, und achten Sie auf eine ansprechende Form des Schriftstücks. Machen Sie Absätze, und halten Sie einen Rand ein.
- Beschränken Sie sich auf möglichst kurze Texte. Eine Seite ist genug.
- Ihr eigener Lebenslauf eignet sich nicht für eine Analyse Ihrer Handschrift. Eventuell beeinflussen Sie mit den Daten den Graphologen nur negativ.
- Beenden Sie Ihr Bewerbungsschreiben nicht mit einer Unterschrift, die durch übertriebenen Schwung von Ihrer normalen Handschrift in der Probe abweicht. Fachleute lesen aus dem unterschiedlichen Verhältnis von Unterschrift zur Normalschrift Informationen über das Selbstwertgefühl der Testperson heraus. Gestandene Bewerber zeichnen sich durch eine klare, leserliche Unterschrift aus, meinen zumindest die Schriftdiagnostiker.
- Sollte Ihre Bewerbung nicht zum gewünschten Erfolg führen, haben Sie keinen Anspruch auf die Herausgabe des Gutachtens. Auch den Inhalt der Analyse braucht Ihnen niemand mitzuteilen. Sie können lediglich die Vernichtung des Urteils verlangen.

Arbeitsproben

Meist brauchen Sie sich nicht um derlei Dokumente bei einer Bewerbung zu kümmern. Nur Kreative wie Designer, Texter oder Grafiker müssen bei der Suche nach einem neuen Arbeitsplatz oft schon einen Beleg für ihre Schaffenskraft beilegen.

Gelegentlich verlangen aber auch Unternehmen von ihren zukünftigen Managern eine Probe ihrer Fähigkeiten und ihrer bereits gelösten Aufgaben. Doch Vorsicht: Seien Sie nicht zu großzügig mit der Herausgabe Ihrer erfolgreich gelösten Aufgaben und Projekte. Sie können nur zu leicht Betriebsgeheimnisse verraten und sich damit strafbar machen.

Präsentieren Sie lieber eine Konzeption, die Sie in Ihrem bisherigen Job nicht anbringen konnten. Veröffentlichungen in Fachzeitschriften helfen Ihnen aber genauso.

Sie können solche Aufsätze meist ohne größere Probleme in den einschlägigen Magazinen unterbringen. Die Verleger sind nämlich froh, profunde Fachbeiträge angeboten zu bekommen. Sie veröffentlichen sie dann auch gerne mit der Nennung Ihres Namens. Vergewissern Sie sich aber bevor Sie zur Feder greifen bei Ihrem Chef, ob derlei Öffentlichkeitsarbeit überhaupt erwünscht ist.

Legen Sie immer nur eine Probe Ihres Könnens den Bewerbungsunterlagen bei. Alles andere gilt als überflüssig und macht Sie nicht interessanter.

Was Ihnen eine Promotion bei der Bewerbung bringt

Was manche Personalberater und Personalchefs immer wieder entrüstet zurückweisen, hat sich in der Praxis trotzdem als wahr herausgestellt: Ein Doktortitel vor dem Namen schafft jungen Einsteigern ein besseres Entree. Dabei ist es oft noch nicht einmal so wichtig, ob der Titel als schlichte Dekoration anzusehen ist oder sich hinter der Promotion eine wirkliche Zusatzqualifikation des Bewerbers verbirgt.

Bei der Bewertung des Kürzels in den Bewerbungsunterlagen derart geschmückter Kandidaten kontrollieren einstellende Unternehmen jedoch zwei Dinge:

○ Wie lange hat der Kandidat für seinen Titel gebraucht? Denn wer sich für die Literatursammlung, Forschungsarbeiten und das anschließende Verfassen der Arbeit zu lange Zeit gelassen hat, disqualifiziert sich schon bei der Bewerbung. In der Praxis gelten drei Jahre für wirtschaftswissenschaftliche Arbeiten noch für akzeptabel. Ingenieure sollten sich höchstens 3,5 Jahre Zeit nehmen, und Juristen dürfen auch nicht über drei Jahre an der Promotion gearbeitet haben. Für Naturwissenschaftler gelten ähnliche Zeiträume.

○ Was hat das Thema der Doktorarbeit mit der Praxis zu tun? Wer sich über theoretische Probleme ausgelassen hat, gilt als ungeeignet für einen kreativen und karriereträchtigen Job in der Wirtschaft. Sein Wissen läßt sich eher in Behörden oder Verbänden vermarkten.

Überlegen Sie sich vor dem Vorstellungsgespräch deshalb genau, warum Sie eventuell so lange an Ihrer Arbeit gesessen sind, oder weshalb Sie sich für Theorie statt Praxis

entschieden haben. Glauben Sie, diese Fragen erschöpfend beantworten zu können beziehungsweise mit einem praxisnahen Werk, das Sie obendrein auch noch in kurzer Zeit erstellt haben, überzeugen zu können, sollten Sie dem Gespräch gelassen entgegensehen.
Bei den Gehaltsverhandlungen dürfen sich Kandidaten mit dem Titel Doktor durchaus auf Einkommensforderungen einlassen, die etwa zehn Prozent über den Gehältern der diplomierten Konkurrenten liegen.

Das Vorstellungsgespräch

Das persönliche Gespräch zwischen Bewerber und Personalabteilung ist die größte Hürde beim Wettkampf um eine interessante Einstiegsposition oder einen lukrativen Posten für Firmenwechsler. Heißt es doch jetzt für den Kandidaten, den Nachweis für den Inhalt der Bewerbungsunterlagen zu erbringen und zu unterstreichen, wie es um die fachliche und persönliche Qualifikation wirklich bestellt ist.
Routinierte Interviewer scheuen sich dabei nicht, gelegentlich auch mit Fangfragen und kurzen selbstgestrickten Tests dem Bewerber ganz intensiv auf den Zahn zu fühlen. So gilt das Aufheben eines absichtlich auf die Erde geworfenen Bleistifts schon mal als Beweis für einen zu unterwürfigen Kandidaten. Doch meist beschränken sich die Personalexperten auf die klassischen Strategien, den Bewerber auf Herz und Nieren zu prüfen.
Im allgemeinen sitzt dem Stellenaspiranten beim ersten Kontakt mit einem potentiellen Arbeitgeber nur der Personalchef beziehungsweise ein von ihm beauftragter Kollege gegenüber. In einem weiteren Gespräch, zwei sind üblich, gesellen sich dann meist noch der zukünftige direkte Vorgesetzte, der Leiter der Fachabteilung und ein Vertreter des Betriebsrats hinzu. Gelegentlich präsentieren die Personalressorts Kandidaten, die in der engeren Wahl stehen, ihren möglichen Mitarbeitern. Sie sollen dann mit ihren Fähigkeiten, ein Team zu führen und von ihm anerkannt zu werden, überzeugen.
Am Ende des ersten Gesprächs muß klar sein, wie gut Unternehmen und Bewerber zueinander passen. Was sind die Vorstellungen des Kandidaten? Wo liegen die Interessen des Arbeitgebers? Ist man sich über das Gehalt im wesentli-

chen einig? Reizen die offerierten Aufstiegsmöglichkeiten und Aufgaben?
Nach rund zwei Stunden haben erfahrene Begutachter von Nachwuchskräften und wechselwilligen Managern diese Erkenntnisse meist getroffen. Je nach der Höhe der Anforderungen an den neuen Mann oder die neue Frau kann sich diese Zeit natürlich verlängern beziehungsweise verkürzen. Allerdings brauchen sich Kandidaten, die schon nach einer halben Stunde wieder nach Hause gehen dürfen, nicht allzu viel Hoffnungen auf einen Arbeitsvertrag zu machen.

Der Ablauf eines Vorstellungsgesprächs

Zwar gibt es keine festgelegten Richtlinien für den Ablauf eines Vorstellungsgesprächs, trotzdem weichen die Befrager von dem folgenden Schema in der Praxis kaum jemals ab:

1. Der Einstieg in das Gespräch. Personalleiter bemühen sich, stets die Unterhaltung mit einem Bewerber in einer besonders lockeren Atmosphäre zu führen. Dazu versuchen sie, ihre Gesprächspartner zu Beginn des Gesprächs zu entkrampfen. Mit Fragen nach der Anreise, Wetter oder aktuellen sportlichen oder politischen Geschehnissen wollen sie dem Bewerber über die ersten Hürden hinweghelfen. Sie können diese Anwärmphase aber auch glänzend für sich nutzen. Zeigen Sie sich interessiert an den Gesprächsthemen und bedanken Sie sich für die Einladung zum Vorstellungsgespräch. Hat das Unternehmen Ihnen eine Flugkarte bezahlt und überdies ein Hotel für Ihre Übernachtung gebucht, möchten die Firmenvertreter für diesen Service natürlich auch eine Anerkennung hören. Bemerken Sie, daß Ihr Gesprächspartner in der ersten Phase der Unterhaltung ins Schwimmen gerät und die lockeren Themen langsam ausgehen, können Sie von sich aus Schweigeminuten überbrücken. Doch Vorsicht: Übertreiben Sie nicht. Derlei überzogenen Small talk schätzen längst nicht alle Interviewer in den Unternehmen. Überlassen Sie es aber auf jeden Fall Ihrem Gegenüber, auf den nächsten Teil des Vorstellungsgesprächs überzugehen. Die Gesprächsführung wollen sich die Befrager keinesfalls aus der Hand nehmen lassen. Wer allein schon Anstalten macht, die Leitung zu übernehmen, muß sich auf heftige Gegenwehr gefaßt machen. Zudem vermerken die Personalchefs solche Initiativen äußerst negativ.

2. Die Präsentation des Unternehmens und der Position. Bei diesem Gesprächsteil heißt es für den Bewerber wieder, sich weitgehend aufs Zuhören zu beschränken. Geschickte Fragen sind jedoch recht gern gesehen. Sie sprechen in den Augen des Gesprächspartners für Ihr Interesse an der ausgeschriebenen Stelle. Außerdem ist die Informationsbeschaffung für Sie wichtig. Sie müssen sich nämlich jetzt so weit über das Unternehmen orientieren, um anschließend definitiv sagen zu können, ob der Arbeitgeber zu Ihnen paßt und mit Ihren Vorstellungen von Ihrem weiteren beruflichen Werdegang übereinstimmt. Im Bewerbungsgespräch sind die Firmen ohnehin eher geneigt, mit Daten herauszurücken, die sie per Post niemals an einen völlig anonymen Kandidaten schicken würden.
Bringen Sie Ihren Gesprächspartner durch zu viele Fragen aber nicht aus dem Redefluß. Vieles beantwortet sich schon durch aufmerksames Verfolgen der Worte des Firmenvertreters. Ab und zu sollten Sie aber trotzdem ein wenig mit sich und Ihren Kenntnissen über die Firma und die Branche renommieren.
Die Stellenbeschreibung wird der Personalchef gelegentlich mit bewegten Wörtern vortragen. Entweder schwärmt er dann von der hochinteressanten Aufgabe, die zudem neben

der hohen Verantwortung auch noch glänzend honoriert wird, oder er schildert den Job mit finsteren Sätzen. Wer den dort so schaurig beschriebenen Posten übernehmen will, soll dann angeblich ständig mit den größten Problemen zu kämpfen haben und überhaupt auf einem Schleuderstuhl sitzen. Solche übermäßig positiven Sätze oder die greulich klingenden Warnungen dürfen Sie nicht erschrecken. Oft will der Interviewer Sie mit derart schillernden Aussagen nur testen. Doch auch bei einer recht pauschalen Schilderung Ihrer möglichen künftigen Aufgaben dürfen Sie sich nicht so leicht zufriedengeben. Lassen Sie sich ganz genau darlegen, wo Ihre Aufgaben liegen, wie es um Ihren Verantwortungsbereich bestellt ist, wo Sie hierarchisch angesiedelt sind, an wen Sie berichten müssen und wie Ihre Arbeit in den nächsten Jahren aussehen soll. Notieren Sie sich die Antworten Ihres Gegenübers in Stichworten. Damit haben Sie es bei den späteren Vertragsverhandlungen oder möglichen Unstimmigkeiten leichter, Zugesagtes einfordern zu können.

Gerade große Unternehmen haben genaue Stellenbeschreibungen schriftlich formuliert. Bitten Sie um ein Exemplar der für Sie gültigen Version. Es lohnt sich allerdings oft nicht, über Einzelheiten dieser Richtlinien zu verhandeln. Sie sind meist speziell auf die Organisation des betreffenden Unternehmens zugeschnitten.

3. Der Test Ihrer Eignung für den Job. Jetzt ist es an Ihnen zu reden und Ihre Qualitäten anzupreisen: Ihr Gegenüber nimmt Ihre persönliche und fachliche Qualifikation unter die Lupe. Er vergleicht das Anforderungsprofil des Unternehmens an den Kandidaten mit Ihrer Person. Während dieser Phase des Bewerbungsgesprächs müssen Sie sich auf allerlei bohrende Fragen gefaßt machen und natürlich bestens präpariert sein. Hier sucht der Personalexperte nach Gründen für mögliche Löcher im Lebenslauf, zu kurze Verweilzeiten in einzelnen Unternehmen oder unmotivierten Firmenwechsel.

Was Unternehmen von Bewerbern immer wieder wissen wollen

Denken Sie nicht, Sie hätten mit Ihren umfänglichen Bewerbungsunterlagen bereits alle möglichen Fragen über beruflichen Werdegang, Ausbildung und Herkunft beantwortet. Fast jeder Personalchef läßt Sie noch einmal in einem Kurzvortrag über diese Dinge referieren. Dabei testet er nicht nur den Wahrheitsgehalt Ihrer Dokumente, sondern prüft gleichzeitig noch Ihr Talent, frei zu reden und sich zu präsentieren. Verweisen Sie deshalb niemals auf den Inhalt Ihrer Bewerbungsmappe. Sie laufen so Gefahr, für unfähig zu gelten, sich selber darzustellen.
Reicht Ihr Referat dem Firmenvertreter immer noch nicht aus, was meistens der Fall ist, schießt er noch einmal eine ganze Reihe von Fragen auf Sie ab. Die folgenden Fragen kommen, vielleicht in etwas abgewandelter Form, in jedem Vorstellungsgespräch vor. Prägen Sie sich deshalb die Antworthilfen sorgfältig ein. Hüten Sie sich aber, Auswendiggelerntes herunterzubeten.

Diese Fragen müssen Sie in jedem Vorstellungsgespräch beantworten

Die Frage	*Ihre mögliche Reaktion*
Warum wollen Sie Ihren jetzigen Arbeitgeber verlassen?	Präsentieren Sie sich als Mitarbeiter, der für sich selbst verantwortlich und dessen Blick nach vorn gerichtet ist. Vermeiden sie auf jeden Fall

Die Frage	*Ihre mögliche Reaktion*
	negative Äußerungen über Ihre bisherige Firma.
Was sind Ihre besonderen Stärken?	Lapidare Antworten, wie »ich bin entscheidungsfreudig«, reichen nicht aus. Überzeugen Sie durch Beispiele. Berichten Sie über erfolgreiche Projekte, die Ihre Stärken beweisen.
Was sind Ihre besonderen Schwächen?	Wer vorgibt, ohne Tadel zu sein, disqualifiziert sich sofort. Gestehen Sie hingegen eine Schwäche, wie »ich kann schlecht warten«, hält man Sie leicht für einen entscheidungsfreudigen »Macher«.
Wo wollen Sie in fünf Jahren stehen?	Darauf gibt es begreiflicherweise keine realistische Antwort. Sagen Sie, es käme vor allem darauf an, gute Arbeit zu leisten. Alles andere müsse sich dann erweisen.

Die Frage	*Ihre mögliche Reaktion*
Was tun Sie, wenn Ihr Chef einen Ihrer Vorschläge immer wieder nachdrücklich ablehnt?	Das ist eine Ermüdungsfrage. Antworten Sie einmal, Sie würden den Vorschlag überprüfen. Weitere Fragen sollten Sie dann als sinnlos ablehnen.
Können Sie einmal über sich selber erzählen?	Der Personalberater oder Personalchef will testen, ob Sie Hobbys oder Interessen haben, die mit dem zukünftigen Arbeitsplatz in Konflikt stehen können. Antworten wie »ich halte mich fit« bringen Pluspunkte.
Was können gerade Sie für das Unternehmen tun?	Antworten Sie auch hier mit Beispielen von Projekten, bei denen Sie Erfolg hatten, wie besondere Rationalisierungsmaßnahmen oder Marketingpläne. Es gilt herauszufinden, warum Sie der Richtige sind.
Kennt Ihre Familie Ihre Wechselabsichten?	Ihr Gesprächspartner will mit dieser Frage herausfinden, inwieweit Sie für einen möglichen

Die Frage	*Ihre mögliche Reaktion*
	Umzug überhaupt in Frage kommen.
Können Sie sich vorstellen, noch einmal in Ihr altes Unternehmen zurückzukehren?	So eine Frage müssen Sie grundsätzlich mit »ja« beantworten. Wer deutlich macht, daß er alle Brücken abbrechen will, macht einen Interviewer mißtrauisch.

Zusätzlich interessieren die Befrager noch

- Informationen über Ihr Elternhaus und wann Sie finanziell auf eigenen Füßen standen;
- Daten zu Ihrem persönlichen Umfeld; welche Schulen Ihre Kinder besuchen; ob sie studieren sollen; ob Ihr Mann oder Ihre Frau berufstätig ist;
- Ihre Hobbys und sonstigen Freizeitaktivitäten, wie die Mitarbeit in Organisationen und Vereinen;
- Ihre Fitneß;
- die genaue Beschreibung Ihres Werdegangs von der Schulbildung über die Ausbildung an Universität und Fachhochschule, Promotion, Zusatzstudien bis hin zur beruflichen Weiterbildung. Dabei möchten sie unter anderem wissen, warum Sie eine Lehre abgebrochen, gerade an dieser Hochschule studiert, das Studienfach gewählt, die jeweiligen Schwerpunkte belegt haben, ob Sie noch einmal dieselbe Ausbildung absolvieren würden und auf welchen Gebieten Sie noch Wissenslücken ausmerzen wollen oder müssen.

Was Unternehmen von Berufseinsteigern wissen wollen

Neulinge gehen in ihrem Vortrag über den bisherigen Werdegang besonders auf die Hochschulausbildung ein. Berichten Sie dann von bekannten Professoren, von Ihren Nebentätigkeiten in studentischen Organisationen wie Aiesec oder Marketing zwischen Theorie und Praxis (MTP) oder dem Studentenparlament. Bei jungen Leuten zählt obendrein auch noch die Schulbildung bei der Bewertung mit. Erst in späteren Jahren können Sie sich darauf beschränken, nur noch Abschlüsse zu nennen. Schildern Sie deshalb auch noch die Ausrichtung des Gymnasiums, ob naturwissenschaftlich, neusprachlich oder humanistisch, und berichten Sie von Ihren Lieblingsfächern. Erzählen Sie von Ihren Praktika und Ferienjobs. Nennen Sie dabei aber ausschließlich Tätigkeiten, die Sie jetzt für die angebotene Stelle einsetzen können. Machen Sie sich aber auch auf das Interesse des Interviewers an auffälligen Überschreitungen der Regelstudienzeit oder besonders häufigen Schulwechseln gefaßt.

Was Bewerber im Vorstellungsgespräch fragen sollten

Ihren Informationshunger müssen Sie im Gespräch mit dem Unternehmen natürlich stillen. Hängt doch vom Inhalt der Antworten auf Ihre Fragen die Entscheidung für oder gegen eine Stellenofferte ab. Halten Sie sich aber mit dem zu hastigen Stillen des Hungers zurück. Stellen Sie nicht immer gleich die Fragen, wenn Sie Ihnen in den Sinn kommen. Am besten strukturieren Sie Ihre Wünsche nach detaillierten Informationen. Beginnen Sie mit Unklarheiten aus der Stellenanzeige oder beim ersten Gespräch mit dem Headhunter. Dann holen Sie weitere Daten über die wirtschaftliche Lage des Unternehmens ein und bitten um Näheres zum Arbeitsplatz. Fragen zum Verantwortungsbereich, den im Unternehmen praktizierten Führungsstil schließen sich an, gefolgt von Erkundigungen über das Gehalt, die sozialen Leistungen des möglichen Arbeitgebers und den Verbleib des bisherigen Stelleninhabers. Zu guter Letzt holen Sie Auskünfte über den Firmenort, in den Sie ziehen müssen, bei Ihrem Gesprächspartner ein. Fragen Sie, welche Schulen es gibt, wie es um den Freizeitwert und die kulturelle Ausstattung Ihres möglichen neuen Wohnsitzes bestellt ist. Manche Firmen helfen bei der Suche nach einer repräsentativen Wohnung und bemühen sich obendrein noch um einen Arbeitsplatz für den Ehepartner des neuen Mitarbeiters. Diese Bereitschaft läßt sich durch geschicktes Zuhören erkunden. Leitende Angestellte können jedoch ruhig nach solchem Service fragen. Dieser Fragenkatalog wird, bringen Sie ihn wohldosiert in ein Vorstellungsgespräch ein, keinen Personalchef an Ihnen zweifeln lassen. Im Gegenteil: Ein erfahrener Einstellungsexperte weiß genau, welche Kriterien für die Unterschrift unter einen Vertrag ausschlaggebend sind. Zudem geht die Schuld an einem Fehleinkauf erst einmal auf das Konto der Personalabteilung. Bevor also nicht alle Unklarheiten ausgeräumt sind, wird kaum jemand einen Kandidaten zum Einstieg in eine andere Firma überreden wollen.

Das zweite Vorstellungsgespräch

Nur recht selten entscheiden sich Unternehmen gleich nach der ersten Unterredung mit einem Kandidaten für den Einkauf des neuen Mitarbeiters. Oft hören sie noch weitere Aspiranten und wollen dann bei einer nächsten Begegnung den Stärken und Schwächen noch tiefer auf den Grund gehen. Deshalb nehmen an dieser zweiten Runde noch einige Interviewer mehr teil. Dazu gehören in vielen Fällen die potentiellen direkten Vorgesetzten,

der Chef der Fachabteilung oder des gesamten Bereichs, in dem Sie arbeiten sollen. Gelegentlich vervollständigt noch ein Vertreter des Betriebsrats die Befragergarde. Ebenso laden einige Unternehmen die Mitarbeiter der potentiellen Führungskraft zu einer ersten Kontaktaufnahme ein.
Lassen Sie bei der zweiten Etappe niemanden aus. Sprechen Sie nicht immer nur mit dem Personalleiter, der Ihnen schon vom letztenmal bekannt ist. Beziehen Sie alle Verhandlungspartner mit in die Unterredung ein. Richten Sie spezielle Fachfragen direkt an den möglichen Chef. Versuchen Sie ihn und seine Ansichten möglichst genau kennenzulernen.
Am Ende dieses zweiten Gesprächs sollten nun auf beiden Seiten endgültig alle Zweifel ausgeräumt sein. Unterschreiben Sie aber dennoch niemals gleich einen Vertrag. Bitten Sie, genau wie bei einem Angebot nach der ersten Verhandlung, um Bedenkzeit. Meist wird Ihnen das Unternehmen ohnehin ein Vertragsangebot zusenden, das Sie mit einem Spezialisten peinlich genau prüfen sollten, bevor Sie endgültig einwilligen.
Diese Fragen können Sie in einem zweiten Vorstellungsgespräch zum Beispiel stellen:

- Warum soll der Job wieder oder neu besetzt werden?
- Wie ist es um das Budget der Abteilung bestellt? Haben sich in den letzten Jahren Änderungen ergeben?
- Gibt es einen ausgefeilten Fünf-Jahres-Plan für das Unternehmen?
- Wie ist die Organisationsstruktur im Hause?
- Wie weit sind Sie anderen Ressorts gegenüber weisungsbefugt?
- Was bietet die angebotene Position, was Sie bisher noch nicht kennengelernt oder schon erledigt haben?

Versuchen Sie also, Ihr Interesse an der ausgeschriebenen Stelle eindeutig zu unterstreichen. Betonen Sie immer wieder, wie Sie das Unternehmen durch Ihre Fähigkeiten und Qualifikationen unterstützen können.

Sagen Sie den Gesprächsteilnehmern beim Abschied, natürlich nur, wenn Sie von der neuen Stelle überzeugt sind, wie gerne Sie einen Arbeitsvertrag unterschreiben würden. Bitten Sie deshalb um ein Vertragsangebot.

Einen besonders guten Eindruck machen potentielle Kandidaten mit einem Dankschreiben an die Interviewerrunde. Bedanken Sie sich für ihr Interesse und die aufgewendete Zeit. Solche Grußadressen lassen bei den meisten Firmen auch letzte Bedenken über mögliche Nachteile eines Bewerbers oft dahinschwinden.

Wie Sie sich auf ein Vorstellungsgespräch vorbereiten

Hat der Inhalt Ihrer Bewerbungsunterlagen erst einmal von Ihren fachlichen und persönlichen Qualifikationen überzeugt, steht nun der mündliche Test Ihrer Person an: das Vorstellungsgespräch im Unternehmen oder beim Berater. Auf diese Unterhaltung können Sie sich, obwohl die Interviewer nur zu gern ihre ausgeklügelten Checks und Auswahlmethoden preisen, gut vorbereiten. Ihre Gesprächspartner verfolgen nämlich alle dasselbe Ziel. Sie wollen möglichst genau herausbekommen, ob Sie die geeignete Frau oder der ideale Mann sind und obendrein überhaupt das nötige Interesse am angebotenen Job haben. Eine gründliche und gezielte Vorbereitung auf den ersten persönlichen Kontakt hilft Ihnen schon, einen möglichen neuen Vorgesetzten oder einen Elitejäger schnell für Sie einzunehmen.

○ Zieren Sie sich nicht bei der Terminabsprache. Kandidaten, die über Zeitnot klagen, machen sich dadurch nicht interessanter. Im Gegenteil: Wer erst nach langem Hin und Her zu einer Absprache bereit ist und obendrein vielleicht noch einmal absagt, verschwindet meist schnell von der Liste möglicher neuer Mitarbeiter.

○ Kalkulieren Sie für ein Vorstellungsgespräch an einem anderen Ort immer mindestens einen Tag ein. Reisen Sie rechtzeitig an. Zuspätgekommene Kandidaten müssen meist schon nach einem kurzen Austausch von Höflichkeitsfloskeln wieder nach Hause fahren. Sie haben mit diesem Fehler, mag es sich auch nur um eine Viertelstunde gehandelt haben, von ihrer Unfähigkeit überzeugt, richtig zu planen und sich selbst zu managen – Eigenschaften, ohne die eine Führungskraft in den Augen vieler Personalexperten nicht auskommt. Sollte Ihnen bei der Anreise etwas passiert sein, rufen Sie auf jeden Fall bei Ihrem Gesprächspartner an. Triftige Gründe für eine Terminverschiebung oder ein Zuspätkommen wird er natürlich anerkennen.

○ Durchforsten Sie vor der Unterhaltung noch einmal die Stellenanzeige, auf die Sie sich beworben haben. Personalberater und Personalchefs reagieren besonders gereizt und desinteressiert, wenn ein Bewerber Dinge wissen möchte, die bereits in der Annonce genannt wurden. Genauso sorgfältig prüfen Sie auch vor dem Vorstellungstermin Ihre Bewerbungsunterlagen. Mit Sicherheit wird sich der Interviewer besonders auf Ungereimtheiten oder mögliche Löcher im Lebenslauf stürzen, nach fehlenden Zeugnissen fragen und sich den Grund für auffällige Unternehmenswechsel nennen lassen.
Als Berufsanfänger arbeiten Sie am besten zusätzlich Ihre Examens- oder Diplomarbeit sorgfältig durch. Dies gilt besonders für Abhandlungen über Themen aus dem Bereich des Unternehmens oder seiner Branche.

○ Informieren Sie sich ausführlich über die Firma und die Branche. Immer wieder beklagen Personalchefs und Berater, wie wenig Bewerber über einen potentiellen Arbeitgeber wissen. Deswegen übersenden sie den Kandidaten oft schon lange vor dem Vorstellungstermin ausführliches Informationsmaterial über die Firma, deren Produktpalette und die angebotenen sozialen Leistungen. Sie sollten aber nicht auf die Post vom möglichen neuen Unternehmen warten. Zeigen Sie Initiative und bitten Sie um Broschüren, Festschriften, Geschäftsberichte und Kataloge. So machen Sie schon frühzeitig auf Interesse an dem Haus und der angebotenen Stelle aufmerksam. Die Angesprochenen erfüllen solche Wünsche außerdem gerne.

Hält ein Personalberater den Namen des Unternehmens möglicherweise noch zurück, müssen Sie sich zumindest der Branche widmen. Zukünftige Entwicklungen in den Bereichen erfahren Sie bei den Arbeitgeberverbänden, den Gewerkschaften oder in den einschlägigen Fachblättern.

In einem möglichen weiteren Interview lüftet der Führungskräftemakler dann auch den Schleier der Anonymität der Firma. Das heißt für Sie, wie beim direkten Kontakt mit einem möglichen Arbeitgeber, alle Informationen zu sammeln. Es gilt herauszubekommen, wie das Produktionsprogramm aufgebaut ist, wie die Bilanzen und Gewinn- und Verlustrechnungen der letzten Jahre waren, wie sich das Unternehmen auf dem Markt darstellt, wie es mit der Konkurrenz mithält, wie die Besitzverhältnisse aussehen und wie die Zahl der Angestellten in der Vergangenheit zugenommen oder abgenommen hat.

Bei Informationen über eine Aktiengesellschaft fällt der Anfang leicht: Die Geschäftsberichte sind jedem zugänglich. Aus diesen Aufstellungen können Sie dann leicht alle wichtigen Daten vom Umsatz, über Gewinn, Kapital, mögliche Beteiligungen, Investitionsvolumen, Sozialleistungen und Zukunftsperspektiven entnehmen. Allerdings verhalten sich viele Unternehmen mit anderen Gesellschaftsformen nicht immer so öffentlichkeitsfreundlich. Das heißt dann für Sie, Detektivarbeit zu leisten. Bei der Spurensuche hilft Ihnen aber ein Blick in die Eintragungen im zuständigen Handelsregister, ein Anruf oder ein Besuch bei der Industrie- und Handelskammer am jeweiligen Firmenort und Bibliotheken, in denen oft Festschriften oder Unternehmensdokumentationen gesammelt werden. Gerade aus diesen Selbstporträts der Unternehmen können Sie eine ganze Menge über die Philosophie des Hauses, das Verhältnis zu den Mitarbeitern und den Schwung der Firma erfahren.

Darüber hinaus sollten Sie Konkurrenzbetriebe befragen, auf Messen die Innovationsfreude des möglichen Arbeitgebers testen und bei Auskunfteien die Bonität zu ergründen versuchen. Auch die abendlichen Zusammenkünfte bei Tagungen oder Seminaren bieten Ihnen ausgezeichnete Möglichkeiten, mit den potentiellen Kollegen zu reden. Geschäftsfreunde, Lieferanten und Kunden können Sie natürlich obendrein nach ihrer Meinung fragen. Beweisen Sie bei den Nachforschungen aber immer Fingerspitzengefühl. Zu plumpes Aushorchen und zu heftiges Nachbohren bewirken bei den Angestellten schnell das Gegenteil. Sie schalten auf stur.

○ Legen Sie sich vor dem Termin eine Checkliste an. Darin können Sie sich mögliche Fragen notieren, die im Verlauf des Gesprächs von Ihnen zur Sprache gebracht werden sollen. Sie können sich auch einen groben Gesprächsleitfaden skizzieren. Doch Vorsicht: Lesen Sie den Fragenkatalog nicht monoton herunter. Ihr Gegenüber erwartet von Ihnen spontane Aktionen und kein Auswendiggelerntes oder schlicht Abgelesenes. Gegen einen in Stichworten formulierten Zettel hat er aber nichts einzuwenden.

○ Bringen Sie Ihre Bewerbungsunterlagen zu der Unterhaltung mit. Sie können so eventuellen Rückfragen besser entgegnen. Obendrein sieht es schlicht besser aus, wenn Sie mit diesen Dokumenten erscheinen. Allerdings müssen diese Schriftstücke immer wohlgeordnet sein, am besten in einer Mappe. Obendrein packen Sie auch noch einen Notizblock und natürlich einen Stift ein.

- Prägen Sie sich unbedingt den Namen Ihres Interviewpartners ein. Ein vergessener Doktortitel oder ein entstellter Nachname hat schon viele nachhaltig verärgert.
- Erkundigen Sie sich nach möglichen weiteren Teilnehmern am Vorstellungsgespräch. Gelegentlich nehmen an dem Frage- und Antwortspiel auch noch Vertreter aus der Fachabteilung, in der Sie später arbeiten sollen, teil. In solchen Fällen müssen Sie natürlich mit besonders großem Interesse an Ihren bisherigen Leistungen rechnen und hervorragende Fachkenntnisse nachweisen. Meist konfrontieren die Unternehmen Aspiranten auf einen neuen Job aber erst in einem zweiten Gespräch mit dem potentiellen direkten Vorgesetzten.
- Reichen Sie bei Ihrem alten Unternehmen rechtzeitig Urlaub ein, wenn Sie Ihren Wechsel noch geheimhalten wollen oder längere Zeit verreisen müssen. Ihr Arbeitgeber ist nämlich nicht unter allen Umständen verpflichtet, Ihre Suche nach einer neuen Position auch noch mit großzügiger Freizeitgewährung zu unterstützen.

Die richtige Taktik für das Vorstellungsgespräch

Personalberater und Personalchefs haben meist schon nach wenigen Minuten heraus, ob der Kandidat für das Unternehmen in Frage kommt. Durch intensives Beobachten und geschicktes Aushorchen erkennen die Spezialisten sofort, wie es um die Person ihres Gegenübers bestellt ist. Dabei reicht es nicht, mit auswendig gelernten Fragen und einstudierten Benimmregeln im Bewerbungsgespräch auf sich aufmerksam zu machen. Eine ausgefeilte Taktik hilft Ihnen aber, die Firmenvertreter oder den Managermakler von Ihrer persönlichen und fachlichen Qualifikation zu überzeugen. Mit dieser Strategie hinterlassen Sie mit Sicherheit einen besonders guten Eindruck.

- Stellen Sie Ihre eigene Person niemals in den Vordergrund. Versuchen Sie lieber mit Fragen zu überzeugen, die Sie durch das aufmerksame Verfolgen der Unterhaltung herausgearbeitet haben.
- Hören Sie genau zu, und lassen Sie möglichst Ihre Interviewpartner reden. In einem normalen Vorstellungsgespräch bestreitet der Bewerber höchstens vierzig Prozent der zur Verfügung stehenden Zeit.
- Fragen Sie nicht zu viel und zu schnell. Sie kommen sonst rasch in den Verdacht, nicht nachzudenken. Gezieltes Nachhaken zeugt dagegen von Ihrer Qualität.
- Beherzigen Sie das vielzitierte Motto »Tue Gutes und rede darüber«. Berichten Sie deshalb immer von mindestens einem Projekt, das Sie gelöst haben.
- Sagen Sie niemals »Ich habe keine Fragen mehr«. Dies kann das Todesurteil für Ihre Bewerbung sein. Interesse an der Branche, möglichen Konkurrenten, Zukunftsperspektiven, Kunden und Lieferanten und den Mitarbeitern im Unternehmen darf nicht ausgehen. Munitionieren Sie sich für peinliche Gesprächspausen.
- Es muß immer wieder gesagt werden: Reden Sie nicht schlecht über den alten Arbeitgeber. Solche Kandidaten machen sich von vornherein unbeliebt. Die potentiellen Chefs vermuten hinter diesen Leuten Menschen, denen es an der nötigen Loyalität fehlt und die bei einem nächsten Stellenwechsel genauso heftig über ihr Haus herziehen. Bremsen Sie Ihre Kritik, wenn Sie die Gründe für Ihren geplanten Wechsel darlegen sollen. Weisen Sie lieber auf die guten Karriereaussichten bei der möglichen neuen Firma hin.
- Behandeln Sie die Sekretärinnen der Personalberater und Personalchefs besonders freundlich. Oft gehören die

Damen schon zu den ersten wichtigen Informationsquellen für ihren Chef. Nehmen Sie deshalb offeriertes Informationsmaterial dankend an und blättern Sie den Inhalt auch durch, wenn Sie ihn bereits kennen. Sie können sicher sein, daß Ihr Verhalten meist genau beobachtet wird. Wundern Sie sich also nicht, wenn die Sekretärin kurz nach dem Beginn des Vorstellungsgesprächs einen Zettel hereinreicht. Sie schildert darauf oft ihren Eindruck über Sie. Und viele Personalexperten geben gerade auf die Meinung ihrer Mitarbeiter eine ganze Menge. Hüten Sie sich deshalb auch vor überzogener Hektik im Warteraum, rauchen Sie nicht eine Zigarette nach der anderen, und fragen Sie nicht schon nach einigen Minuten, wann es denn nun »endlich« losgeht.

- Präsentieren Sie sich nicht als Fordernder. Solches Verhalten bringt gerade Berufseinsteigern mit hervorragenden Examensnoten oder hochangesehenen Zusatzausbildungen, zum Beispiel an einer anerkannten internationalen Managerschmiede, immer wieder Minuspunkte. Machen Sie sich statt dessen klar, welchen Nutzen Sie dem Unternehmen durch Ihre Erfahrungen und Qualifikationen bringen können.
- Erzählen Sie nie mehr, als Sie wirklich gefragt werden. Besonders Mitteilsame schätzen Personaleinsteller wenig, zumal gerade Führungskräfte häufig Interna mitbekommen, die nicht nach draußen dringen dürfen. Wer sich aber schon im Vorstellungsgespräch als wenig verschwiegen erweist, schmälert seine Chancen beträchtlich.
- Geben Sie sich so locker, wie Sie können. Schauen Sie Ihren oder Ihre Gesprächspartner an, und spielen Sie nicht mit Ihren Händen. Ihre Gestik und Mimik sagt schon einem halbwegs erfahrenen Managerjäger und einem Personalchef eine ganze Menge über Ihre Verfassung. Übertriebene Lockerheit durchschauen sie allerdings auch sofort.

○ Nerven Sie nicht ständig mit Fragen nach Aufstiegschancen und Verdienstmöglichkeiten. Auf diese Punkte werden Sie im Verlauf der Unterhaltung ohnehin kommen. Außerdem schildern Unternehmen mit einem besonders fortschrittlichen Personalförderungsprogramm nur allzugern die hervorragenden Karriereaussichten in ihren Häusern. Gleiches gilt natürlich auch für Firmen mit außergewöhnlich großzügigen Gehaltsregelungen.

○ Streuen Sie hin und wieder ein Lob für das Unternehmen ein. Dabei können Sie zum Beispiel eine besonders erfolgreiche Werbekampagne, einen Verkaufsknüller oder eine gerade gewonnene Schlacht mit einer Konkurrenzfirma anführen.

○ Unterschreiben Sie niemals gleich nach dem ersten Vorstellungsgespräch einen Vertrag. Bitten Sie um einige Tage Bedenkzeit und diskutieren Sie mit Ihrer Familie, Freunden und guten Bekannten das Angebot noch einmal sorgfältig. Ein seriöser Arbeitgeber wird Ihnen dabei immer entgegenkommen. Weigert er sich jedoch zu warten, sollten Sie Ihre Bewerbung lieber zurückziehen. So ein Verhalten ist äußerst suspekt und in vertrauenerweckenden Häusern unüblich. Darüber hinaus läßt es auf keine sonderlich ersprießliche Zusammenarbeit schließen. In diesen Unternehmen praktiziert die Firmenleitung immer noch das vor Jahren in den Vereinigten Staaten und dann auch in der Bundesrepublik angewandte Prinzip »Hire and Fire«. Dort wird dann ebenso schnell entlassen, wie neue Mitarbeiter eingestellt werden. Drängen Sie darauf, neben dem Personalchef, in einem zweiten Gespräch den möglichen direkten Vorgesetzten kennenzulernen und mit ihm reden zu dürfen. Ferner sollten Sie vor der Unterschrift auf jeden Fall das Unternehmen besichtigen. Gibt es eine sogenannte Corporate Identity? Präsentiert sich die gesamte Firma also in einem bestimmten Erscheinungsbild nach außen hin und den Mitarbeitern gegenüber? Sind die Büros alle gleich eingerichtet? Sind Firmenautos, Teppichböden, Gebäude und Räume in einer speziellen Farbe gehalten? Trifft all dies zu, können Sie sicher sein, daß bei diesem Arbeitgeber größter Wert auf einen engen Zusammenhalt auch zwischen den Kollegen, Vorgesetzten und Untergebenen gelegt wird. Eine Eigenschaft, die für den Stellenanbieter spricht. Kontrollieren Sie obendrein den Zustand der Fabrikhallen. Sind dort moderne Maschinen installiert? Wie laufen die Arbeiter herum? Wie sehen die Sozialräume aus? Bei dem Rundgang haben Sie gleich die Gelegenheit, das Personal kennenzulernen. Sprechen Sie zumindest mit einigen über das Haus, und bringen Sie in Erfahrung, wie es um das Betriebsklima und den Zusammenhalt bestellt ist. Erkundigen Sie sich gleich durch geschickte Fragen, was für ein Ansehen der Kollege an dem Platz, den Sie besetzen sollen, hat.

- Stellen Sie nach oder während der Verabschiedung keine Fragen mehr. Erkundigen Sie sich lediglich, wann Sie mit einem Bescheid rechnen können.

Worauf Sie im Vorstellungsgespräch nicht antworten müssen

In Vorstellungsinterviews kämpfen Unternehmen und Personalberater um den totalen Durchblick. Aber längst nicht alles, was die Neugierigen oft brennend interessiert, braucht der Bewerber zu beantworten. Sogar Lügen sind in einigen Fällen erlaubt.

Die deutsche Rechtsprechung unterscheidet zwischen zulässigen und unzulässigen Fragen, seien sie mündlich gestellt oder in einem Fragebogen vorgelegt. Für erlaubt halten die Arbeitsrichter nur Einstellungsinterviews, die mit dem künftigen Arbeitsplatz in direktem Zusammenhang stehen. Alle anderen Fragen braucht der Bewerber nicht zu beantworten.

Allerdings fehlt es Jobsuchern häufig am notwendigen Schneid, unzulässige Fragen abzulehnen. Sie wollen sich nicht im Kampf um eine neue Position oder sogar um den Einstieg in das Berufsleben disqualifizieren. Möchte der Kandidat die Chancen auf keinen Fall verspielen, helfen nur Tricks: Auf unerlaubte Fragen darf er ausweichend, sogar unkorrekt antworten. Fragt ein Personalleiter oder Personalberater pauschal nach Vorstrafen, kann der Stellenanwärter immer dann lügen, wenn die Straftat mit dem erhofften Job nichts zu tun hat oder die Strafe nicht im Führungszeugnis eingetragen oder bereits wieder gelöscht wurde.

Versucht sich aber ein Bewerber bei zulässigen, arbeitsplatzbezogenen Fragen elegant aus der Affäre zu ziehen und Wahrheiten zu verschweigen, gibt er seinem neuen Arbeitgeber das Recht, den Arbeitsvertrag anzufechten oder sogar fristlos zu kündigen. Eine Anfechtung halten die Richter für zulässig, wenn

- ein Kandidat eine zulässige Frage bewußt falsch beantwortet hat;
- die verschwiegene oder falsche Tatsache der Grund für die Einstellung war;
- der Befragte erkennen oder wissen mußte, daß der verheimlichte Tatbestand für die Anstellung ursächlich war.

Fristlos kündigen darf der Chef seinem Mitarbeiter aber nur, wenn der Arbeitgeber den Kündigungsgrund innerhalb von zwei Wochen nach seiner Kenntnis geltend gemacht hat.

So muß sich der zukünftige Mitarbeiter Fragen gefallen lassen nach

- dem beruflichen Werdegang, Schul- und Berufsausbildung, ehemaligen Dienstverhältnissen, Zeugnissen, Prüfungen und Prüfungsergebnissen und den sonst noch erworbenen Qualifikationen;

- Gründen für den Wechsel;
- einem möglichen Wettbewerbsverbot, das den Kandidaten daran hindern kann, eine Position in einem Konkurrenzunternehmen seiner ehemaligen Firma zu übernehmen;
- Strafen, die für die zu besetzende Stelle von Wichtigkeit sind, wie die Bestrafung eines Bankkassierers wegen Unterschlagung;
- Schwerbehinderung;
- Vermögens- und Einkommensverhältnissen, allerdings nur bei leitenden Angestellten und besonderen Vertrauenspositionen, wie dem schon zitierten Posten eines Kassierers;
- der Religions- und Parteizugehörigkeit bei Bewerbungen auf Angebote konfessioneller Krankenhäuser und religions- und parteipolitischer Verlage.

Der Stellenanwärter hat aber nicht nur die Pflicht, erlaubte Fragen beim Vorstellungsgespräch wahrheitsgemäß und ausführlich zu beantworten. Ihn trifft auch die sogenannte Mitteilungspflicht. Kann er zum Beispiel beim ausgemachten Vertragsbeginn die erforderliche Leistung nicht bringen oder unterliegt der potentielle Kollege noch einem Wettbewerbsverbot seines alten Unternehmens, ist er verpflichtet, den neuen Chef von sich aus zu informieren.

Jedoch sollten Bewerber nicht sofort beim ersten Kontakt mit einer anderen Firma unaufgefordert ins Plaudern geraten. Das augenblickliche Gehalt wird der Berater oder Personalchef schon selbst erfragen. Und auch, wer zur Zeit seines Vorstellungsgesprächs in einen Arbeitsgerichtsprozeß verwickelt ist, sollte nicht gleich darauf hinweisen. Solange kein rechtskräftiges Urteil gegen den Kandidaten vorliegt, gilt das Schweigerecht.

Wie Sie sich verhalten sollten

Seriöse Personal- oder Firmenchefs kennen die Rechte ihrer Bewerber genau. Unzulässigen Fragen werden Sie bei Ihnen nur selten begegnen, eine verweigerte Antwort trifft dann auf Verständnis. Stellt aber der Interviewer gleich mehrere der folgenden Fragen, sollten Sie auf der Hut sein und ihn zumindest auf die Unzulässigkeit seiner übergroßen Neugier hinweisen. Kann Ihr Gegenüber sein übersteigertes Interesse an Ihren persönlichen Daten nicht begründen und besteht er obendrein forsch auf Antworten, sollten Sie genauso selbstbewußt das Gespräch abbrechen. Ein Chef, der Mitarbeiter nur unter Verletzung des Rechts beurteilt, disqualifiziert sich selbst. Und ein Berater, der zu solchen unsauberen Methoden greifen muß, verdient Ihr Vertrauen nicht. Bei diesen Themen müssen Sie deshalb im Vorstellungsgespräch besonders aufmerksam sein:

○ *Gesundheit.* Fragen nach früheren Krankheiten und deren Nachwirkungen brauchen Sie nicht zu beantworten. Es sei denn, die Folgen des Leidens beeinträchtigen Ihre Arbeitskraft. Ansteckende Krankheiten müssen Sie natürlich mitteilen.

○ *Schwangerschaft.* Mit dieser Information müssen Frauen herausrücken, die sich um eine Stelle bewerben, die nur für ihre Geschlechtsgenossinnen ausgeschrieben ist. Ansonsten ist diese Frage unzulässig, weil sie gegen das Gleichheitsgebot von Männern und Frauen verstößt. Darauf hinweisen müssen Sie jedoch dann, wenn die Arbeit von Schwangeren nicht geleistet werden kann.

○ *Vorstrafen.* Verurteilungen, die mit dem angebotenen Job nichts zu tun haben, dürfen Sie verschweigen. Das gleiche gilt für laufende Verfahren. Allerdings müssen Sie drohende härtere Strafen bekanntgeben.

○ *Gewerkschaftszugehörigkeit.* Bei diesem Thema muß Ihr möglicher neuer Arbeitgeber oder ein von ihm beauftragter Berater seine Neugier zügeln. So etwas hat ihn nicht zu interessieren. Es sei denn, Sie streben in der Arbeitnehmerorganisation höhere Ämter an. Dann können Sie einer solchen Frage nicht ausweichen.

- *Ehrenämter.* Solche Arbeit in Vereinen oder Verbänden geht ein Unternehmen ebenfalls nichts an. Wer sich aber besonders stark engagiert oder so etwas plant, muß über solche Initiativen Auskunft geben.
- *Familienstand.* Bei dieser Frage können Sie sich auf die drei Alternativen ledig, verheiratet oder verwitwet beschränken. Geschiedene dürfen sich als ledig bezeichnen. Ähnlich dürfen auch Bewerberinnen reagieren, die die übliche Frage nach einer bevorstehenden Hochzeit beantworten sollen. Sie können solche Pläne selbst dann verneinen, wenn sie schon bald aufs Standesamt gehen wollen.
- *Austrittsgrund und letztes Gehalt.* Diese Fakten dürfen einen potentiellen Chef oder einen Berater ebenfalls nicht interessieren. Gibt die Höhe Ihres letzten Einkommens jedoch Informationen über Ihre Qualifikation für den ausgeschriebenen Posten, heißt es wahrheitsgetreu zu antworten. Dies gilt besonders dann, wenn die augenblickliche Aufgabe und die angestrebte Stellung ähnliche Kenntnisse erfordern.

Wie Ihr Äußeres beim Vorstellungsgespräch aussehen sollte

Im Bewerbungsinterview zählt nicht nur die gekonnte Darstellung der eigenen Qualitäten und des Fachwissens. Auch die Aufmachung des Kandidaten wird von Personalberatern und Personalchefs genauestens beobachtet und interpretiert. So reagiert einer der erfolgreichsten europäischen Headhunter schon allergisch, »wenn ein Kandidat weiße Socken zum blauen Anzug trägt und zwischen Strumpf- und Hosenrand eine Handbreit nacktes Bein prangt. So etwas kann den guten Eindruck bei mir schon erheblich beeinträchtigen«, kritisiert der Beschaffer hochqualifizierter Top-Manager.

○ Sie sollten sich immer bei der Garderobenauswahl für das Vorstellungsgespräch am Aufgabengebiet des neuen Jobs orientieren. So passen ein legerer Anzug oder modischer Rock und Bluse nicht zu einem peniblen Controller oder einer Kostenrechnerin und konservativer Nadelstreifen eher zu einem Banker als zu einem kreativen Werbespezialisten. Eine Krawatte gehört hingegen immer zum Outfit beim persönlichen Kontakt mit einem eventuellen neuen Arbeitgeber oder einem Führungskräftemakler.

○ Statistiker haben herausgefunden: Die Personalchefs kleiner Firmen achten besonders penibel auf das Äußere ihrer Mitarbeiter. Mittelgroße Häuser sehen diese Dinge nicht so eng. Großunternehmen sind hingegen wieder strenger, wenn es um Kleidung und gepflegtes Auftreten der Angestellten geht.

○ Putzen Sie sich aber nicht zu sehr heraus. Ihr Gegenüber sieht meist schon mit einem Blick, ob Sie sich in Ihrer Garderobe wohl fühlen oder die ganze Sache eher in Richtung Maskerade tendiert. Genauso zurückhaltend reagieren gerade Personalberater bei Kandidaten, die sich mit besonders teuren Anzügen oder Kostümen ausstatten. Die meisten der Vermittlungsbranche kennen sich in Kleiderpreisen recht gut aus, weil sie selber für ihr Äußeres kräftig in die Tasche greifen. Hat dann aber ein Bewerber sich in teureres Tuch gehüllt als sein Gegenüber, gibt es Minuspunkte.

○ Lassen Sie beim Interview auch möglichst die auffallendsten Teile Ihres Schmucks zu Hause. Dies gilt besonders bei männlichen Bewerbern. Obwohl die Männerillustrierten immer häufiger über die Eleganz solchen Zierats berichten, halten konservative Personalexperten nur wenig von Gold und Silber an Hals oder Handgelenk möglicher Führungskräfte.

○ Überlange Haare registrieren die Talentesucher ebenfalls mit Mißfallen. Präsentieren Sie sich aber möglichst nicht mit gerade eben frisch geschnittenem Kopfputz. So kommen Ihre Gesprächspartner zu leicht zu der Einschätzung, Sie hätten sich ausschließlich für diese Unterredung zum Friseur begeben.

○ Bei Bewerberinnen gilt obendrein: Zu heftig parfümierte Damen kassieren nicht nur bildlich gesprochen ein Naserümpfen. Und wer allzu kräftig in die Schminktöpfe gegriffen hat, braucht schon besonderes Geschick, um sich dennoch als geeignete Kandidatin darzustellen.

○ Halten Sie sich bei der Zusammenstellung Ihrer Garderobe unbedingt an die Regel: Kleiden Sie sich immer so, als ob Sie an einer Konferenz mit Ihren Vorgesetzten teilnehmen müßten.

Rechtliche Pflichten von möglichen Arbeitgebern und Bewerbern

Nicht erst ein unterschriebener Arbeitsvertrag verpflichtet Arbeitgeber und Mitarbeiter zu einer Reihe von Auflagen. Schon während der Bewerbung müssen die Verhandlungspartner arbeitsrechtliche Vorschriften beachten.

Was der Bewerber beachten muß

Siehe dazu Seite 164 ff.

Was der Arbeitgeber beachten muß

○ *Aufklärungspflicht.* Ein Personalchef oder ein anderer Verhandlungspartner ist gehalten, mögliche falsche Vorstellungen über die Aufgabe, den Verantwortungsbereich und die Schwierigkeiten am neuen Arbeitsplatz sofort auszuräumen. Allerdings braucht Sie ein Interviewer nicht über die wirtschaftliche Situation der Firma ins Bild zu setzen, es sei denn, das Unternehmen muß befürchten, demnächst keine Gehälter mehr zahlen zu können oder die ausgeschriebene Stelle in kurzer Zeit schon wieder streichen zu müssen.

Nicht gehaltene Versprechungen oder die Zusage eines Postens, obwohl noch nicht einmal eine Planstelle genehmigt wurde, verpflichten zum Ersatz des Vertrauensschadens. Voraussetzung ist aber, daß der Hinter-das-Licht-Geführte auf diese Aussichten hin seinen alten Job gekündigt hat oder sonstige Dispositionen getroffen hat, die dann zu einem Schaden führen.

○ *Rückgabe der Unterlagen.* Hat Ihre Bewerbung nicht den gewünschten Erfolg, ist Ihr Verhandlungspartner verpflichtet, Ihre Unterlagen herauszugeben. Darüber hinaus muß das Unternehmen in solch einem Fall von Ihnen ausgefüllte Personalbogen vernichten.

○ *Information über den Ausgang des Gesprächs.* Sie haben einen Anspruch, nicht über Gebühr auf die Entscheidung des Arbeitgebers für oder gegen Sie warten zu müssen. Trotz dieses Rechts müssen Sie aber taktisch klug reagieren. Drohen Sie niemals mit dem Anspruch. Normalerweise sollten Sie zwei bis drei Wochen vergehen lassen, ehe Sie nachfragen. Honorige Personalberater oder Unternehmen versenden an ihre Bewerber ohnehin Zwischenbescheide, wenn sie mit der Bearbeitung der eingegangenen Unterlagen im Verzug sind. Verpflichtet sind sie dazu aber nicht.

4 Einstellungstests

Wie Sie ein Assessment Center überstehen

Seit nunmehr rund zehn Jahren praktizieren deutsche Unternehmen und einige Personalberater ein Auswahlverfahren, das Bewerber oder mögliche Kandidaten für den innerbetrieblichen Aufstieg mit realen Situationen aus dem Alltag eines Managers konfrontiert. Die Prozedur, bei möglichen neuen Mitarbeitern dauert sie rund einen Tag, bei Teilnehmern aus dem Unternehmen kann sie sich bis zu drei Tagen hinziehen, nennt sich Assessment Center. In manchen Firmen heißt der Check auch Management-Potential-Analyse, kurz MPA, oder Mitarbeiter-Entwicklungsprogramm (MEP).

Meist brauchen Sie sich vor einem Assessment Center nicht zu fürchten, wird dieser Test Ihres Führungspotentials doch für jede zu besetzende Position maßgeschneidert. Alle Bewerber haben die gleichen Chancen, und einseitige Urteile sind auch nicht möglich. Denn den Kandidaten werden immer eine ganze Reihe von Führungskräften aus dem Unternehmen zugeordnet, die mögliche neue Mitarbeiter auf ihr planerisches Können, das Geschick, Entscheidungen zu fällen, ihr Kommunikationstalent, Verhalten in der Gruppe, Auftreten, ihr Talent, sich gekonnt auszudrücken, und ihr Selbstvertrauen überprüfen.

Dieses Einstellungsexamen können Sie wesentlich leichter durchschauen als die Fülle der Psychotests. Oft informieren Sie die Prüfer sogar, welche Kriterien bei Ihnen unter die Lupe genommen werden sollen. Ein Training für das erfolgreiche Bestehen eines Assessment Centers halten die Anwender des Verfahrens natürlich für nicht ratsam. Es ist indes trotzdem möglich. Obendrein können Sie selbst aus einem nicht bestandenen Test Ihres Führungspotentials wichtige Dinge für Ihren weiteren Werdegang lernen. Voraussetzung für den effektiven Nachhilfeunterricht ist aber ein ausführliches Abschlußgespräch mit den Gutachtern. Allerdings müssen sie genügend Zeit für die Auswertung des Ergebnisses haben. Außerdem darf der Termin für die Unterredung nicht zu lange nach dem Auswahltest angesetzt werden. Schon nach kurzer Zeit hat der Tester meist Ihren Auftritt vergessen, zumal Ihre Prüfer allesamt aus den Führungsetagen Ihres möglichen Arbeitgebers kommen und sich nur nebenbei mit der Begutachtung potentieller Manager beschäftigen können. Ein Gespräch nach einem Monat bringt Ihnen somit nichts mehr ein.

Wie ein Assessment Center abläuft

Ein genormtes Assessment Center kann es wegen der unterschiedlichen Ausrichtung der zu besetzenden Jobs nicht geben. Allerdings hat sich im Laufe der Jahre ein Schnittmuster ergeben, an das sich die Anwender im Grundsatz halten.

Danach nehmen bis zu zwölf Personen an der Prüfung teil. Die Übungen teilen sich in vier Gruppen:

1. Jeder kämpft für sich. Mit diesen Übungen testen die Beobachter unter anderem Ihr Organisationstalent und Ihre Intelligenz. Besonders gerne setzen die Firmen dabei das sogenannte Postkorb-Spiel ein. Dabei müssen Sie unter Zeitdruck Entscheidungen treffen, was Sie gleich erledigen wollen, lieber aufschieben, delegieren oder einfach in den Papierkorb werfen. Pluspunkte sammeln Kandidaten, die die zu erledigenden Dinge in einen rasch entworfenen Zeitplan eintragen.

2. Jeder muß gegen jeden antreten. Bei diesem

Testteil müssen Sie beweisen, wie es um Ihre Fähigkeit, in führerlosen Gruppendiskussionen zu bestehen, bestellt ist. Die Prüfung gibt es in Form von Rollenspielen, Spielen mit einer gemeinsamen Aufgabe (oft soll die Gruppe einen Turm bauen) oder mit Hilfe von kontroversen Diskussionsthemen. Fassen Sie während des Meinungsaustauschs die bisherigen Ergebnisse zusammen, und überzeugen Sie durch Vorschläge für den weiteren Verlauf der Auseinandersetzung.

3. Einer hat gegen alle zu bestehen. Hier heißt es für Sie, Ihr gekonntes Auftreten und Ihre Überzeugungskraft ins rechte Licht zu rücken. Die Aufgabe besteht meist darin, eine Rede zu halten oder Ihre Gruppe von etwas mit den richtigen Worten zu überzeugen.

4. Einer trifft auf einen anderen. Diese Übungen sollen Ihre Kommunikationsfähigkeit ergründen. Dazu müssen Sie oft in Rollenspielen gegeneinander antreten, oder Sie haben die Aufgabe, Ihren Gesprächspartner zu einem bestimmten Thema möglichst genau auszufragen. Der wiederum muß das gleiche mit Ihnen fertigbringen. Wer sich den Fragen seines Mitspielers gegenüber offen zeigt und versucht, mit ihm gemeinsame Lösungen zu finden, macht die Beobachter auf sein Können aufmerksam.

So bereiten Sie sich auf ein Assessment Center vor

Ein erfolgreiches Abschneiden bei diesem praxisorientierten Auswahlverfahren können Sie leicht trainieren.

- Tragen Sie die Eigenschaften, durch die ein Kandidat für die ausgeschriebene Position Ihrer Meinung nach die Tester überzeugen könnte, zusammen.
- Überprüfen Sie sich selber, welche dieser möglichen Anforderungen bei Ihnen besonders stark oder nur schwach ausgebildet sind. Bitten Sie auch Bekannte oder Ihre Familie um eine Analyse Ihrer Person.

- Nehmen Sie sich vor, bei der Prüfung besonders auf Ihre Schwächen zu achten. Versuchen Sie zum Beispiel, auch auf Argumente Ihrer Partner einzugehen und diese auch in Ihre Lösungsvorschläge einzubeziehen, wenn Sie sonst eher dazu neigen, Ihren eigenen Willen durchzusetzen.
- Kommen Sie besonders fit und ausgeruht zum Assessment Center. Die Beobachter richten ihr Augenmerk auch auf Ihre körperliche Verfassung. Verkrampfte Kandidaten fallen schnell auf.
- Treten Sie in einer Kleidung an, die für Sie nicht ungewöhnlich ist. Zwar wird korrektes Aussehen auch bewertet, die Tester merken aber sofort, wenn jemand zum Prüfungstermin besonders herausgeputzt erscheint. Außerdem hindert Sie eine unbequeme Garderobe an der notwendigen Konzentration.

Das Streß-Interview

Bewerben bedeutet Streß. Doch damit nicht genug. In der Praxis hat sich bei einigen Personalchefs eine besonders harte und nervenaufreibende Form des Vorstellungsgesprächs eingebürgert, die sich treffend Streß-Interview nennt.

Bei solchen Befragungen will Sie Ihr Gegenüber aus der Reserve locken, Sie provozieren und feststellen, wie es um Ihre Widerstandskraft bestellt ist. Psychologen haben nämlich festgestellt, daß derart Herausgeforderte besonders schnell zu unbedachten Äußerungen bereit sind, die sie in einem üblichen, wohlvorbereiteten Vorstellungsgespräch niemals tun würden.

Aus diesem Grunde wird Ihnen ein Personalchef oder Executive Searcher vor Beginn eines Streß-Interviews niemals verraten, was er mit Ihnen vorhat. Sie können aber an seiner Gesprächstaktik sehr schnell erkennen, wie Sie Ihr Gegenüber auf die Probe stellen will. Die Methoden, Kandidaten dazu zu bewegen, mehr zu sagen, als sie eigentlich wollten, sind oft reichlich unfair. Sie dürfen sich aber auf keinen Fall davon übertölpeln lassen. Reagieren Sie deshalb gelassen auf ständige Unterbrechungen, lähmende Gesprächspausen, fortwährenden Widerspruch und persönliche Angriffe.

Halten Sie sich auch mit harter Kritik gegenüber ehemaligen Vorgesetzten, Mitarbeitern oder Kollegen zurück. Fragen wie »Hat sich Ihr Chef immer richtig verhalten?« oder »Haben Sie mit Ihren Kollegen immer vertrauensvoll zusammengearbeitet?« sollten Sie niemals negativ beantworten. Solche Äußerungen will der Prüfer in einem Streß-Gespräch nur von Ihnen hören. Schildern Sie die Kollegialität und das Arbeitsklima in Ihrem alten Unternehmen nur von seiner positivsten Seite, selbst wenn es genug Grund zur Klage gab. Bleiben Sie bei den nervendsten Nachfragen nach Ihrem Arbeitgeber und den Verhältnissen in der alten Firma gelassen. Hat es doch Ihr Gegenüber nur darauf abgesehen, Sie zu unüberlegten Bemerkungen zu verleiten. Gelingt ihm dies, können Sie gleich auf eine Absage auf Ihre Bewerbung gefaßt sein.

Der biographische Fragebogen

Seit rund fünf Jahren setzen besonders deutsche Versicherungsunternehmen bei sehr großem Bewerberandrang ein aus den Vereinigten Staaten importiertes Auswahlverfahren ein: den biographischen Fragebogen, kurz Bio-Bogen. Für Sie heißt das dann, etwa hundert schriftliche Fragen zu beantworten, die bisher im Bewerbergespräch ohnehin behandelt wurden.
In meist 15 Minuten müssen Sie aus einer Reihe vorgegebener Antworten über Ihre Familie, Neigungen, Aktivitäten, Berufs- und Schulbildung, Hobbys, die für Sie zutreffenden aussuchen und ankreuzen. Da heißt es zum Beispiel im Bio-Bogen: Wie oft im Monat haben Sie Gäste? Wann traten Sie in das Berufsleben ein? Wer traf in Ihrer Familie die Entscheidungen?
Auf den ersten Blick erscheinen die Fragen wenig verfänglich, doch sind sich die Psychologen sicher, mit dem Verfahren hervorragend ergründen zu können, wie die berufliche Laufbahn des Kandidaten mit großer Wahrscheinlichkeit aussehen wird. Als Meßlatte für solche positiven oder negativen Einschätzungen gelten den Gutachtern die biographischen Analysen besonders erfolgreicher und auf der anderen Seite extrem schwacher Kandidaten. Je genauer das Profil des untersuchten Bewerbers mit den Ergebnissen bei wertvollen Mitarbeitern übereinstimmt, desto besser sind die Einstellungschancen.
Einen Bio-Bogen können Sie ziemlich sorglos ausfüllen. Die Ergebnisse werden mit einer Schablone erfaßt und lassen deshalb keine verwegenen Interpretationen psychologischer Laien zu.

Wie Sie mit Einstellungstests fertig werden

Deutsche Firmen und Berater geben sich stets besonders zurückhaltend, wenn sie die Bedeutung von Einstellungstests für den positiven oder negativen Ausgang von Bewerbungen schildern sollen. Meist heißt es dann kurz und knapp: »Solchen Verfahren messen wir keine Bedeutung bei. Bei uns zählt nur die Person und ihre Qualifikation.«
Doch ganz so uninteressant sind die häufig umstrittenen Tests für die Personalchefs und gewerblichen Ausspäher von hoffnungsvollen Talenten nicht: Rund 500000 Aspiranten auf einen neuen Job müssen sich Jahr für Jahr mit Persönlichkeits-, Intelligenz- oder Konzentrationstests herumquälen. Damit hat sich die Bundesrepublik neben Holland und der Schweiz zu einer der testgläubigsten europäischen Nationen entwickelt.
Mehrere hundert solcher Inspektionsmethoden entscheiden damit doch maßgeblich über das Schicksal von Bewerbern, obwohl viele Verfahren selbst nach Meinung von Fachleuten ungeeignet sind, Qualifiziertes über Menschen auszusagen. Kein Wunder also, daß Personalberater und psychologievernarrte Unternehmen gerne einen geheimnisvollen Schleier über ihre Tests legen. Häufig sind das Prüfungen, die zwar wissenschaftlich fundierte Grundlagen haben, von Betriebspsychologen dann aber so umgearbeitet werden, daß selbst ein Experte Mühe hat, sie wiederzuerkennen.
Unerfahrene Bewerber können freilich kaum erkennen, was sich hinter den oft unverfänglich klingenden Fragen versteckt. Weigern sie sich, die Tests über sich ergehen zu lassen, dürfen sie meist gleich nach Hause gehen. Lediglich Spitzenleute schaffen es hin und wieder, sich durch unnach-

giebiges Verhandeln vor dem Seelenstriptease zu retten. Gegen eine besondere Art von Tests kann der Kandidat allerdings nur wenig oder gar nichts unternehmen, nämlich gegen selbstgestricke Prüfverfahren einzelner Berater oder Personalobmänner. So ist immer Vorsicht geboten, wenn der zukünftige Chef zum Beispiel zum Tennismatch bittet. Allzu raffiniert plazierte Lobs und Kanonenaufschläge können den Stellenanbieter nur verärgern. Und besonders verdrießlich stimmt es ihn natürlich, wenn er auch noch als Verlierer vom Platz gehen muß. Kann sich der Bewerber deshalb auf dem Tennisplatz noch zurückhalten, so ist er beim gelegentlich praktizierten Bleistifttest völlig der Willkür des Interviewers unterworfen.
Konkrete Verhaltensmaßregeln für derlei Selbstgefertigtes gibt es bisher nicht. Susanne von Paczensky, Autorin des erfolgreichen Buches »Der Testknacker«, hat aber dennoch einen Rat für verunsicherte Bewerber parat. »Innere Ruhe ist die erste Probandenpflicht«, empfiehlt die kritische Beobachterin des deutschen Testdickichts. Obendrein sollten die Aspiranten auf eine neue Position ruhig während der Tests ein wenig schauspielern. Wer sich als sorgloser, menschenfreundlicher und gesunder Mensch präsentiere, könne jeden Test durchstehen, meint die Erfolgsautorin.

Wie Sie sich auf Einstellungstests vorbereiten

Psychologen bezeichnen es immer wieder als sinnlos, Bewerber für einen Test zu trainieren. Sie schützen damit allerdings im wesentlichen ihre Verfahren. Gute Tips können Ihnen jedoch durchaus beim Bestehen eines psychologischen Auswahlverfahrens helfen.

- Ein ausführliches Gespräch mit dem Testleiter, am besten einige Tage vor dem Prüfungstermin, über Umfang, Art und genaue Hintergründe der Prozedur und die Auswertung, nimmt weitgehend die Angst vor dem Test. Lassen Sie sich auch sagen, warum die Analyse für den möglichen neuen Job wichtig ist. Die üblichen Informationen zu Beginn des Seelenstriptease oder des Intelligenz-Checks sind meist viel zu dürftig.

○ Ausführliches Lesen der Anleitungen und genaues Nachfragen bei Unsicherheiten vor dem eigentlichen Test sind für das Gelingen unbedingt nötig. Während der Prüfung darf der Psychologe Ihnen keine Fragen beantworten.

○ Zeitlich limitierte Tests sollen längst nicht immer Ihre Schnelligkeit prüfen. Oft besagen solche Einschränkungen lediglich, daß es über einen längeren Zeitraum kaum noch möglich ist, das Ergebnis wesentlich zu verbessern.

○ Die Tests fragen niemals Schulwissen oder Universitätsbildung ab. Die Seelendetektive wollen nur prüfen, was Sie vermögen, nicht, was Sie gelernt haben.

○ Spezialseminare zum Üben der gängigen Testverfahren bringen nur einem etwas – dem Veranstalter. Ihr Erfolg ist bisher nicht erwiesen.

○ Viele Personalberater oder Personalchefs und Betriebspsychologen bitten Bewerber, Testbogen bereits zu Hause auszufüllen – ein für Fachleute höchst bedenkliches Verfahren. Wenn Sie sich nicht schon vor dem ersten Bewerbungsgespräch offenbaren wollen, bieten Sie an, die Fragen gleich nach der Unterredung zu beantworten. Manchmal verzichten Ihre Gesprächspartner dann auf den Test.

○ Berufspsychologen erbieten sich gelegentlich, Interessierten gängige Tests mit Lösungsschablonen zur Verfügung zu stellen. Stures Auswendiglernen der Antworten bringt Ihnen jedoch nichts, denn jede Testmethode besteht aus mehreren Alternativ-Fragekatalogen.

○ Gerne bauen Testautoren in ihre Ausfragewerke sogenannte Lügenfragen ein. Wer zum Beispiel die Frage: »Ich haben noch nie in meinem Leben die Unwahrheit gesagt«, mit »ja« beantwortet, riskiert Minuspunkte und decouvriert sich schnell als Lügner. Testprofis werden deshalb bei Antwortvorgaben, wie »immer« oder »niemals«, sofort skeptisch und prüfen die Frage noch einmal besonders kritisch. In solchen Fällen sollten Sie lieber kleinere persönliche Schwächen gestehen.

○ Einige Tests bieten den Kandidaten die Antwortmöglichkeit »unsicher« oder »unentschieden« an, zum Beispiel im 16-P.-F.-Test. Diese Antwort sollten Sie möglichst selten ankreuzen. Die Auswerter erkennen sonst in Ihnen kein eindeutiges Bild und kategorisieren Sie als durchschnittlichen, wenig entscheidungsfreudigen Menschen ohne besondere Eigenschaften. Alles Attribute, die einem aufstiegswilligen und karrierebewußten Kandidaten oder einer Kandidatin auf keinen Fall nachgesagt werden dürfen.

○ Top-Manager brauchen sich im allgemeinen nur auf Persönlichkeitstests einzustellen. Kein vernünftiger Personalberater oder Personalchef wird von ihnen Konzentrations- oder Belastungstests erwarten. Bei Bewerbern auf Führungspositionen kann allerdings schon die Frage nach der Bereitschaft zum Test eine Prüfung sein. In solch einer Situation können Sie einen Test ruhig erst einmal ablehnen. Bei harten Bewerbern für Spitzenjobs haben nämlich schon viele Personalsucher verzichtet und sich lieber auf den beruflichen Werdegang und das persönliche Erscheinungsbild des Bewerbers verlassen.

○ Sie haben bei einem Test nichts zu verlieren. Im Gegenteil: Sie können nur gewinnen, entweder die ausgeschriebene Stelle oder bessere Voraussetzungen für den nächsten Einstellungstest. Erfahrungsgemäß absolvieren Testroutiniers Befragungen wesentlich erfolgreicher. Außerdem sagt ein mieses Testergebnis noch längst nichts über Wert oder Unwert des Kandidaten aus. Das Resultat zeigt nur, daß die Fähigkeiten des Geprüften nicht mit den Anforderungen, jedenfalls wie sie die Firma sieht, an die zu besetzende Position übereinstimmen.

○ Meist entwickeln die Personalsucher für die betreffende Aufgabe ein eigenes Anforderunsprofil, auf dem der Test aufbaut. Zu starkes Manipulieren der Antworten kann bei guten Verfahren zum Mißerfolg führen, wenn nämlich die Firma dem Neuling zuviel zutraut.

○ Der Test kann für Sie eine Art Servicefunktion übernehmen. Dazu müssen Sie aber schon vor Beginn der Befragung den Psychologen bitten, ihnen anschließend genaue Informationen zum Ergebnis zu geben und das Resultat eingehend zu interpretieren.

Was Sie sich nicht gefallen lassen müssen

Einem Test zur Erkundung Ihrer beruflichen Qualitäten können Sie sich kaum widersetzen. Dennoch brauchen Sie sich nicht total ausfragen zu lassen. Das Gesetzbuch setzt den Psychologen Grenzen: Ihnen ist es untersagt, in den Persönlichkeitsbereich einzudringen. Daneben müssen sich die Seelenforscher noch weiteren Einschränkungen beugen. Insgesamt können Sie verlangen, daß die folgenden Regeln von den Testern eingehalten werden:

○ Nur ein Fachpsychologe ist in der Lage, eine Befragung ordnungsgemäß zu gestalten und die Ergebnisse auszuwerten. Personalchefs und Personalberater mit einer psychologischen Zusatzausbildung bürgen nicht für die Objektivität eines Einstellungstests. Außerdem unterliegen diese Schmalspur-Psychodetektive nicht der gesetzlichen Schweigepflicht der Berufspsychologen.

○ Ohne Ihre Einwilligung darf kein Tester Ihr Innenleben erforschen. Allerdings können Sie sich als Bewerber für einen Posten, um den sich auch eine Reihe anderer bemüht, einer Analyse kaum widersetzen. Zumindest muß Sie aber der Prüfer über die zu erforschenden Eignungsmerkmale informieren und auch das Testverfahren vorstellen. Erst dann ist der Check rechtlich zulässig.

○ Alle wissenschaftlich abgesicherten und erprobten Testbogen dürfen von Psychologen weder verändert noch gekürzt oder durch eigene Fragen ergänzt werden. Außerdem beginnen korrekte Verfahren mit einigen Beispielfragen, die Ihnen der Untersuchungsleiter ausführlich erläutern sollte.

○ Leistungs- und Intelligenztests sind nur dann gestattet, wenn sie sich auf die Anforderungen am zukünftigen Arbeitsplatz beschränken. Bei anderen Fragen dürfen Sie passen. Ein Intelligenzcheck, der ausschließlich eine einzige Maßzahl – den Intelligenzquotienten – liefert, ist fast immer unzulässig.

○ Werden Ihnen unzulässige Fragen gestellt, dürfen Sie sogar lügen, ohne rechtliche Folgen befürchten zu müssen. Strafrechtlich geschützte Themen sind etwa Fragen zur gesundheitlichen Verfassung (»Oft habe ich das Gefühl, als schmerze mir der ganze Kopf.«), zur seelischen Situation (»Ich höre häufig Stimmen, ohne zu wissen, woher sie kommen.«), zur religiösen Einstellung (»Ich bin ein besonderer Sendbote Gottes«) und aus dem Familienbereich (»Einige meiner Familienangehörigen haben Angewohnheiten, die mich sehr stören und ärgern«).

○ Persönlichkeitstests, die Ihren Charakter umfassend testen, sind grundsätzlich unzulässig. Über Ausnahmen wird indes gestritten, so etwa bei Führungskräften in den höchsten Positionen.

○ Hat Ihre Bewerbung keinen Erfolg, können Sie die Vernichtung des psychologischen Gutachtens verlangen. Das Material braucht Ihnen der Tester aber nicht zu übergeben.

○ Verstößt der Psychologe gegen seine Schweigepflicht und informiert Dritte über die Testergebnisse, können Sie ihn verklagen. In besonders schlimmen Fällen steht Ihnen sogar Schmerzensgeld zu.

Übersicht über Einstellungstests

Derzeit kursieren weit über hundert Persönlichkeitstests in den Büros der Personalberater, Personalchefs oder Betriebspsychologen. Längst nicht alle Analysen sind allerdings von Fachleuten erprobt worden. Doch brauchen Sie sich vor der Vielzahl der Testprogramme keine Sorgen zu machen. Viele Tester haben von anerkannten Vorbildern heftig abgekupfert. Die folgenden Übersichten stellen deshalb mehr oder weniger gebräuchliche Prüfungen vor. Kennen Sie nämlich das Prinzip der Befragung, können Sie die jeweilige Variante auch lockerer ergründen.

Die fünf gebräuchlichsten Tests

Testbezeichnung und Testverfahren	Testaussage	Testqualität	Testinhalt
Intelligenz-Struktur-Test (I-S-T) Beantworten von schriftlichen Fragen	Gesamtintelligenzniveau, unter anderem ○ schlußfolgerndes Denken ○ Urteilsbildung ○ Kombinationsfähigkeit ○ Abstraktionsvermögen	anerkannt guter Test; gut geeignet für Berufsberatung und Einstieg in das Berufsleben und ins Studium	Satzergänzungen; Analogienbildung; Rechenaufgaben; Bilden von Zahlenreihen; Erkennen von Gemeinsamkeiten; Merkaufgaben; Auswahl von Figuren
Konzentrations-Leistungs-Test (K-L-T) Lösen von Rechenaufgaben	Willensstärke (Grad der psychologischen Aktivität und Leistungsmotivation); Ausdauer der Konzentration; allgemeine psychologische Leistungsfähigkeit; Sorgfalt und Gewissenhaftigkeit	anerkannt guter Test; gut geeignet für die Auswahl von Lehrlingen und Berufsanfängern	Additions- und Subtraktionsaufgaben

Pauli-Test Lösen von Rechenaufgaben	Leistungsdynamik; psychische Antriebskraft und Ausdauer; Antriebs- und Leistungsverlauf; Sorgfalt und Gewissenhaftigkeit; Motivation; Willenseinsatz	anerkannt guter Test; gut geeignet für Berufsberatung, Berufswechsel, Umschulung und bei Berufsanfängern, aber auch bei internen und externen Bewerbern	Addition von Zahlen unter starkem Zeitdruck
Aufmerksamkeits-Belastungstest (Test d 2) Durchstreichen von Zeichen	visuelle Aufmerksamkeit; allgemeine Aufmerksamkeit; Sorgfalt und Gewissenhaftigkeit	anerkannt guter Test; gut geeignet für Berufsberatung und bei Berufsanfängern	In einer vorgegebenen Zeit müssen aus 16 verschiedenen Kombinationen der Buchstaben d und p zwei bestimmte Zeichen durchgestrichen werden.
16-Persönlichkeits-Faktoren-Test (16-P.-F.-Test) Beantworten von schriftlichen Fragen	16 Persönlichkeitsfaktoren, unter anderem ○ soziales Verhalten ○ Abstraktionsfähigkeit ○ Belastbarkeit ○ Durchsetzungsfähigkeit ○ Ausgeglichenheit	umstrittener Test, der, wie alle Persönlichkeitstests, Schwächen in Zuverlässigkeit und Genauigkeit hat. Bei der Befragung unter Aufsicht eines Psychologen können die Ergebnisse grobe Anhaltspunkte über die Persönlichkeit von Führungskräften geben	Fast 200 Fragen sind mit »ja«, »nein«, »dazwischen« oder »unsicher« zu beantworten

Tests, die Ihnen auch noch begegnen können

- *Rorschach-Test.* Bei diesem Verfahren müssen die Probanden zehn Tafeln mit farbigen oder schwarzweißen Klecksbildern interpretieren. Damit wollen die Prüfer die gesamte Struktur der Persönlichkeit ergründen.
- *Baum-Test.* Es gilt, auf ein leeres Blatt einen Obstbaum zu zeichnen. Das Ergebnis soll genau wie der Rorschach-Test Aufschluß über die gesamte Persönlichkeit des Kandidaten geben. Gleichzeitig wollen die Tester aber auch noch mögliche psychische Probleme ihrer Klienten aus den Zeichnungen herauslesen.
- *Draw-a-Person-Test (DAP).* Das Experiment mit der Aufforderung »Zeichnen Sie eine Person« hat genau wie der Baum-Test die Aufgabe, die Mentalität der Bewerber zu untersuchen. Besonderes Augenmerk richten die Tester dabei auf die Seele und wollen vor allen Dingen psychische Mängel wie Angst und Aggressionen ermitteln.
- *Lüscher-Test.* Die Bewerber müssen sechs ungeordnete Farbkarten nach ihrem Geschmack in eine bestimmte Reihenfolge bringen. Aus dem Ergebnis interpretieren die Seelenforscher das Innere der Testperson. Gleichzeitig soll das Verfahren helfen, Mediziner bei der Früherkennung von Magenkrankheiten, Herz- und Gehirnschäden zu unterstützen.
- *Minnesota Multiphasic Personality Inventory (MMPI).* Aus über 500 Fragen, die mit »richtig«, »falsch« oder »weiß nicht« beantwortet werden müssen, wollen die Seelenforscher alle Merkmale der Probanden erfahren. Der MMPI ist in der Praxis ganz besonders umstritten, weil die Befragten auch Angaben aus ihrem Intimbereich machen müssen.
- *Freiburger Persönlichkeitsinventar (FPI).* Dieser Test soll die Kandidaten auf zwölf Merkmale, wie Gelassenheit, Aggressionen, Offenheit, Fraulichkeit oder Männlich-

keit, untersuchen. Dazu sind 212 Fragen zu beantworten. Es existieren auch Kurzformen mit 76 oder 114 Fragen. Die Testperson kann bei der Beantwortung zwischen »stimmt« und »stimmt nicht« wählen.

○ *Szondi-Test.* Dem Probanden werden mehrere Serien mit Porträtfotos Geistesgestörter oder psychisch Belasteter vorgelegt. Er soll dann die beiden angenehmsten und die beiden unsympathischsten Gesichter aussuchen. Damit glauben die Seelendetektive, Triebe wie Homosexualität, Epilepsie, Schizophrenie und Manie aus dem Inneren ihrer Kandidaten herauszulocken. Diese Tauglichkeitsprüfung wird zwar von vielen Experten schärfstens abgelehnt, trotzdem machen immer noch zahlreiche Personalberater oder firmeneigene Psychologen das Bestehen dieses Tests zum Pluspunkt bei der Beurteilung potentieller neuer Mitarbeiter.

○ *Satzergänzungstest.* Der Kandidat muß zwischen 40 und 60 angefangene Sätze beenden. Das Ergebnis soll Anhaltspunkte über Anpassungsprobleme, Kontaktfreude oder Durchsetzungsvermögen geben.

○ *Maudsley Personality Inventory (MPI).* Dieser Test besteht aus 48 Fragen, die der Bewerber mit »ja«, »nein« oder »?« beantworten kann. Er mißt zwei Persönlichkeitsmerkmale: die neurotische Veranlagung, also Nervosität oder Minderwertigkeitskomplexe, und die Kontaktfähigkeit. Der MPI ist schnell zu durchschauen. Er wird in der Praxis gern zur Rekrutierung innerbetrieblichen Nachwuchses verwendet.

5 Geld- und Gehaltsfragen

Welche Vorstellungskosten Sie sich ersetzen lassen können

Ein potentieller Arbeitgeber ist laut Gesetz verpflichtet, Ihnen mögliche Auslagen für eine Vorstellung in seinem Hause oder an einem anderen Ort zu ersetzen. Allerdings gilt diese Vorschrift nur dann, wenn er um Ihren Besuch gebeten hat und Sie nicht aus freien Stücken angereist sind. Trifft dies zu, ist es völlig gleichgültig, ob Ihr Besuch mit dem Abschluß eines Arbeitsvertrags gekrönt wurde, Sie schlicht einmal wieder Ihren derzeitigen Marktwert testen wollten oder die Bewerbung ein Mißerfolg war.
In die Rechnung gehen dann neben dem Kilometergeld für die Benutzung Ihres eigenen Wagens oder den Ausgaben für eine Bahnfahrkarte auch noch Verpflegungs- und Hotelkosten ein. Verlangen die An- und Abreise und die Verhandlungen mit dem Personalberater beziehungsweise dem möglichen Arbeitgeber außergewöhnlich viel Zeit von Ihnen, können Sie auch noch Verdienstausfall ansetzen. Ihr derzeitiger Chef ist nämlich nur verpflichtet, Sie weiter zu bezahlen, wenn Ihre Suchaktion Sie nicht übergebührlich lange von Ihrem Arbeitsplatz fernhält.
Obwohl Ihnen das Gesetz das Recht zum Kassieren von Vorstellungskosten gibt, dürfen Sie nicht zu lauthals nach der Begleichung Ihrer Auslagen fragen. Am besten erkundigen Sie sich kurz vor dem Aufbruch zum Vorstellungstermin, was bei dem jeweiligen Stellenanbieter üblich ist. Manche Personalberater und Personalchefs halten Nachfragen nach der Begleichung von solchen Auslagen für unpas-

send für einen Bewerber um einen hochdotierten Posten. Mit einer geschickt verpackten Frage an die Sekretärin Ihres möglichen neuen Brötchengebers oder des Personalberaters läßt sich meist rasch klären, was man dort für angemessen hält. Haken Sie aber niemals intensiv nach.

Gilt die Übernahme Ihrer Auslagen als selbstverständlich, dürfen Sie aber nicht gleich die teuerste Art des Transfers zum Gespräch wählen. Wer ohne ausdrückliche Genehmigung ein Flugticket bucht, kann nicht auf die Erstattung der Kosten für diesen Trip bestehen. In der Praxis gilt der Grundsatz: »Die Kosten für eine Vorstellung sollten sich an der Größenordnung der zu besetzenden Position und der Dauer von Hin- und Rückreise errechnen lassen.« So zahlen Unternehmen meist zwar noch die Taxikosten für die Fahrt vom Bahnhof zum Besprechungsort. Leihwagengebühren für einen möglichen Nachwuchskandidaten gelten jedoch als übertrieben.

In der Praxis sammeln Wechselwillige oder Berufseinsteiger durch Ihr Interesse an der Rückerstattung eventueller Auslagen ohnehin schnell Minuspunkte. Es gilt als wesentlich professioneller, auf derlei Zuwendungen zu verzichten. Nur wen ein Headhunter direkt angesprochen und um ein Gespräch unter vier Augen gebeten hat, darf ohne Scham die Kosten für eine Flugpassage einfordern. Ohnehin werden solche hochkarätigen Manager meist von den Anwerbern ganz in der Nähe ihres Wohn- oder Arbeitsortes aufgesucht.

Zurückhaltung ist also beim Eintreiben von Vorstellungskosten angesagt. Belasten Sie solche Ausgaben lieber Ihrem Finanzamt. Auch die Auslagen für die Fahrt zu solchen Verhandlungen gelten nämlich als Werbungskosten. Sie dürfen Sie in Ihrer Steuererklärung absetzen.

Welche Bewerbungskosten das Finanzamt anerkennt

Selbst wenn Ihnen die penible Art von Buchhaltern widerstrebt, während und nach Ihrer Arbeitsplatzsuche müssen Sie sich die Eigenschaften dieser Gilde mindestens für eine kurze Zeit zu eigen machen. Ihre Steuerbehörde beteiligt sich nämlich an Ihrem Bewerbungsfeldzug, vorausgesetzt, Sie präsentieren den Finanzbeamten sämtliche Belege über Ihre Ausgaben. Selbst von Ihnen ausgestellte Bescheinigungen über Telefonkosten von Ihrem privaten Fernsprecher oder das Geld für Zeitungen und Fachzeitschriften akzeptieren die Beamten. Allerdings dürfen Sie Ihrem Wunsch, Steuern zu sparen, nicht allzu freien Lauf lassen. Die angefallenen Kosten müssen glaubhaft sein. Sparsamkeit verlangt der Fiskus aber auch nicht gleich von Ihnen. Wer zum Beispiel mit einem möglichen Arbeitgeber in den Vereinigten Staaten mehrfach sprechen mußte, darf die Gebühren für die Anrufe nach Übersee dem Finanzamt belasten.
Die Ausgaben für die nachstehenden Positionen gehören gleichfalls zu den Bewerbungskosten und dürfen von Ihnen als Werbungskosten in Ihrer Steuererklärung abgesetzt werden. Sammeln Sie also alle Quittungen für

- Briefbogen und -umschläge
- Briefmarken
- Klarsichthüllen, Hefter und Mappen
- Kopien von Zeugnissen und sonstigen Dokumenten
- notwendige Lichtbilder
- Telefongespräche mit Personalberatern und Unternehmen
- Zeitungen und Fachblätter
- eigene Stellenanzeigen in der Presse

Testen Sie Ihren möglichen neuen Wohnort

Das Gehalt gehört sicher, auch wenn es Personalchefs gar nicht gerne hören, immer noch zu den wichtigsten Kriterien bei einem Arbeitsplatzwechsel. Doch wenn Sie nicht nur Ihr Büro aufgeben, sondern überdies auch noch Ihren Wohnsitz verlassen müssen, sollten Sie sich vor der Unterschrift unter einen auch noch so lukrativ klingenden Anstellungsvertrag sicher über einige Punkte klar werden.

- *Wie sieht es mit den Ausbildungsmöglichkeiten für die Kinder aus?* Gibt es eine anerkannt gute Universität in der Nähe? Genießen die Schulen am Ort einen guten Ruf?
- *Lassen sich Hobbys, auf die Sie nur ungern verzichten wollen, auch in der neuen Stadt ausüben?* Ist das kulturelle Angebot Ihren Wünschen entsprechend? Gibt es gute Theater und eine Oper?
- *Wie sind die Verbindungen im öffentlichen Nahverkehr?* Können Ihre Kinder bequem mit Bahn oder Bus in die Schule fahren, oder müssen Sie den Transport übernehmen und brauchen deshalb sogar ein zweites Auto?
- *Sind die Lebenshaltungskosten, Miete und Grundstückspreise höher als am alten Wohnort?*
- *Haben die Einwohner der neuen Stadt eine andere Mentalität als in der früheren Umgebung, und kommen Sie damit zurecht?*
- *Wieviel Zeit müssen Sie für die tägliche An- und Abfahrt zu Ihrem neuen Arbeitsplatz einkalkulieren?* Ist das Straßennetz so gut ausgebaut, daß Ihnen lästige Verkehrsstaus erspart bleiben?
- *Verfügt Ihr neuer Wohnort über genügend inter-*

essante Erholungsgebiete, die nicht zu überlaufen sind?

○ *Wie groß ist die Entfernung zur nächsten Stadt?* Wie lange brauchen Sie zum Flughafen?

○ *Besteht für Ihre Ehefrau/Ihren Ehemann eine gute Chance, ihren/seinen Beruf auch nach dem Umzug noch auszuüben?*

○ *Ist es sinnvoll, den ersten Wohnsitz am alten Standort aufzugeben?* So brauchen Sie vielleicht Ihr Auto nicht umzumelden und können obendrein auch noch Versicherungsgebühren sparen.

Wie Sie Ihr Gehalt aushandeln

Deutschlands Personalchefs reagieren auf eine Tatsache immer wieder mit zumindest gespielter Empörung. Heißt es, »Das Gehalt ist auch bei Führungskräften immer noch der Motivationsfaktor Nummer eins«, stehen die Zeichen bei den Unternehmen gleich auf Sturm. Viel lieber unterstellt man den Managern edle Grundsätze, wie die Lust an der Herausforderung oder den Wunsch, mehr aus sich zu machen, als sich an möglichst hohen Gehältern zu erfreuen. Doch die Wirklichkeit sieht anders aus: In einer Exklusivumfrage unter den Spitzen von Wirtschaft, Politik und Verwaltung ermittelte »Capital«: Rund 70 Prozent der Befragten in den obersten Führungsetagen halten ein stattliches Gehalt für wichtig, manche sogar für sehr wichtig.

Gerade für Stellenwechsler steht ein angemessenes Einkommen auf der Anforderungsliste an ein neues Unternehmen ganz oben. Bedeutet ein Eintritt in eine andere Firma doch immer ein Risiko. Für diesen Unsicherheitsgrad möchten die Wanderlustigen entlohnt werden. Außerdem gehört ein möglichst hohes Einkommen auch zu den Merkmalen, die nach außen hin auf Leistungsfähigkeit schließen lassen. Es gilt gleichermaßen als Leistungsanerkennung und Leistungsanreiz. Das klingt wenig vornehm in einer Industriegesellschaft, die ständig von Warenpreisen redet, Gespräche über Gehälter aber als eher peinlich behandelt.

Lassen Sie sich aber nicht von der zurückhaltenden Einstellung zum Thema Gehalt leiten. Gerade wenn Sie aus der Provinz in eine Großstadt übersiedeln müssen, spielt ein gerechter Lohn eine besonders große Rolle. Übergehen die Verhandlungspartner in den Diskussionen über ein angemessenes Salär doch gerne die höheren Lebenshaltungskosten am neuen Wohnort. Rücken Sie die Einkommensfrage aber auf keinen Fall in den Vordergrund Ihrer Gespräche mit einem Personalberater oder einem möglichen neuen Chef. Verhalten Sie sich zurückhaltend. Erst mit dem richtigen Fingerspitzengefühl und der nötigen Taktik können Sie die besten Ergebnisse herausholen.

So bereiten Sie sich auf die Gehaltsdiskussion vor

Halten Sie sich bei Ihrem Bewerbungsschreiben mit möglichen Gehaltswünschen zurück. Die Aufforderung, Ihre Vorstellung gleich per Post mitzuteilen, läßt sich geschickt umgehen: Nennen Sie in dem Brief Ihr derzeitiges Einkommen und fügen Sie den Zusatz hinzu, daß Sie sich durch einen Wechsel verbessern möchten. Meist reichen diese Angaben schon aus. Ein möglicher Interessent hat damit die ersten Anhaltspunkte. Weist er Ihren Wunsch nicht gleich entrüstet zurück, können Sie davon ausgehen, daß bei den kommenden Gesprächen sogar noch ein gehöriger Spielraum für einen Zuschlag bleibt.

Lehnt Ihr Ansprechpartner Ihre Vorstellungen jedoch ab, müssen Sie den angebotenen Job auf jeden Fall noch mal genau auf seinen Wert für Ihre persönliche Karriereplanung überprüfen. Denn selbst wenn die Personalabteilung die Gehaltsfrage gerne zurückhaltend behandelt, so weiß doch jeder halbwegs erfahrene Personalexperte, wie unsinnig ein Wechsel ohne Gehaltsverbesserung ist. Firmen mit einem besonders guten Renommee, bekannt guten Aufstiegschancen und hervorragenden Weiterbildungsofferten für die Mitarbeiter leisten sich solche Sparsamkeit öfter mal. Werden Sie sich also klar, ob Ihnen die neue Firma dies tatsächlich wert ist. Anfänger sollten allerdings, treffen die geschilderten Alternativen zu einem höheren Salär zu, bereit sein, zumindest für die erste Zeit in den sauren Apfel zu beißen und die gebotenen Karrierehilfen vorziehen.

Prüfen Sie vor dem Treffen mit einem potentiellen Arbeitgeber oder einem Managermakler Ihren Marktwert. Dabei hilft Ihnen die jährliche »Capital-Aktion Gehälter«. Rund 15 000 Führungskräfte, vom Nachwuchsmanager über den Abteilungsleiter bis hinauf zum Geschäftsführer oder technischen Leiter, informieren sich in dieser schon traditionellen Aktion, ob sie ein angemessenes Salär bekommen, unterbezahlt sind oder mit ihrem Einkommen sogar über dem Durchschnitt liegen. Diese Untersuchung für qualifizierte Angestellte und Manager ist in der Bundesrepublik einmalig. Nur Unternehmen können sich von speziellen Beratungsinstituten derart detaillierte Vergütungsvergleiche besorgen. Die Teilnehmer bekommen ganz persönlich und präzise alle wichtigen Daten über ihr Einkommen zugeschickt. In direktem Vergleich mit Kollegen aus der eigenen oder fremden Branche ermittelt der Computer Jahresgehälter, die für entsprechende Positionen gezahlt werden, auf Hundert-Mark-Beträge genau. Obendrein erfährt jeder Teilnehmer,

- wieviel Stunden seine Kollegen pro Woche an ihrem Schreibtisch sitzen müssen
- wie alt sie sind
- seit wann sie auf dem gleichen Stuhl sitzen
- ob Ihnen die Firma einen Dienstwagen vor die Tür stellt
- wie sich Ausbildungsabschlüsse, Firmengröße, Arbeitsbereiche und Hierarchieebenen auszahlen
- wie seine bisherige Karriere einzuschätzen ist
- wie er sich optimal verkauft

Darüber hinaus gibt es noch ausführliche Informationen, wie sich möglicherweise Gehaltsdefizite beseitigen lassen und welche Forderungen Sie im Gehaltsgespräch stellen können. Dazu gehören auch Tips für empfehlenswerte Weiterbildungsmaßnahmen.

Wer sich aus Zeitgründen solche ausführlichen Daten über sein Gehalt und das Einkommen seiner Konkurrenten nicht besorgen kann – die Aktion wird nur zweimal im Jahr durchgeführt –, muß zumindest sein Tarifgehalt in Erfahrung bringen. Darauf berechnen die Firmen nämlich mögliche Zuschläge für persönliche Qualifikationen oder sonstige Aufgelder. So etwas erfahren Sie bei der Gewerkschaft, Arbeitgeberverbänden, oder sprechen Sie ruhig Ihre Personalabteilung an. Dieses Ressort teilt den außer- oder übertariflich bezahlten Kollegen ohnehin meist mit, wie hoch die derzeitigen Zuschläge auf das Tarifgehalt sind. Oft schließt sich daran auch gleich die Ankündigung an, daß diese zusätzlichen Beträge jederzeit bei künftigen Tariferhöhungen mit angerechnet werden können.
Noch ein Tip für Anfänger: Verzichten Sie in Ihrem Bewerbungsschreiben möglichst auf die Angabe eines Gehaltswunsches. Die so Angesprochenen glauben dann schnell, Sie seien weniger an einer interessanten Startposition als an einem möglichst hohen Gehalt interessiert.

Die richtige Gesprächstaktik

Ihr Gegenüber wird bei einem Vorstellungsgespräch immer ein erfahrener Einstellungsspezialist sein. Er wird deshalb ganz klare Strategien verfolgen. Sie können dem Firmenvertreter oder den Personalberater mit einer ausgefeilten Gesprächsführung Paroli bieten.

- Versuchen Sie das Thema Gehalt erst möglichst spät anzuschneiden. In den meisten Fällen wird Sie Ihr möglicher Chef nach Ihren Wünschen fragen. Sie sollten sich aber während der Präsentation Ihrer eigenen Person zunächst einmal ausführlich über andere Motivationsfaktoren, die Personalchefs besonders gerne hören, auslassen. Dazu gehören zum Beispiel das Streben nach mehr Verantwortung und der Hunger nach größeren Herausforderungen. Mit dieser Methode können Sie sich bestens ins rechte Licht rücken. Denn wer sich gut verkauft, kann später auch höhere Forderungen stellen; vermeidet doch jeder Personalchef die Gefahr, sich aus Sparsamkeit eventuell nur den zweitbesten Mann einzuhandeln, wenn er die Gehaltsdifferenz auch nur annähernd vertreten kann.

○ Brauchten Sie in dem Bewerbungsschreiben noch keine Gehaltsvorstellungen zu äußern, können Sie jetzt den gleichen Trick anwenden und bei der Frage nach Ihren Wünschen antworten: »Ich verdiene im Moment ...... Mark und habe vor, mich zu verbessern.« Damit ist Ihr Gesprächspartner am Zug. Sie sind in der besseren Position und können auf sein Angebot reagieren.

○ Versuchen Sie nicht, Ihre derzeitigen Bezüge ein wenig höher zu schrauben, wie sie in der Realität wirklich sind. Bei einer möglichen Anstellung fliegt der Schwindel spätestens dann auf, wenn Sie Ihre Lohnsteuerkarte vorlegen. Solche Aktionen bringen Sie gleich in den ersten Tagen in schlechtes Licht.

○ Läßt sich der Firmenvertreter nicht beirren und fordert von Ihnen eine Einkommensangabe, dürfen Sie auch nicht tiefstapeln. Ein Zuwachs von nur zehn Prozent macht einen möglichen Wechsel nicht eben interessant. 20 Prozent Aufschlag auf Ihr jetziges Salär sollte einem neuen Arbeitgeber Ihr Eintritt in seine Firma schon wert sein. Nicht selten legen Stellenwechsler bis zu 50 Prozent zu. Kandidaten für einen Auslandsjob in einem besonders teuren oder exotischen Land können noch höhere Zuschläge verlangen. Gleiches gilt für Manager, die von Headhuntern angesprochen wurden, also in einer wesentlich besseren Position als ein normaler Bewerber sind.

○ Schlagen Sie aber auch nicht gleich bei Gehaltsofferten ein, die Ihnen extrem hoch erscheinen. Entweder will Sie das Unternehmen damit nur ködern und friert Ihr Einkommen bei den nächsten Gehaltsrunden gleich für eine geraume Zeit ein, oder der Personalreferent hat von seinem Job noch keine Ahnung. Die Folgen seines Ausbrechens aus den üblichen Gehaltsbandbreiten für Leute Ihres Schlages müssen Sie meist selber ausbaden: In den Unternehmen spricht es sich nämlich trotz aller Geheimniskrämerei, die um die unterschiedlichen Gehälter gemacht wird, schnell herum, sollte ein neuer Mitarbeiter besonders fürstlich entlohnt werden. Die mißgünstigen Kollegen lassen ihren Unmut dann gleich an Ihnen aus und machen Ihren Einstieg in das neue Unternehmen zum Spießrutenlaufen.

○ Mag sich Ihr möglicher neuer Arbeitgeber so gar nicht mit Ihren Wünschen anfreunden, können Sie eventuell über ein Hintertürchen doch noch Ihre Forderungen durchsetzen. Bieten Sie an, während der Probezeit für ein Gehalt unter Ihren Vorstellungen zu arbeiten. Im Anschluß an die Testphase sollte Ihnen das Haus dann allerdings noch einmal etwas drauflegen. Auf diese Weise muß Ihr Verhandlungspartner keine allzu großen Zugeständnisse machen und braucht sich gegenüber seinem Vorgesetzten auch nicht wegen Ihrem zu hohen Einstiegsgehalt zu verantworten. Nach ein paar Monaten ist Ihr Fall ohnehin schon zu den Akten gelegt. Ein weiterer Gehaltszuschlag fällt dann nicht mehr so auf.

○ Verhandeln Sie nur über die Höhe des Jahresgehalts. Die Höhe eines Monatseinkommens sagt gerade bei Führungskräften nur wenig aus. Zahlen doch die Firmen ihren leitenden Mitarbeitern meist mehr als nur zwölf Monatsgehälter. Außerdem lassen sich so die Beträge wesentlich leichter mit den Offerten möglicher anderer interessierter Unternehmen vergleichen. In ein Jahresgehalt rechnen die Personalabteilungen alle Zahlungen ein, die ein Arbeitnehmer bekommt (siehe Seite 208 f.).

○ Lassen Sie sich nicht von den ausgeklügelten Gehaltsvorgaben gerade in Großunternehmen beeindrucken. Häufig haben sich diese Häuser nämlich von Beratungsunternehmen spezielle Bewertungsschemata für die Leistungen und damit die Vergütung ihrer Mitarbeiter ausarbeiten lassen. Damit sind allzu großen Gehaltssprüngen zwar engere Grenzen gesetzt, ein Topf für außertarifliche Zuschläge ist aber meistens dennoch vorhanden. Problematischer wird es allerdings bei Positionen, die ausschließlich nach Tarif bezahlt werden, da bleibt Ihnen nichts anderes übrig, als zu akzeptieren oder das Vorstellungsinterview zu beenden.

Was Sie bei Gehaltsverhandlungen unbedingt fragen müssen

Arbeitgeber sind eigentlich immer recht aufgeschlossen, heißt es über das firmeneigene Gehaltssystem und die sonstigen Bonbons für die Mitarbeiter zu sprechen. Sie können mit der gebotenen Zurückhaltung deshalb eine ganze Menge Informationen aus den Personaleinstellern herausholen. Einige Dinge sind für Ihre Kalkulation besonders wichtig. Danach müssen Sie dann auch ganz offen fragen.

- Wie und wann werden die Gehälter überprüft?
- Gibt es in den Unternehmen eine betriebliche Altersversorgung? Wann hat man Anspruch auf solche Leistungen? Wie hoch ist dieser Zuschuß für den Ruhestand mindestens? Wie sieht es mit der Zusage bei einer früheren Pensionierung aus? Verfällt der Anspruch bei einer Kündigung? Kann der Arbeitgeber von der Zahlung zurücktreten? Wie sieht es bei Krankheit, Tod oder Invalidität aus?
- Zahlt die Firma eine Erfolgsbeteiligung oder Belegschaftsaktien? Für wen kommen diese Gelder in Frage?
- Besteht das angebotene Gehalt aus einem fixen und einem variablen Betrag? Wie hoch ist der fixe Anteil? Wie

kann der Arbeitgeber die Höhe des zugesagten variablen Einkommens verändern? Wie hoch sind die veränderlichen Bestandteile in den letzten Jahren gewesen? Wie sehen die Gewinn- und Umsatzerwartungen für die nächsten Jahre aus, an denen sich das variable Gehalt bemißt? Wird die Höhe des variablen Anteils in dem Arbeitsvertrag fixiert?

- Wie sieht es mit der Höhe von Weihnachts- und Urlaubsgeld aus?
- Gibt es Provisionen für besonders hohe Umsätze oder vermittelte Aufträge?

Was Unternehmen sonst noch an Nebenleistungen zahlen

Wer sich als möglicher Kandidat bei den Vertragsverhandlungen intensiv über vermögenswirksame Leistungen oder die Höhe des Essensgeldzuschusses unterhalten will, darf meist schnell wieder nach Hause gehen. Diese Nebenleistungen erhöhen zwar die Gehälter manchmal sogar ganz kräftig, für einen Manager müssen solche Zahlungen aber immer als nebensächlich gelten. Trotzdem ist es gut zu wissen, was Unternehmen ihren Mitarbeitern noch auf das Gehalt draufpacken. So gibt es

- verbilligte Darlehen für den Hauskauf oder sonstige Anschaffungen
- günstige Versicherungstarife durch den Abschluß von sogenannten Gruppenversicherungen
- Dienstwohnungen oder zumindest Mietzuschüsse
- jährliche kostenlose ärztliche Untersuchungen
- die Übernahme eventueller Umzugskosten
- Beihilfen für die Kindererziehung
- Kilometergeld oder Bahn- und Flugzeugtickets für Heimfahrten
- Trennungsentschädigungen
- Bildungsurlaub

- besonders lange Gehaltsfortzahlung bei Krankheit
- Übernahme von Seminarkosten
- Deputate
- verbilligte Einkaufsmöglichkeiten
- Kur- und Urlaubsaufenthalte in firmeneigenen Häusern
- kostenlose Mitgliedschaften in Vereinen
- großzügigere Urlaubsregelungen
- zinsgünstige Firmenkredite
- vermögenswirksame Leistungen
- Kontoführungsgebühren
- Benzinkosten
- Essensgeldzuschuß
- höhere Spesensätze

Was die Branche bringt

Die Auswertung der jährlichen »Capital-Aktion Gehälter« macht es immer wieder deutlich: Bei den Vorstellungsgesprächen können mögliche Kandidaten auch noch so glänzen und von ihren Qualifikationen überzeugen, dennoch belohnen die Firmen den Fleiß und die Fähigkeiten ihres Personals von Wirtschaftszweig zu Wirtschaftszweig recht unterschiedlich. In letzter Zeit hat sich die folgende Hitliste vom großzügigsten Zahler bis hin zu den sparsamsten herausgebildet. Bei dem Vergleich wurde der Bankenbereich mit hundert Prozentpunkten bewertet.

Branche	*Prozentpunkte*
Verlag/Rundfunk	129
Chemie, Pharmazie	124
Feinmechanik/Optik	122
Kohle, Erz	122
Mineralöl	122
Nahrungs- und Genußmittel	121

Branche	*Prozentpunkte*
Energie	120
Maschinen-, Fahrzeugbau	120
Textil	118
Druck, Papier	117
Elektrotechnik, Elektronik	115
Handel	115
Schiffbau	115
Metall	113
Rechts-, Wirtschafts-, Steuerberatung	112
Flugzeugbau	111
Bau, Baustoffe	109
Verkehr	109
Glas und Keramik	108
Holz, Holzprodukte	105
Versicherung	101
Bank	100

Was die Funktion bringt

Es ist jedem klar, daß seine Arbeit unterschiedlich nach dem Stellenwert seines Verantwortungsbereichs bezahlt wird. Als grobe Richtschnur für Ihre Gehaltsverhandlungen mit einem Unternehmen oder Personalberater sollen Ihnen die Ergebnisse vergangener Gehaltsumfragen dienen. Sie können davon ausgehen: An den errechneten Prozentsätzen wird sich in der nächsten Zeit nur marginal etwas ändern.

Funktion	*Prozent*
Vorstand/Geschäftsführer	285
technischer Leiter	240
kaufmännischer Leiter	227
Bereichsleiter	211
Betriebsleiter	189
Niederlassungsleiter	173

Funktion	*Prozent*
Abteilungsleiter	181
Gruppenleiter	153
qualifizierter Angestellter	131
Sachbearbeiter	100

Was das Alter bringt

Viele Personalberater und Personalleiter orientieren sich bei den möglichen Gehältern für potentielle Mitarbeiter, egal welche Ausbildung und welche Spezialkenntnisse sie vorweisen, gerne auch am jeweiligen Alter der Bewerber. Wie unterschiedlich Jugend oder Lebenserfahrung honoriert werden, beweist wieder die Auswertung der »Capital-Aktion Gehälter«. So verdiente jeder zweite Teilnehmer:

Alter	*Prozent*
bis 31 Jahre	100
bis 36 Jahre	130
bis 41 Jahre	155
bis 46 Jahre	177
über 46 Jahre	187

Was die Berufsgruppe bringt

Die Regel »Forscher und Techniker verdienen schon traditionell mehr als ihre Kollegen mit einer kaufmännischen oder juristischen Ausbildung« hat längst keine Gültigkeit mehr. Die früheren Differenzen zwischen den Einkommen der Manager an den Schreibtischen und denen der Ingenieure und Naturwissenschaftler haben sich weitgehend angeglichen. Allenfalls 2000 bis 3000 Mark Jahresgehalt verdienen die technisch Gebildeten im Durchschnitt mehr.

Bei umgeschulten Lehrern haben die immer zahlreicher angebotenen Lehrgänge allerdings noch nicht auf das Gehalt durchgeschlagen. Die Pädagogen übernehmen bei der

Auflistung der Einkommenshöhen in den einzelnen Berufsgruppen das Schlußlicht.
Aus der nachstehenden Übersicht erfahren Sie, an welchem Rangplatz sich Ihre Berufsgruppe befindet. Das Einkommen der schon zitierten Lehrer wurde bei der Hitliste wieder mit hundert Prozentpunkten bewertet.

Berufsgruppe	*Prozentpunkte*
Wirtschaftsprüfer	189
Bergbau und Hüttenwesen	166
Pharmazie	155
Jurist	154
Fahrzeugbau	153
Chemie	151
Volkswirtschaft	150
Physik	146
Maschinenbau	145
Wirtschaftsingenieur	145
Betriebswirtschaft	143
Fertigungs- und Verfahrenstechnik	143
Steuerberater	142
Elektrotechnik	141
Mathematik	141
Regelungstechnik	140
Werbefachmann	137
Kaufmann	132
Bauwesen/Hoch- und Tiefbau	128
Biologie	128
Informatik	128
EDV-Fachmann	125
Architektur	116
Lehrer	100

Was die Ausbildung bringt

Gerade für Berufseinsteiger zählt die Ausbildung bei der Gehaltsfestsetzung noch eine ganze Menge. Aber schon nach einigen Jahren machen Personalchefs keinen Unterschied mehr zwischen Universitäts- und Fachhochschulabsolventen. Auch die Abiturienten, die eine klassische Lehre oder einen sogenannten Sonderausbildungsgang hinter sich gebracht haben, können dann den geringeren Wert ihres Diploms ausgleichen. Zu Anfang gilt aber in etwa: Verdient ein Vollakademiker 50000 Mark, so bekommt ein ehemaliger Fachhochschüler rund zehn Prozent weniger. Ein Abiturient mit einer firmeninternen Ausbildung muß noch einmal mit etwa zehn Prozent weniger auskommen als ein Fachhochschüler.

Achtung: Bedenken Sie bei den vorangegangenen Daten immer, daß die Angaben Durchschnittswerte aus vergangenen Gehaltsuntersuchungen sind. Halten Sie sich deshalb nicht sklavisch an diese Vorgaben. Sie sollen Ihnen nur eine Orientierungshilfe sein.

Wie Sie bei einem Wechsel rechnen müssen

Häufig lassen sich Wechselwillige von den vermeintlich ausgezeichneten Einkommen in anderen Häusern blenden. Doch nur wer genau Bilanz über seine derzeitigen Einkünfte zieht, kann Vergleiche anstellen.

Und das geht so: Addieren Sie zu Ihrem Bruttogehalt

- das Urlaubsgeld
- die spätere betriebliche Altersversorgung
- zinsgünstige Darlehen oder Beihilfen
- Einnahmen aus einer Beteiligung der Mitarbeiter am Unternehmen
- finanzielle Vorteile, die Ihnen durch einen privat genutzten Dienstwagen entstehen (mindestens 600 Mark im Monat Aufschlag auf das Bruttogehalt)

- Deputate
- die Differenz zwischen der Miete für eine günstige Dienstwohnung und der marktüblichen Miete

Darüber hinaus müssen Sie aber auch den Faktor Arbeitsplatzsicherheit einkalkulieren. Ohne genaue Informationen über Liquidität und Zukunftschancen des möglichen Arbeitgebers sollten Sie denn auch niemals Ihren alten Schreibtisch verlassen und in eine neue Firma einsteigen.

In den letzten Jahren setzt sich in den Unternehmen mehr und mehr die Tendenz durch, das Gehalt der Manager in ein Fixum und in einen variablen Teil zu spalten. So interessant solche Offerten auch klingen: Prüfen Sie auf jeden Fall, wie schnell der neue Chef diese Variablen wieder ändern kann. Checken Sie dazu auch, wie es um die mittelfristigen Gewinn- und Umsatzerwartungen bestellt ist.

6 Arbeitsverträge und Auslandsaufenthalte

Wie Sie als Führungskraft einen Arbeitsvertrag aushandeln

Reizvolle Zusagen und großzügige Versprechungen gehören allzuoft zu den Lockmitteln gewitzter Personalchefs, wissen sie doch aus der Praxis genau, daß nur die wenigsten Kandidaten den späteren Vertrag auf wichtige Bestandteile wie die Fixierung verabredeter Gehaltserhöhungen und der zukünftigen Aufstiegsmöglichkeiten untersuchen. Kein Wunder also: Gerade diese beiden Themen gehören zu den häufigsten Streitpunkten vor den Arbeitsgerichten. Zwar werden die Arbeitnehmer durch die Gesetze recht gut gestellt, trotzdem ließen sich eine Reihe von Unstimmigkeiten durch einen möglichst ausführlichen Arbeitsvertrag von vornherein vermeiden.
Tarifangestellte können allerdings bei der Gestaltung der Übereinkunft mit einem neuen Arbeitgeber nur sehr wenig mitwirken. Liegen doch die Kontrakte mit diesen Leuten fast immer bis in die kleinsten Feinheiten fest. Leitende Angestellte oder außertariflich bezahlte Mitarbeiter haben aber durch geschicktes Verhandeln die Möglichkeit, ihre Rechte und Pflichten in ihrem Arbeitsvertrag in vollem Umfang verankern zu lassen. Übertariflich Entlohnten stehen ähnliche Freiheiten zu, wenn nicht bestimmte Tarifverträge oder andere Abmachungen dagegensprechen.
Überhaupt darf ein Übereinkommen mit einem Unternehmen niemals den betroffenen Arbeitnehmer schlechter stellen, als es in einem Tarifvertrag vereinbart wurde.
Um eventuellen Problemen aus dem Weg zu gehen, gilt im

Berufsleben, gerade für höhergestellte Angestellte und Spezialisten, der Grundsatz »Ein Arbeitsvertrag muß immer schriftlich formuliert werden«. Das Gesetz sieht zwar keine bestimmte Form vor, trotzdem sollten Sie sich auf nichts anderes einlassen. Bestehen Sie auch darauf, eventuelle mündliche Verabredungen in das Vertragswerk mit aufzunehmen beziehungsweise als Anlage beizufügen. Für Zusatzvereinbarungen nach der Unterschrift gilt dies genauso. Im Streitfall müssen Sie nämlich diese Absprachen mit dem Arbeitgeber beweisen, sollte er sich an seine Zusage nicht mehr erinnern wollen oder können. Für ihn gilt allerdings dieselbe Pflicht, falls Sie irgendwelche im Gespräch ausgehandelten Dinge abstreiten oder vergessen haben sollten. Hüten Sie sich also davor, allzu großzügig Fakten, die Ihnen im Augenblick vielleicht unwichtig oder sogar überflüssig erscheinen, nicht in den Vertrag schreiben zu lassen. Die Arbeitsrechtler erlegen Ihnen keine Vorschriften für den exakten Inhalt eines Arbeitsvertrags auf. Sie sind aber durch den Abschluß eines Arbeitsvertrags, der eine Form des Dienstvertrags darstellt, verpflichtet, dem Brötchengeber eine Leistung zu erbringen. Er wiederum muß Ihnen dafür eine vereinbarte Vergütung bezahlen. Es gilt also für Sie, diese Leistung genau zu definieren.

So könnte Ihr Arbeitsvertrag aussehen

Die folgenden Bestandteile eines wasserdichten Abkommens zwischen Firma und Mitarbeiter müssen nicht in dieser Reihenfolge in den Vertrag aufgenommen werden. Ein Vertrag für Führungskräfte sollte aber diese Dinge, egal an welcher Stelle, regeln. Für Manager und Spezialisten kommt die gelegentlich angewandte Miniausgabe eines Arbeitsvertrags ohnehin nicht in Frage. Sie muß lediglich das Eintrittsdatum und die Tätigkeit des Arbeitnehmers in dem Unternehmen enthalten. Halten Sie sich also an diesen

Leitfaden für einen möglichen Arbeitsvertrag. Die Formulierungen gelten nur als Beispiele und können natürlich abgewandelt werden.

- *Namen der Vertragspartner.* »Zwischen Herrn/Frau .... und der Firma .... wird folgender Vertrag geschlossen«:
- *Eintrittstermin.* »Als Eintrittstermin wurde der .... vereinbart.« Sie können aber auch das früheste oder späteste Datum für den Beginn bei Ihrem neuen Arbeitgeber in den Vertrag eintragen lassen. Damit haben Sie die Möglichkeit, bei der Kündigung Ihres alten Arbeitsplatzes eventuell früher aus der Firma herauszukommen, sollte Ihr derzeitiger Chef noch nichts von Ihren Abwanderabsichten gehört haben. Viele Unternehmen sind bei einvernehmlichen Trennungen ohnehin oft bereit, die Abwanderer möglichst schnell ziehen zu lassen, ohne auf der peinlich genauen Einhaltung der Kündigungsfristen zu bestehen, es sei denn, die Suche nach Ihrem Nachfolger wird wahrscheinlich eine längere Zeit in Anspruch nehmen. Dann können Sie, durch die Formulierung des spätesten Eintrittstermins, dem derzeitigen Chef noch eine Zeit zur Verfügung stehen, ohne gegen den neuen Vertrag zu verstoßen.
- *Art der Tätigkeit.* »Herr/Frau .... wird bei uns als .... in der Abteilung .... arbeiten. Herr/Frau .... ist unmittelbar dem Abteilungsleiter/Gruppenleiter, Geschäftsführer unterstellt. Er berichtet an .... Es ist vorgesehen, Herrn/Frau .... nach erfolgreicher Probezeit als Leiter der Abteilung .... einzusetzen. Das Aufgabengebiet von Herrn/Frau .... ist in der beiliegenden Stellenbeschreibung beschrieben.« Diese Stellenbeschreibung formulieren Sie möglichst genau. So beschränken Sie die Möglichkeiten des Arbeitgebers, Sie aus betrieblichen

Gründen an einen anderen Platz zu versetzen, erheblich. Sollte sich Ihr Vertragspartner auf solche Formulierungen nicht einlassen, versuchen Sie zumindest den Satz »Der neue Arbeitsplatz muß der Ausbildung und den Fähigkeiten von Herrn/Frau .... entsprechen. Außerdem dürfen ihm/ihr keine Gehaltseinbußen entstehen. Versetzungen an einen anderen Ort bedürfen dem Einverständnis von Herrn/Frau ....« in den Kontrakt aufnehmen zu lassen. Hat Ihnen der neue Arbeitgeber eine rasche Beförderung oder die Erteilung von Prokura oder Handlungsvollmacht in Aussicht gestellt, versuchen Sie den Termin für diesen Karrieresprung gleichfalls fixieren zu lassen.

○ *Bezüge.* »Herr/Frau .... erhält für seine/ihre Tätigkeit ein monatliches Gehalt von .... DM, brutto, das am Monatsende zahlbar ist. Das Gehalt wird jährlich zum ...... überprüft und neu festgesetzt.« »Nach erfolgreich absolvierter Probezeit erhöht sich das Gehalt auf .... DM.« »Zusätzlich zu diesem Gehalt zahlt das Unternehmen Herrn/Frau .... ein weiteres Monatsgehalt als Weihnachtsgratifikation und noch einmal ein Monatsgehalt als Urlaubsgeld.« Oder »Herr/Frau .... erhält ein gesplittetes Gehalt. 50 Prozent davon zahlt die Firma als fixen Bestandteil. Die restlichen 50 Prozent richten sich nach den Umsätzen von Herrn/Frau .... Dieses Verhältnis kann das Unternehmen jeweils nach .... Monaten/Jahren herab- oder heraufsetzen.« »Das Unternehmen zahlt Herrn/Frau .... eine Tantieme/oder ähnliches, die jeweils am .... fällig wird. Die Höhe dieser Zahlungen richtet sich nach dem Gewinn des Unternehmens/wird garantiert und beträgt ... Prozent vom Gewinn des Unternehmens.«

○ *Probezeit.* »Die Probezeit beträgt drei/sechs Monate. Während dieser Zeit kann mit einer Frist von einem Monat zum Monatsende gekündigt werden.« Im beruflichen Alltag haben sich diese Fristen für eine Probezeit eingebürgert. Stellt sich heraus, daß diese Zeit zu kurz war, darf sie nach Absprache zwischen den Vertragspartnern einmal verlängert werden. Lassen Sie sich aber nicht schon von vornherein auf eine Testphase ein, die länger als ein halbes Jahr sein soll. Derart lange Zeiträume dürfen nur bei besonders schwierigen Aufgaben vereinbart werden.

○ *Dienstwagen.* »Herr/Frau .... bekommt für die Dauer seines Arbeitsverhältnisses einen Dienstwagen Marke .... zur Verfügung gestellt. Diesen Wagen darf er/sie auch zu Privatfahrten benutzen. Die Kosten für das Fahrzeug übernimmt das Unternehmen in vollem Umfang.« Oder »Herr/Frau .... übernimmt die Benzinkosten für das Fahrzeug«. »Das Fahrzeug darf auch von den Familienangehörigen benutzt werden.«

○ *Spesen.* »Auslagen für Dienstreisen und Gästebewirtungen, soweit sie Herrn/Frau .... ausschließlich im Interesse des Unternehmens entstehen, werden gegen Vorlage der Belege nach den jeweils geltenden steuerlichen Richtlinien erstattet.«

○ *Urlaub.* »Herr/Frau .... hat gemäß Betriebsvereinbarung/nach dem Bundesurlaubsgesetz Anspruch auf jährlich insgesamt ... Tage Urlaub.« Das Bundesurlaubsgesetz regelt die Ansprüche bezüglich Länge, Übertragbarkeit auf spätere Jahre, Urlaubsgeld und so weiter. Sie brauchen deshalb in einem Arbeitsvertrag nur eine Urlaubslänge festlegen zu lassen, die die Mindestanforderungen der Bundesurlaubsgesetzes übersteigt. Außerdem können vom Unternehmen bei diesem Vertragspunkt auch die Zeiträume für den Jahresurlaub geregelt werden. Gerade Saisonbetriebe wollen ihre Belegschaft möglichst nur während der flauen Geschäftsperiode in die Ferien schicken.

○ *Wettbewerbsverbot.* »Herr/Frau .... verpflichtet sich, für die Dauer von ... Jahren nach Beendigung des Arbeitsverhältnisses folgende Tätigkeiten nicht durchzuführen und auch nicht als Berater oder Angestellter für Unternehmen zu arbeiten, die die folgenden Produkte herstellen oder vertreiben .... Dafür zahlt ihm/ihr das Unternehmen eine Entschädigung von ... Prozent des letzten Gehalts zuzüglich Sondervergütungen.«

○ *Kündigung.* »Die Kündigung bedarf der Schriftform. Die Kündigungsfrist beträgt nach der Probezeit sechs/drei Monate zum Quartals-/Halbjahres-/Jahresende. Die Kündigungsfrist verlängert sich für beide Vertragsparteien nach den gesetzlichen Bestimmungen für ältere und schon länger Beschäftigte.« So gelten für ältere Angestellte bei längerer Mitarbeit nach fünf Jahren drei Monate zum Quartalsende, nach zehn Jahren fünf Monate und nach zwölf Jahren sechs Monate zum Quartalsende. Bei der Berechnung fallen allerdings die Beschäftigungsjahre vor dem 25. Lebensjahr unter den Tisch. Für die anderen Angestellten gilt eine Mindestkündigungsfrist von vier Wochen zum Monatsende. Auch in einem individuellen Vertrag darf dieser Zeitraum nicht unterschritten werden.

○ *Altersversorgung.* »Das Unternehmen zahlt Herrn/Frau ...... nach Vollendung seines/ihres ... Lebensjahres oder bei plötzlicher Arbeitsunfähigkeit nach wenigstens ...jähriger Zugehörigkeit zum Unternehmen eine betriebliche Altersversorgung. Deren Höhe berechnet sich aus einem Grundbetrag von .... DM und einer Steigerungsrate von ... DM für jedes weitere Dienstjahr.« Solche Zahlungen gibt es in manchen Unternehmen auch für Witwen und Waisen ehemaliger Mitarbeiter. Bei den Vereinbarungen über eventuelle Pensionen werden die Unternehmen in letzter Zeit immer zurückhaltender. Sträubt sich Ihr Verhandlungspartner allzusehr, oder kann er beweisen, daß auch andere Kollegen solche Zuschüsse nicht bekommen, schlagen Sie ihm den Abschluß einer

Lebensversicherung zu Ihren Gunsten vor. Damit sind die Firmen heute schneller einverstanden. Sie müssen unter allen Umständen versuchen, eine dieser Zusagen in einem Vertrag verankern zu können. Immer wieder müssen sich gerade Führungskräfte nämlich nach dem Ausscheiden aus dem Berufsleben auf ein Einkommensniveau herabbegeben, das ihnen den ehemaligen Lebensstandard in keiner Weise zu halten erlaubt.

○ *Verschwiegenheitspflicht.* »Herr/Frau .... verpflichtet sich, über alle ihm im Rahmen seiner/ihrer Tätigkeit zur Kenntnis gelangenden geschäftlichen Vorgänge gegenüber Dritten zu schweigen. Diese Verpflichtung besteht auch nach Vertragsende.« An diesen Sätzen werden Sie natürlich kein Interesse haben. Aber fast jeder Arbeitgeber besteht auf dieser Klausel. Allerdings darf diese Auflage Sie nicht an Ihrem weiteren beruflichen Werdegang hindern.

○ *Nebenbeschäftigungen.* »Nebentätigkeiten bedürfen der Zustimmung durch die Firmenleitung, soweit sie die Interessen des Arbeitgebers betreffen.« Unter den Begriff Nebentätigkeiten fallen auch Vorträge und Veröffentlichungen. Andere Jobs neben Ihrer eigentlichen Aufgabe im Unternehmen darf Ihnen aber niemand verbieten.

○ *Unfallversicherung.* »Das Unternehmen schließt für Herrn/Frau .... eine Unfallversicherung ab. Die Deckungssummen betragen bei Todesfall .... DM, bei Invalidität .... DM, bei durch einen Unfall verursachter Arbeitsunfähigkeit ein Tagegeld von ... DM.« Die Bezahlung der Beiträge endet mit dem Austritt aus dem Unternehmen. Besonders Führungskräfte und Mitarbeiter, die aus betrieblichen Gründen oft unterwegs sein müssen, können nach dem Abschluß einer Unfallversicherung fragen.

○ *Gehaltsfortzahlung im Krankheitsfall.* »Im

Krankheitsfall zahlt das Unternehmen Herrn/Frau .... die Bezüge während der ersten sechs Wochen weiter. Darüber hinaus übernimmt das Unternehmen die Differenz zwischen dem Krankengeld der Krankenversicherung und den bisherigen Bezügen.« Für diese Zusatzzahlungen setzen die Arbeitgeber jedoch meist Fristen. Dann bemißt sich die Dauer für die Differenzzahlungen an den Jahren der Betriebszugehörigkeit des Betroffenen. Die Vertragsklausel lautet dann »Während der ersten ... Jahre der Betriebszugehörigkeit für einen Zeitraum von ... Monaten, nach ... Jahren Betriebszugehörigkeit für einen Zeitraum von ... Monaten und nach ... Jahren Betriebszugehörigkeit für einen Zeitraum von ... Monaten.«

○ *Gehaltsfortzahlung im Todesfall.* »Im Falle des Todes von Herrn/Frau .... zahlt das Unternehmen an seine/ihre Hinterbliebenen die vollen Bezüge für die Dauer von ... Monaten weiter. Für diesen Zeitraum entfallen jedoch Leistungen aus der zugesagten Altersversorgung des Unternehmens.« Auch wenn Sie an den Eintritt dieses Falles gar nicht denken möchten, gehört dieser Absatz in einen Arbeitsvertrag. Damit können Ihre Angehörigen zumindest über die erste Zeit, bis Versicherungsformalitäten erledigt sind, hinwegkommen.

○ *Trennungsentschädigung.* »Herr/Frau .... erhält für die Zeit der Trennung von seiner/ihrer Familie eine Entschädigung von .... DM pro Monat.« Die Summe muß für die Bezahlung einer doppelten Haushaltsführung, Hotelunterkunft und gelegentlicher Heimfahrten ausreichen. Viele Unternehmen beschränken ihre Pflicht zur Zahlung einer Trennungsentschädigung auf einen bestimmten Zeitraum. Sie wollen damit verhindern, daß die Mitarbeiter sich nicht intensiv genug um eine neue Wohnung kümmern bzw. den Ausgleich für das Leben ohne Familie als willkommene Einkommensaufbesserung ansehen.

○ *Umzugskosten.* »Die Kosten für den Umzug werden vom Unternehmen übernommen. Der Arbeitnehmer muß dazu die Speditionsrechnung vorlegen. Darüber hinaus zahlt das Unternehmen Herrn/Frau .... eine einmalige Pauschale für Nebenkosten des Umzugs in Höhe von .... DM.« Besonders großzügige Unternehmen oder Häuser, die ganz besonders an Ihrer Mitarbeit interessiert sind, übernehmen häufig auch noch die Kosten für die Suche nach einem adäquaten neuen Haus oder einer anderen Wohnung. Lassen Sie sich dieses Entgegenkommen auch im Vertrag ausdrücklich bestätigen.

○ *Arbeitszeitregelungen.* Dieses Thema sollten Sie beim Aufsetzen eines Arbeitsvertrags niemals anschneiden. Ein Interesse an genau festgeschriebenen Bürostunden läßt gerade eine Führungskraft als wenig einsatzfreudig erscheinen. Zudem hilft Ihnen eine Vereinbarung über feste Arbeitszeiten oder die Regelung von Überstunden als leitender Angestellter überhaupt nichts. Sie sind Ihrem Unternehmen gegenüber immer zu vollem Einsatz verpflichtet, egal, was der Vertragstext vorschreibt.

○ *Schlußbestimmungen.* »Im übrigen gelten die Bestimmungen des ...... vertrags für Angestellte in der ...... industrie und die jeweils gültigen Betriebsvereinbarungen. Andere Vereinbarungen sind nicht getroffen. Änderungen des Vertrags bedürfen der Schriftform. Erfüllungsort und ausschließlicher Gerichtsstand ist der Ort der Betriebsstätte. Es gilt deutsches Recht.« Es folgen dann die Unterschriften der beiden Vertragspartner, Ort und Datum der Ausfertigung des Abkommens.

Wie Sie ein Wettbewerbsverbot aushandeln

Grundsätzlich darf Ihnen Ihr Arbeitgeber nicht vorschreiben, in welcher Branche Sie sich zu bewerben haben und in welchem Unternehmen Sie in Zukunft arbeiten können. Manche Chefs möchten sich jedoch gegen mögliche Konkurrenztätigkeiten ehemaliger Mitarbeiter absichern und vereinbaren ein sogenanntes Wettbewerbsverbot. Damit verpflichtet sich der betroffene Mitarbeiter, nach dem Abschied aus dem alten Unternehmen, in festgelegten Wirtschaftszweigen und Firmen für eine bestimmte Zeit nicht zu arbeiten. Besonders gerne lassen sich die Chefs von Konstrukteuren, Forschern und den Kennern der zukünftigen Produkte derlei Vereinbarungen unterschreiben. Oft genug fordern sie dann aber Zugeständnisse, die ein ehemaliger Angestellter nicht zu akzeptieren braucht.

Besteht Ihr möglicher Brötchengeber auf dem Abschluß so einer Regelung, prüfen Sie den Vertrag vor der Unterschrift genau auf die folgenden Erfordernisse:

- Ein Wettbewerbsverbot muß immer schriftlich vereinbart werden. Der Vertragspartner muß Ihnen eine unterschriebene Ausfertigung des Abkommens aushändigen.
- Solche Beschränkungen dürfen nur über maximal zwei Jahre nach Ihrem Ausscheiden vereinbart werden.
- Der Arbeitgeber ist verpflichtet, Ihnen für die Dauer des Wettbewerbsverbots eine zu versteuernde Entschädigung für die Ihnen auferlegte Zurückhaltung zu zahlen. Dazu muß er mindestens die Hälfte Ihres letzten Einkommens plus Gratifikationen und möglichen Sondervergütungen an Sie überweisen. Allerdings sind Sie verpflichtet, Einkünfte aus selbständiger und unselbständiger Arbeit anrechnen zu lassen. Dies gilt aber nur, wenn die Entschädigung zusam-

men mit den anderweitig erzielten Einkünften mehr als 110 Prozent Ihrer letzten Vergütung ausmacht. Diese Grenze erhöht sich sogar auf 125 Prozent, wenn Sie durch das Wettbewerbsverbot gezwungen waren, in einen anderen Bezirk umzuziehen.

Findet die ehemalige Firma heraus, daß Sie sich nicht um mögliche Ersatzjobs bemühen, setzen Sie die Zahlungen aufs Spiel.

○ Das schlichte Interesse, Sie an der Arbeit bei einer Konkurrenzfirma zu hindern, genügt nicht, Sie an ein Wettbewerbsverbot zu binden. Erst wenn die Gefahr ausgeschlossen werden soll, daß Sie Betriebsinterna aus dem alten Unternehmen am neuen Arbeitsplatz verwenden können, kann Ihr Vertragspartner auf eine derartige Vereinbarung drängen. Gleiches gilt, falls Ihnen der Zugriff zur Lieferanten- oder Kundenkartei des früheren Hauses verwehrt werden soll.

○ Ein Wettbewerbsverbot, das Sie sogar verpflichtet, Ihren Beruf zu wechseln, können Sie ruhig unterschreiben. Ein solches Abkommen ist völlig unverbindlich und verpflichtet Sie zu nichts.

Verletzen Sie eine der Vertragsklauseln, darf Ihr alter Arbeitgeber gegen Sie vorgehen. So kann er zum einen auf die Einstellung Ihrer Tätigkeit für das Konkurrenzunternehmen klagen und zum anderen die gezahlte Entschädigung zurückfordern. Überdies kann er auch noch Schadenersatzansprüche geltend machen und von seiner Abmachung mit Ihnen zurücktreten.

Worüber Sie auch noch verhandeln können

Die deutschen Finanzämter setzen zwar möglichen Alternativen zu einem Gehaltszuschlag in Mark und Pfennig besonders enge Grenzen. Gegen einige Extras hat die Behörde aber nichts einzuwenden. Bei der Diskussion mit einem potentiellen neuen Chef über solche unkonventionellen Dreingaben können Sie obendrein mit einer wichtigen Tatsache locken: Diese individuellen Zugaben kosten dem Unternehmen meist keinen Pfennig mehr als ein traditioneller Gehaltsaufschlag.

O *Dienstwagen.* Firmenautos stellen die Arbeitgeber gerade Managern wesentlich häufiger vor die Haustür als noch vor einigen Jahren. Früher galt dieses Extra noch als Statussymbol für das Top-Management. Interessante Leasing-Offerten und die Möglichkeit, alle Kosten für das Fahrzeug als Betriebskosten geltend zu machen, erleichtern heute solche Zugeständnisse. Gehaltssachverständige bewerten einen Dienstwagen, den der Fahrer auch in seiner Freizeit nutzen darf, mit einer Brutto-Gehaltserhöhung von mindestens 7000 Mark im Jahr. Allerdings mindert der Fiskus die Freude am Fahren im Firmenmobil auch ein wenig. Ein Prozent des Listenpreises läßt sich der Staat als sogenannten geldwerten Vorteil monatlich vom Betroffenen versteuern. Auch den Weg ins Büro darf der Dienstwagen-Chauffeur nicht mehr in seiner jährlichen Einkommens- oder Lohnsteuer-Erklärung ansetzen. Im Gegenteil: Für die Anreise ins Büro addiert das Finanzamt Kilometergeld zum steuerpflichtigen Einkommen. Wer dagegen mit seinem eigenen Wagen zum Arbeitsplatz fährt, darf an Hin- oder Rückfahrt das Finanzamt beteiligen.

○ *Erhöhte Pensionszusage.* Der Trend, gerade leitende Mitarbeiter zu einem großen Teil erfolgsabhängig zu bezahlen, wird immer stärker. Dieses System hat denn auch nur auf den ersten Blick für die Bezieher solcher Einkommen Vorteile. Denn meist vergessen sie über den Stolz auf die stattlichen Einkünfte die Höhe ihrer späteren Firmenrente. Die bemißt sich nämlich meist an der Höhe des fixen Gehalts. Oft sagen die Dienstherren ihren Angestellten sogar nur eine starre, vom Einkommen unabhängige Altersversorgung zu. Die Folgen bekommen die Manager später unliebsam zu spüren. Dabei hätten sie rechtzeitig eine kräftige Erhöhung ihrer Pensionszusage in die Wege leiten können. Denn zum Zeitpunkt der Zusage der Anhebung braucht der Nutznießer keine Abgaben zu zahlen. Erst bei der Auszahlung der Rente werden Steuern fällig. Die sind wegen der geringeren Progression und besonderer Freibeträge dann aber auch niedriger. Diese steuergünstige Alternative zum traditionellen Brutto-Gehaltsaufschlag hat obendrein noch einen Vorteil. Denn die Aufbesserung der Pensionszusage wird während der gesamten Laufzeit verzinst und erst zum Auszahlungstermin versteuert. Bei der Auszahlung einer Tantieme oder eines Bonus wird dagegen sofort der volle Steuersatz fällig. Spitzenverdiener müssen dann mit Einbußen von rund fünfzig Prozent rechnen.

○ *Direktversicherung.* Bis zu 2400 Mark im Jahr kann 1988 ein Arbeitgeber – neben einer Pensionszusage – für einen Mitarbeiter zur Altersversorgung aufwenden. Diesen Betrag erkennt das Finanzamt als Betriebsausgabe an. Allerdings kassiert die Behörde zehn Prozent Pauschalsteuer vom Unternehmen. Für den Angestellten ist dieses Entgegenkommen steuerfrei. Überdies führen günstige Sammel- und Gruppenverträge der Unternehmen zu höheren Versicherungssummen. Wer sich mit dreißig Jahren für eine

Direktversicherung entscheidet, kann sich an seinem sechzigsten Geburtstag auf rund 200000 Mark freuen. Stirbt der Versicherte kurz nach Vertragsabschluß, überweist die Assekuranz immerhin etwa 80000 Mark an die Hinterbliebenen.

○ *Zinsgünstige Darlehen.* Vor allem Banken, Versicherungen und Bausparkassen offerieren ihrem Personal interessante Darlehenskonditionen, die durch Steuervorteile noch attraktiver werden. Verlangt der Arbeitgeber mindestens vier Prozent Zinsen für seine Zahlungen, so braucht der Mitarbeiter nichts an die Finanzkasse zu überweisen. Fordert die Firma weniger als vier Prozent, so muß der Darlehensnehmer die Differenz zwischen dem tatsächlichen Zinssatz und dem Richtsatz von vier Prozent versteuern. 2000 Mark Zinsvorteil sind allerdings steuerfrei. Ein Beispiel: Gewährt ein Unternehmen seinem Angestellten ein 100000-Mark-Darlehen zu einem Prozentsatz von zwei Prozent pro Jahr, braucht der Begünstigte keine Steuern für dieses Sonderangebot zu zahlen. Denn die Zinsen betragen exakt 2000 Mark.

○ *Was es sonst noch gibt.* Obwohl die Steuergesetze einen engen Rahmen für eine Alternative zum herkömmlichen Gehalt stecken, machen Erfindungsgeist und geschicktes Verhandeln mit dem Personalchef oder dem möglichen Vorgesetzten noch eine ganze Reihe von anderen Zuschlägen über das traditionelle Verfahren hinaus möglich. Personalchefs wollen zwar nicht gerne über solche Extras diskutieren. Denn alles, was über die von der Behörde gebilligten Besonderheiten hinausgeht, muß als geldwerter Vorteil genau wie Bares versteuert werden. Doch gilt es in der betrieblichen Praxis als nicht ungewöhnlich, die Ehefrau des Managers schon mal per Erste-Klasse-Flug zum Konferenzort des Gatten jetten zu lassen. Und will das Paar in den fernen Gefilden auch noch einige Tage Urlaub anhängen, wird sich kaum ein Chef gegen diesen Wunsch sträuben. Genauso bedeutet der Ersatz privater Telefonkosten heute auch schon kein allzu großes Entgegenkommen der Firmenleitung mehr.

Ihr richtiger Vertrag für den Auslandsjob

Nur große Unternehmen und Konzerne können sich den Luxus einer eigenen Personalabteilung für ins Ausland entsandte Kollegen leisten. Die unterstützen ausreisewillige Mitarbeiter dann auch mit ausgefeilten Vertragswerken für den Aufenthalt in fernen Ländern. Arbeiten Sie jedoch in einer kleineren Firma, müssen Sie auf derlei Hilfestellungen verzichten. Dann ist Ihre Initiative gefragt, wenn es gilt, ein wasserdichtes Arrangement mit dem Arbeitgeber zu treffen. Beim Ausarbeiten des Vertrags sollten Sie sich auch der Hilfe Ihres Steuerberaters versichern. Verlassen Sie sich nicht auf großzügige Zusagen Ihres Chefs, wenn er sie Ihnen nur mündlich zusichert. Bestehen Sie noch vor der Abreise auf der Vertragsunterzeichnung.

Wenn Sie die folgenden Punkte bei der Formulierung eines Kontrakts für Ihren Auslandsaufenthalt durchsetzen können, erleben Sie mit großer Sicherheit keine unliebsamen Überraschungen bei der Rückkehr.

- *Ihre Tätigkeit und Stellung.* Ihre Funktion im Inland, der Beginn der Auslandstätigkeit, die Aufgabe im Ausland, der Vorgesetzte im anderen Land und wem Sie in der Heimat unterstellt sind, gehört in jeden Vertrag. Über das Hintertürchen, ständig in die heimische Unternehmung über Ihre Arbeit berichten zu müssen, sichern Sie sich den notwendigen kontinuierlichen Kontakt zum Mutterhaus.
- *Dauer der Tätigkeit.* Nur ein befristeter Auslandsaufenthalt sichert Ihnen die Mitgliedschaft in der Sozialversicherung auch während Ihrer Abwesenheit.

○ *Rückkehrzusage.* Mit dieser Formulierung verpflichtet sich Ihr Unternehmen, Ihnen eine adäquate Position im Inland zu offerieren, wenn die Heimreise ansteht.

○ *Gehalt.* Lassen Sie sich bestätigen, daß Ihnen immer ein gewisser Teil Ihrer Einkünfte in der Heimat zur Verfügung steht. So vermeiden Sie Schwierigkeiten beim Erledigen privater Verpflichtungen, wie zum Beispiel dem Bezahlen von Versicherungsrechnungen.

○ *Rentenversicherung.* Bestehen Sie auf dem Fortbestand Ihrer Mitgliedschaft in der Rentenversicherung. Sollte Ihre Tätigkeit im Ausland Nachteile für die spätere Rentenhöhe erwarten lassen, vereinbaren Sie den Abschluß einer Lebensversicherung durch das Unternehmen und auf seine Kosten in Höhe des Minderbetrags.

○ *Firmenrente.* Das im Unternehmen weitergeführte »Schattengehalt« sollte als Grundlage für die Entwicklung der Ansprüche gegenüber der betrieblichen Versorgungskasse gelten.

○ *Krankenversicherung.* Drängen Sie auf den Abschluß einer solchen Versicherung, die Ihnen den Status eines Privatpatienten im Ausland gibt. In der Police sollte auch der kostenlose Transport nach Hause enthalten sein, falls eine ausreichende Behandlung am Einsatzort nicht möglich ist.

○ *Unfallversicherung.* Falls die Richtlinien für die Mitgliedschaft in der Berufsgenossenschaft einen Verbleib in der gesetzlichen Unfallversicherung verbieten, wird eine private Unfallversicherung fällig, die am besten auch private Risiken abdeckt. Die Kosten gehen zu Lasten des Unternehmens.

○ *Arbeitslosenversicherung.* Ihr Unternehmen muß für die kontinuierlichen Beitragszahlungen während Ihrer Abwesenheit sorgen. Gehen bei der Versicherung keine Gelder ein, entstehen Ihnen später möglicherweise Probleme beim Nachweis des Anspruchs auf Unterstützung aus dieser Kasse.

- *Kindergeld.* Hier gilt gleiches wie bei der Arbeitslosenversicherung. Das Unternehmen sollte die Verantwortung für die Auszahlung des staatlichen Zuschusses für kinderreiche Familien übernehmen.
- *Urlaub in der Heimat.* Lassen Sie sich Ihren Urlaubsanspruch, den Sie in Deutschland erworben haben, auch für die Zeit Ihres Auslandsaufenthalts zusagen. Die Erstattung von Flugkosten für Sie und die Familie gehört ebenfalls in einen gut formulierten Vertrag.
- *Dienstwagen.* In Deutschland schließen die Firmen das Recht von Familienmitgliedern fast immer aus, den Firmenwagen benutzen zu dürfen. Auf eine solche Klausel sollten Sie sich für die Zeit in einem anderen Land auf keinen Fall einlassen.
- *Umzugskosten.* Die Kosten für die Spedition, Zölle und Frachten dürfen nicht zu Ihren Lasten gehen. Großzügige Unternehmen zahlen ihren ausreisewilligen Mitarbeitern sogar oft noch eine Pauschale für Nebenkosten.
- *Kosten für die Wohnungssuche.* Maklergebühren, Rechnungen für mögliche Suchanzeigen und die Kosten für im Zusammenhang mit der Wohnungssuche notwendige Reisen Ihres Ehepartners dürfen nicht Ihnen auferlegt werden. Außerdem gilt es, die Zahlung einer Trennungsentschädigung bis zum Bezug der neuen Familienunterkunft in den Vertrag aufzunehmen.
- *Schulgeld.* In vielen Ländern verlangen die Behörden Schulgeld. Diese zusätzliche Belastung sollten Sie Ihrer Firma in Rechnung stellen können.
- *Beiträge für Klubmitgliedschaften.* Erst der Beitritt in renommierte Vereine macht an vielen Orten den aussichtsreichen Kontakt zu potentiellen Geschäftspartnern möglich. Die Beiträge für solche Klubs sind jedoch oft

astronomisch hoch. Da Sie nicht zu Ihrem Privatvergnügen Ihre Zeit an derart elitären Orten verbringen, schreiben Sie die Übernahme der Gebühren durch Ihren Arbeitgeber im Vertrag fest.

Vereinbaren Sie für eventuelle Streitfälle aus dem Vertragswerk einen Gerichtsstand in Deutschland. Außerdem sollte bei einer Auseinandersetzung zwischen Ihnen und Ihrem Arbeitgeber immer deutsches Recht gelten.

Was Sie für einen Auslandsjob verlangen können

Eine verbindliche Preisliste, welche Gehaltsaufschläge durch einen Auslandseinsatz zu erreichen sind, gibt es nicht. Grundsätzlich sind die Firmen aber bereit, mobilen Mitarbeitern, die den Willen zeigen, auch einmal in einem fremden Land zu arbeiten, kräftige Honorare für ihre Flexibilität zu zahlen. Der Zuschlag richtet sich natürlich immer nach der Attraktivität des Landes oder der gesamten Region, in der Sie in Zukunft arbeiten sollen.

So überweisen die Konzerne und Unternehmen den ins Ausland Entsandten sofort nach dem Umzug

- rund 50 Prozent mehr, wenn sie in den USA eingesetzt werden
- etwa 55 Prozent mehr bei einem Einsatz in Südamerika
- 60 Prozent mehr für die Arbeit in Afrika oder Fernost
- mindestens 65 Prozent mehr für einen Umzug nach Nahost

Den Aufenthalt in besonders abgelegenen Orten der Welt oder in extrem teuren Metropolen versüßen Personalchefs nicht selten mit einem hundertprozentigen Gehaltsaufschlag. Solche Verdopplungen können sich zum Beispiel Repräsentanten in den Emiraten oder Japan aushandeln.

Wie Sie sich die Rückkehr aus dem Ausland offenhalten

Mögen Sie die hohen Belohnungen für einen Auslandseinsatz auch noch so verlocken: Ein Aufenthalt in einem fremden Land kann bei der Heimkehr leicht zur Karrierefalle werden. Wollen Sie einen Auslandseinsatz vereinbaren, sollten Sie neben einem ausgefeilten Vertrag auch noch die folgenden Punkte festlegen:

- Fordern Sie von Ihrer Firma ein ausführliches schriftliches Rückkehrversprechen. Dieses Schreiben sollte genau fixieren, welche Position später für Sie vorgesehen ist.
- Unterschreiben Sie keinen Vertrag, der Sie auf unabsehbare Zeit ins Exil verbannen kann. Wer länger als fünf Jahre fern der Heimat war, muß bei der Rückkehr fast immer mit erheblichen Problemen fertig werden.
- Bestehen Sie darauf, daß Ihr deutsches Gehalt als sogenanntes »Schattengehalt« weitergeführt wird. So kommen Sie nach der Heimkehr zumindest in den Genuß der Tariferhöhungen während Ihrer Abwesenheit.
- Prüfen Sie die angebotenen Schultypen an Ihrem zukünftigen Einsatzort. Müssen Sie erhebliche Schwierigkeiten für Ihre Kinder beim Wiedereintritt in eine deutsche Schule befürchten, sollten Sie sich schon vor dem Umzug den Ersatz von Nachhilfekosten garantieren lassen.
- Übernehmen Sie keine zu speziellen Aufgaben im fremden Land. Oft entwickeln sich solche Experten schnell zu Fachidioten. Die Folge: Der Einsatz in Deutschland wird noch problematischer.
- Halten Sie guten Kontakt zu den Kollegen und Ihrer Abteilung in Deutschland, sonst übergeht Sie das heimische Personalbüro zu leicht bei der Personalplanung.

- Nehmen Sie auch aus dem Ausland an den Weiterbildungsveranstaltungen Ihres Unternehmens teil. Neueste Entwicklungen gehen so nicht an Ihnen vorbei, und gleichzeitig machen Sie durch Ihr Interesse auf sich aufmerksam.
- Reisen Sie mindestens einmal pro Jahr zu einem Erfahrungsaustausch nach Deutschland.
- Abonnieren Sie im Ausland die gewohnte Fachliteratur und möglichst auch eine deutsche Tageszeitung weiter.
- Verzichten Sie während Ihres Auslandseinsatzes nicht auf die jährlichen Mitarbeiterbeurteilungen. Viele Firmen machen diese Checks zur Grundlage der Personalplanung.

Wie ein Ausbildungsvertrag aussehen sollte

Früher mußten die Lehrlinge noch die Kohle für den Büroofen mitbringen und obendrein noch das vielzitierte »Lehrgeld« zahlen. Heute gehören diese Auflagen natürlich längst der Vergangenheit an. Das Blatt hat sich zugunsten des Auszubildenden gedreht: Ohne Bezahlung geht nichts mehr. Der Lehrherr ist verpflichtet, seinem Auszubildenden eine Vergütung zu überweisen. Gleichzeitig schreibt das Gesetz dem Ausbilder noch eine ganze Reihe von Auflagen vor. So muß er zum Beispiel sicherstellen, daß der Auszubildende im Unternehmen alle Fähigkeiten und Kenntnisse vermittelt bekommt, die zum Bestehen der Abschlußprüfung notwendig sind. Darüber hinaus ist der Betrieb verpflichtet, die Ausbildung so zu gestalten, daß der Lehrling sein Ausbildungsziel auch in der vorher abgemachten Zeit erreichen kann.

Im Gegensatz zu den anderen Arbeitsverträgen ist bei den Übereinkünften über eine Ausbildung immer die Schriftform vorgeschrieben. Genaue Richtlinien für den Inhalt des Abkommens gibt es hingegen nicht. Auf jeden Fall sollte Ihr Ausbildungsvertrag aber diese Punkte aufweisen:

- Namen der Vertragspartner
- Ausbildungsziel und Aufbau der Lehre
- Dauer der Ausbildung
- Höhe der Vergütung
- Urlaubsanspruch
- Dauer der Probezeit
- Dauer der Wochen- oder Tagesarbeitszeit
- Beginn der Ausbildung

Bei der Fixierung der Probezeit gilt es, noch eine gesetzliche Vorschrift zu beachten: Die Dauer der Testphase muß mindestens einen Monat betragen. Länger als drei Monate darf die Eignungsuntersuchung allerdings auch nicht dauern.

Oft schließen Unternehmen mit Lehrlingen nur für die Zeit der Ausbildung einen Vertrag ab. Nach der Lehrzeit entscheiden sie sich dann erst für oder gegen die Einstellung des ehemaligen Auszubildenden. Gegen solche Klauseln können Sie sich kaum wehren. Versuchen Sie aber dennoch, bei der Formulierung dieses Vertragspunkts zumindest die Zusage einer möglichen späteren Einstellung in ein festes Arbeitsverhältnis auszuhandeln. So lassen sich Unternehmen gelegentlich auf einen bestimmten Notendurchschnitt ein, bei dem eine Übernahme garantiert wird.

Allerdings bürgen all diese Versprechungen nicht immer für die Güte der Lehre. Denn längst nicht jede Firma darf überhaupt junge Leute ausbilden. Erkundigen Sie sich deshalb vor Abschluß eines Ausbildungsvertrags mit einem Ihnen noch nicht so bekannten Haus nach dem Recht des Betriebs, ausbilden zu dürfen. Bei einem späteren Stellenwechsel nützt Ihnen eine solche Lehre nur sehr wenig.

Wie ein Arbeitsvertrag für einen Teilzeitjob aussehen sollte

In den Vereinigten Staaten ist das System schon längst bekannt. Aber auch in der Bundesrepublik wird, seitdem die Flexibilisierung der Arbeitszeit in aller Munde ist, die Aufteilung eines Arbeitsplatzes auf mehrere Personen immer aktueller. Das Job-Sharing wird sich zwar in der nächsten Zeit sicherlich noch nicht für die Manager an den obersten Schaltstellen einführen lassen, in Forschungslabors und besonders für Frauen bringt das Modell jedoch eine Reihe von interessanten Alternativen zur herkömmlichen Vollzeit- oder Halbtagsarbeit.

Vor einiger Zeit hat auch der Gesetzgeber die Situation der Arbeitnehmer mit variabler Arbeitszeit entscheidend verbessert. Demnach darf ein Unternehmen nicht mehr einem Arbeitsplatzpartner kündigen, sollte der andere das Haus verlassen, es sei denn, die Firma entschließt sich, diesen Arbeitsplatz künftig nicht mehr durch Job-Sharer zu besetzen. Dann darf sie eine Änderungskündigung aussprechen oder dem Betroffenen eventuell sogar aus betrieblichen Gründen wie Rationalisierung oder der Schließung einer Betriebsstätte kündigen. Gleichzeitig brauchen sich die Partner nicht auf die Verpflichtung einzulassen, sich gegenseitig zu vertreten. Auch hier gibt es allerdings wieder eine Einschränkung: Droht durch den Personalengpaß die Einschränkung des Betriebsablaufs, muß der Kollege doch erscheinen. Diese Pflicht hat das Unternehmen aber frühzeitig mit in den Arbeitsvertrag aufzunehmen.

Obwohl die Möglichkeit, einen Arbeitsplatz zu teilen, in den Unternehmen längst nicht unbekannt ist, gibt es noch wenige Vertragsmuster für Job-Sharing-Kontrakte. Die

höchst unterschiedliche Gestaltung der jeweiligen Arbeitszeiten und die Verteilung der ausgehandelten Arbeitsstunden auf Monat, Tag oder Woche macht ein solches verbindliches Strickmuster ohnehin kaum möglich. Sie müssen deshalb beim Abschluß eines Arbeitsvertrags genau aufpassen, weil selbst Personalchefs bei diesen Sonderverträgen noch nicht immer auf dem neuesten Stand sind.
Achten Sie deshalb besonders auf die Aufnahme der folgenden Vertragspunkte in das schriftliche Dokument:

- Namen der Vertragsparteien
- Dauer der Arbeitszeit pro Tag, Monat oder Woche
- Aufteilung der vereinbarten Arbeitszeit auf Vor- oder Nachmittag
- Höhe des Entgelts
- Verpflichtung zu Überstunden und Vertretungen
- Höhe der Vergütung für solche Mehrarbeit
- Anspruch auf die üblichen Sozialleistungen wie Essensgeldzuschuß oder Mitarbeiterbeteiligungen
- Urlaubsanspruch
- Dauer der Probezeit
- Kündigungsfrist
- Ausschluß der Gültigkeit von mündlichen Nebenabreden
- Unterschriften beider Vertragspartner
- Ort und Datum der Vertragsausfertigung

Bei der Festlegung Ihres Gehalts können Sie als grobe Richtschnur den Verdienst eines Kollegen anführen, der Ihre Tätigkeit als Vollzeitbeschäftigung ausübt. Sein Lohn, vermindert um Ihre geringere Arbeitszeit, dient auch den Firmen als Berechnungsgrundlage.

Was befristete Arbeitsverträge bezwecken

Häufig binden Unternehmen hochkarätige Manager und Spezialisten mit mehrjährigen Arbeitsverträgen an ihr Haus. Der Grund für solche Bindungen liegt auf der Hand: Die Firmen wollen die hohen Kosten für die Suche nach einem derart Qualifizierten möglichst wieder hereinbekommen, berechnen doch die Headhunter für die erfolgreiche Jagd nach Spitzenleuten Beträge bis zu einem Jahresgehalt des Gefundenen. Dann sollten die auf diesen Schleichwegen Entdeckten auch schon möglichst lange an ihrem neuen Arbeitsplatz bleiben. Verträge zwischen mindestens zwei und etwa fünf Jahren sind meist die Norm.
Während der festgesetzten Zeit darf ein enttäuschter Arbeitgeber seinen doch nicht so hervorragenden Mitarbeiter nicht unmittelbar auf die Straße setzen. Es sei denn, der Fehleinkauf hat den Grund für eine fristlose Kündigung geliefert. In allen anderen Fällen hat der mißliebige Mitarbeiter Anspruch auf eine Abfindung.
Viele Unternehmen offerieren neuen Mitarbeitern auch für die Dauer der Probezeit erst einmal einen befristeten Vertrag. Damit sichert sich der Arbeitgeber gegen mögliche Kündigungsprobleme mit ungeeigneten Kandidaten ab. Nach bestandener Einarbeitungszeit soll dann, so der Arbeitsvertrag, ein richtiges Bündnis abgeschlossen werden. Lehrverträge schließen unsichere Unternehmen recht gerne nur für die Dauer der Ausbildung ab und wollen erst später entscheiden, ob der frisch Ausgebildete im Hause bleiben kann.
Oft werden Sie leider um den Abschluß so einer kurzfristigen Vereinbarung nicht herumkommen. Bedenken Sie aber immer, was ein befristeter Arbeitsvertrag bedeuten kann:

- Sie haben keinen Lohnfortzahlungsanspruch im Krankheitsfall nach Ende des Vertrags;
- die längeren Kündigungszeiträume für ältere Mitarbeiter zählen ebenfalls nicht;
- und außerdem läuft der Kurzzeit-Kontrakt auch dann aus, wenn eigentlich die Gesetze für den Mutterschutz bei den üblichen Arbeitsverträgen greifen.

Beim Abschluß eines Zeitvertrags zählen die gleichen Punkte wie bei der Unterzeichnung der unbefristeten Übereinkünfte. Darüber hinaus gehört das Anfangs- oder Enddatum in den Vertragstext beziehungsweise die abgesprochene Frist. Pauschale Zeitangaben brauchen Sie nicht zu akzeptieren. Besteht aber nach Ablauf der Tätigkeit der Grund für Ihren Einsatz weiter, ist zum Beispiel die Aufgabe noch nicht vollständig gelöst oder der zu vertretende Mitarbeiter immer noch nicht an seinen Arbeitsplatz zurückgekehrt, endet das vorübergehende Arbeitsverhältnis trotzdem mit Ablauf des Vertragszeitraums. Dazu muß Ihnen Ihr vorübergehender Arbeitgeber noch nicht einmal kündigen.

Unternehmen dürfen allerdings nicht aus Sparsamkeitsgründen, zum Beispiel in Zeiten unsicherer konjunktureller Aussichten, neue Mitarbeiter mit befristeten Verträgen an sich binden. Der Gesetzgeber schreibt sachliche Gründe für diese Arbeitsverhältnisse vor. Dazu zählen unter anderem Probezeiten, Vertretungen, Aushilfen oder die Durchführung von bestimmten Aufgaben, wie die Umstellung eines Verwaltungsapparates auf elektronische Datenverarbeitung.

7 Spezielle Probleme

Was Abiturienten bei der Bewerbung beachten müssen

Seitdem die Neigung der Reifegeprüften längst nicht mehr so groß wie früher ist, gleich nach dem Gymnasium in die Hörsäle von Universität oder Fachhochschule zu wechseln, locken auch mittlere und kleinere Unternehmen mit vielversprechenden Ausbildungsangeboten von der Schule direkt an den Schreibtisch. Lassen Sie sich von den oft sehr vielversprechend formulierten Anzeigen und Firmenbroschüren nicht blenden; denn längst nicht alle sogenannten »Sonderausbildungsgänge« haben sich bewährt. Manche Unternehmen halten die Werbung für solche Modelle schlicht für eine willkommene Imagekampagne für ihr Haus. Sie sollten sich vor einer Bewerbung erst einmal andere bewährte Alternativen anschauen.

Interessante Ausbildungsalternativen für Abiturienten

○ *Berufsakademie (BA).* Diese Schulen bilden Sie in Baden-Württemberg, Hamburg und Schleswig-Holstein in Kooperation mit den Unternehmen zu Betriebswirten (BA) in drei Jahren aus. Dazu müssen sich die angehenden Kaufleute allerdings erst einmal einen Lehrvertrag bei einer Firma besorgen. In Baden-Württemberg können Sie sich obendrein für die Ausbildung zum Diplom-Ingenieur (BA) entscheiden. Adressat für Ihre Bewerbung ist wie bei allen anderen Sonderausbildungsgängen immer das Unternehmen und nicht die Akademie oder die Schule.

○ *Verwaltungs- und Wirtschaftsakademie (VWA).* Die Ausbildung entspricht der an den Berufsakademien und setzt den Abschluß eines Ausbildungsvertrags bei einem Unternehmen voraus. Erfolgreiche Absolventen einer VWA dürfen den Titel Betriebswirt (VWA) führen.

○ *Stammhauslehre.* Siemens zum Beispiel bildet in dem firmeneigenen Abiturientenprogramm in zwei Jahren zum Industriekaufmann aus. Darüber hinaus müssen sich die Auszubildenden auch noch einer hausinternen Abschlußprüfung stellen.

Über diese Alternativen hinaus bieten auch noch einige Branchen eigene Programme für Abiturienten. So offerieren Unternehmen aus der Eisen-, Stahl- und chemischen Industrie mit dem Wirtschaftsassistenten eine Ausbildung, die dem Studium an Berufs- oder Verwaltungs- und Wirtschaftsakademien ähnelt. Die Elektroindustrie wirbt Abiturienten mit der Schulung zum Ingenieurassistenten. Diese sehr spezifischen Trainings sind zwar in den Branchen gut angesehen, bei einem späteren Wechsel des Einsatzgebietes gibt es jedoch gelegentlich Probleme.

Bewerbungstips für Abiturienten

Die geschilderten Programme bürgen für Qualität und Erfolg. In Deutschland offerieren derzeit rund 2000 Firmen Einsatzmöglichkeiten für die Absolventen der Gymnasien. Mit einigen Faustregeln können Sie die Güte der Angebote zumindest grob prüfen.

○ Erkundigen Sie sich, ob die Ausbildung staatlich anerkannt ist. Bei renommierten Firmen ist der Behördenstempel unerheblich. Dann spielt der Name des Hauses die größte Rolle.

○ Klassische Lehren für Abiturienten sind immer kürzer als die Ausbildungen für Haupt- und Realschüler. Mindestens sechs Monate Nachlaß sind üblich.

○ Sprechen Sie mit Ehemaligen, die die angebotene Ausbildung schon durchlaufen haben. Unterstützt Sie der potentielle Lehrherr bei der Suche nach Ansprechpartnern, spricht dies für die Güte des Abiturientenprogramms.

Wie Sie sich als Abiturient überzeugend präsentieren

Der Andrang um die Sonderausbildungsgänge und die klassischen, aber exklusiven Lehren bei renommierten Ausbildern hat kräftig zugenommen. Sie müssen deshalb bei der Suche nach einem Einstieg Ihre Selbstdarstellung sorgfältig planen und möglichst früh mit Ihren Aktivitäten beginnen. Über die geschilderten Verfahren für Stellenwechsler und die Absolventen von Fachhochschulen und Universitäten hinaus müssen Sie noch einige Feinheiten beachten.

○ Beginnen Sie schon mindestens ein Jahr vor Anfang des anvisierten Ausbildungsprogramms mit Ihren Bewerbungsaktionen. Erkundigen Sie sich direkt bei interessanten Firmen nach möglichen Chancen und lassen Sie sich genaue Informationen über die Ausbildung für Abiturienten zuschicken. Persönliche Besuche in den Unternehmen nutzen jedoch nichts, Sie müssen Ihr Interesse immer per Post bekunden.

○ Konzentrieren Sie Ihre Aktionen nicht nur auf ein Unternehmen. Überlegen Sie sich Alternativen und treten Sie mit anderen Ausbildern in Kontakt. Die Berufsakademien und Verwaltungs- und Wirtschaftsakademien helfen mit den Adressen möglicher Lehrherren. Außerdem gibt das Institut der deutschen Wirtschaft in seinem Deutschen Instituts-Verlag GmbH, Postfach 510670, 5000 Köln 51, Telefon: 0221/370801, von Zeit zu Zeit eine umfangreiche Broschüre mit dem Titel »Abiturientenausbildung der Wirtschaft« heraus. In dem Heft werden neben wichtigen Informationen über alle Formen der Abiturientenausbildung auch die Angebote von Unternehmen, Kreditinstituten und Versicherungen veröffentlicht.

○ Reichen Sie einen Lebenslauf ein, der möglichst auch etwas über Ferienjobs und eventuelle Praktika, die mit dem angestrebten Berufsziel zu tun haben, aussagt.

○ Präparieren Sie sich für das Vorstellungsgespräch auf Fragen über berufliche Pläne und mögliche »Ehrenrunden« während der Schulzeit. Gleichzeitig können Sie mit einem großen Interesse an Ihren Hobbys und Ihren Lieblingsfächern während Ihres Gymnasiumsbesuchs rechnen.

○ Informieren Sie sich über die Firma. Finden Sie heraus, was sie herstellt oder vertreibt, wie groß sie ist, was sie für eine Gesellschaftsform hat, und bringen Sie den Umsatz in Erfahrung. Das geht am leichtesten, wenn Sie etwa zwei Wochen vor dem Bewerbungstermin den möglichen Ausbilder direkt um Material über das Unternehmen bitten. Mit so einer Frage zeigen Sie auch gleich Ihre Initiative und Ihr Interesse an der Firma. Sollte ein potentieller Lehrherr kein Material zur Verfügung haben, helfen auch Informationsbücher wie das »Handbuch der Großunternehmen« aus dem Hoppenstedt Verlag. Diese Werke gibt es in vielen Bibliotheken. Wer sich auch noch einen Einblick in die Branche des möglichen Ausbilders verschaffen will, kann bei den jeweiligen Arbeitgeberverbänden wertvolles Material bekommen. Solches Wissen hebt Kandidaten deutlich von Mitbewerbern ab.

Was Abiturienten während der Ausbildung verdienen

Die Zeiten, als Lehrlinge noch mit einem Handgeld abgespeist wurden, sind längst vorbei. So gilt heute ein Anfangsverdienst während eines Sonderausbildungsgangs von durchschnittlich 900 bis 1000 Mark im Monat als üblich.

Im Anschluß an eine erfolgreiche Ausbildung zahlen die Firmen ihren jungen Mitarbeitern Gehälter von etwa 3700 Mark im Monat. Nach den Erhebungen des Instituts der deutschen Wirtschaft verdienen die Spitzenleute rund 4000 Mark monatlich. Das geringste Anfangsgehalt liegt bei zirka 2300 Mark.

Was Hochschulabsolventen bei einer Bewerbung beachten müssen

Als frisch diplomierter Abgänger von Universität oder Fachhochschule gelten auch für Sie die in den vorhergehenden Kapiteln beschriebenen Richtlinien für eine aussagekräftige Bewerbung. Darüber hinaus gibt es aber noch eine ganze Reihe von Dingen, die Neulinge auf dem Arbeitsmarkt bei der Planung des Einstiegs beachten sollten.

Worauf Unternehmen bei Nachwuchsakademikern Wert legen

Das Institut für Berufs- und Ausbildungsplanung Köln GmbH (iba) hat zusammengestellt, was Firmen bei der Einstellung von jungen Akademikern besonders interessiert. Bei der Auswertung wird deutlich, daß es heute nicht mehr ausreicht, mit einem guten Diplom Ehre einzulegen. Persönlichkeit ist mindestens ebenso gefragt.

Das sind die Ergebnisse:

personenbezogene Merkmale	fachbezogene Merkmale	Zusatzqualifikation
1. Persönlichkeitsbild, Selbstdarstellung	1. Examensnote, Prädikatsexamen	1. Lehre, Praktika, erste Berufspraxis
2. Mobilität, Reisebereitschaft	2. Fachrichtung, Fächerkombination	2. Sprachkenntnisse
3. Initiative, Leistungs-, Einsatzbereitschaft	3. fachliche Qualifikation	3. DV-Kenntnisse

personenbezogene Merkmale	fachbezogene Merkmale	Zusatzqualifikation
4. berufliche Zielvorstellungen/Interessen	4. Studienabschluß	4. sonstige außeruniversitäre Aktivitäten
5. Altersgrenze (28 bis 30 Jahre)	5. Studienverlauf	
6. Lern- und Entwicklungspotential	6. Anwendungsorientierung im Studium	
7. Kontakt- und Kommunikationsfähigkeit		
8. Führungspotential		
9. Teamfähigkeit		
10. Durchsetzungs-, Überzeugungsvermögen		

Interessante Einstiegspositionen für Hochschulabsolventen

Nachdem immer mehr Unternehmen aller Branchen, Versicherungen und Kreditinstitute, Werbeagenturen und Unternehmensberater, in unterschiedlichen hausinternen Förderungsprogrammen auf den späteren Aufstieg vorbereiten, lohnt es sich für Sie mehr denn je, den Aufbau dieser Trimmkurse genau zu kennen, bevor Sie sich für eine solche Position bewerben.

○ *Traineeprogramme.* Solche Ausbildungen sollten mindestens sechs Monate dauern, aber auf jeden Fall nach maximal zwei Jahren beendet sein. Manche Unternehmen bieten ihren Trainees, die fast ausschließlich von den Hochschulen kommen, das klassische Traineeprogramm, also den geplanten Wechsel von Abteilung zu Abteilung. Andere wieder offerieren eine ressortübergreifende Ausbildung, bei der Sie in einer Abteilung Ihrer Wahl besonders intensiv trainiert und auch schon mit ersten kleineren Führungsaufgaben betraut werden. Überdies hat sich noch eine dritte Variante eingebürgert: die ressortbegrenzte Schulung mit einer speziellen Einarbeitungsphase in einem besonderen Gebiet, zum Beispiel im Verkauf, mit der anschließenden Spezialisierung auf den Außenhandel.

○ *Training-on-the-job.* Diese Einarbeitung in einen vorher festgelegten Bereich sollte, trotz der Fixierung auf ein Spezialgebiet, immer noch den Einblick in mindestens ein weiteres Ressort ermöglichen. Darüber hinaus müssen »Stippvisiten« im gesamten Haus auf dem Trainingsplan eines ausgefeilten Training-on-the-job-Programms stehen. Wer als Nachwuchsmanager solch eine Firmenausbildung durchläuft, wird meist schneller mit verantwortungsvolleren Tätigkeiten betreut als die Trainees. Die im ganzen Unternehmen ausführlicher getrimmten Kandidaten für den Aufstieg brauchen sich dafür bei möglichen späteren Abteilungswechseln nicht mit langfristigen Einarbeitungsprogrammen abzuquälen.

○ *Jobrotation.* Eine Vertiefung des Traineeprogramms bietet, so die Definition, »dieser zeitlich befristete Aufenthalt in verschiedenen Bereichen des Unternehmens zu Weiterentwicklung des Mitarbeiters«. Rund ein Jahr müssen die hoffnungsvollen Kandidaten in völlig unterschiedlichen Abteilungen von ihrer Qualifikation für höhere Weihen überzeugen. Allerdings bieten viele Firmen erst nach einer Einarbeitungszeit ein derartiges Förderprogramm. Eine aussichtsreiche Jobrotation kann bis zu fünf Jahren dauern und muß stets auf den Kandidaten individuell zugeschnitten sein.

○ *Vorstandsassistent.* Früher galten Jungakademiker, die sich zunächst als Helfer der Firmenchefs verdingten, gleich als deren designierte Nachfolger in der Zukunft. Die beschriebenen Alternativen zum Aufstieg, wie Traineeprogramme und Training-on-the-job, haben diesem Freifahrtschein ein wenig an Gültigkeit genommen. Gerieten doch die Assistenten zu oft in eine Karriere-Sackgasse. Vor der Unterschrift unter einen solchen Mitarbeitervertrag müssen Sie auf jeden Fall fragen, wie lange Sie auf dem Posten als Vorstandsadjutant bleiben sollen. In der Praxis gelten zwei bis drei Jahre als angemessene Zeit. Skepsis ist auch angebracht, wenn Ihnen die Firma ein eigenes Sekretariat und die Gleichstellung mit einem Abteilungsleiter anbietet. Das riecht nach Stabsstelle auf Lebenszeit. Planen Sie den notwendigen Wechsel vom Assistenten hin in eine verantwortungsvolle Linienposition oder in die Geschäftsführung einer Tochtergesellschaft möglichst früh. Ein Jahr vor dem anvisierten Aufstiegstermin müssen Sie die Weichen bereits stellen. Deshalb dürfen Sie während der Tätigkeit an der Seite des Chefs niemals den Kontakt zur Basis verlieren. Sie kommen sonst schnell in den Ruf eines Eigenbrötlers, der fernab vom betrieblichen Geschehen für seinen Vorgesetzten völlig unausgegorene Entscheidungen fällt. Eine Eigenschaft, die Sie für Führungsaufgaben disqualifiziert.

Selbst wenn Ihnen die Personalabteilungen die hauseigenen Nachwuchstrainings auch noch so schmackhaft machen, unterschreiben Sie nicht blindlings. Oft übernehmen die Ausbilder die Absolventen der Programme nicht. Lassen Sie sich aber nur auf einen unbefristeten Anstellungsvertrag mit den üblichen Kündigungsfristen ein. Bei renommierten Häusern brauchen Sie derlei Einschränkungen zwar nicht zu befürchten, der gute Ruf der Ausbilder führt aber zu einer riesigen Bewerberzahl für diese Förderprogramme. Bewerben Sie sich deshalb mindestens ein Jahr vor dem Ausbildungsbeginn. Interessierten Kandidaten schikken eine Reihe von Firmen detaillierte Broschüren über die Trimmkurse.

Wie Sie sich als Jungakademiker überzeugend präsentieren

Wer sich bisher noch nicht auf dem Arbeitsmarkt umgetan hat, muß bei seiner Bewerbung um einen möglichst interessanten Anfangsjob mit besonderem Fingerspitzengefühl agieren. Hängt doch von der richtig gewählten Einstiegsposition meist schon eine ganze Menge für die spätere Karriere ab. Die folgenden Tips helfen bei der ersten Präsentation Ihrer eigenen Person.

○ Gehen Sie nach der Zeit auf Universität oder Fachhochschule mit klaren Vorstellungen an die Suche nach dem ersten Arbeitsplatz. Fragen wie »Öffentlicher Dienst, Verbandstätigkeit, Unternehmensberatung oder Industrie?« müssen Sie schon lange vor der eigentlichen Stellensuche geklärt haben. Allzu große Flexibilität hilft in diesem Fall nicht. Im Gegenteil: Wer nicht schon genau geklärt hat, wo er später arbeiten möchte, verunsichert sich selber und macht damit die Entscheidung für einen Job zu einer zufälligen Wahl. Obendrein sind Ihnen manche Karrierewege, zum Beispiel mit dem Berufseintritt bei Land, Staat oder Stadt, verbaut. Gleiches gilt auch für die Auswahl einer möglichen Einstiegsbranche.

○ Beginnen Sie mindestens ein halbes Jahr vor Ihrem Examen mit Ihren Bewerbungsaktivitäten. Dazu können Sie oft die glänzenden Kontakte Ihrer Professoren zu interessanten Firmen nutzen. Scheuen Sie sich deshalb nicht, Ihre Lehrer mit derlei Wünschen zu konfrontieren. Große Firmen strecken ihre Fühler in letzter Zeit verstärkt schon direkt in den Hörsälen nach hoffnungsvollen Kandidaten aus. Beauftragte für die Rekrutierung reisen von Hochschule zu Hochschule, werben für ihr Unternehmen und führen dann auch gerne gleich ein erstes Gespräch mit möglichen Interessenten. Nehmen Sie sich also die Zeit, bei solchen Veranstaltungen zu erscheinen. Oft können Ihnen die Firmenvertreter ohnehin wichtige Tips für Ihren weiteren Werdegang geben, sind sie doch Tag für Tag mit einer ganzen Reihe von jungen Leuten und deren Stärken und Schwächen konfrontiert.

○ Verärgern Sie die Leser Ihrer Bewerbungsunterlagen nicht mit übermäßigen Forderungen. Wer sich bereits in zwei bis drei Jahren in leitender Funktion sieht oder voraussetzt, in kürzester Zeit mit seinen übergroßen Qualifikationen überzeugt zu haben, scheidet schnell aus dem Wettbewerb um eine Anfängerposition aus. Andererseits müssen Sie auch schon ein gesundes Maß an Selbstbewußtsein aufbringen, nachdrückliches Bitten überzeugt mögliche Arbeitgeber nun auch wieder nicht.

○ Renommieren Sie in dem Bewerbungsschreiben oder im Vorstellungsgespräch nicht mit für den Job uninteressanten Fähigkeiten. Gute Englischkenntnisse oder die Befähigung, die Grundzüge der Arbeit an einem Personalcomputer zu beherrschen, machen heute auch keine Personalabteilung mehr hellhörig. Sind solche Fähigkeiten doch mittlerweile ein schlichtes »Muß«, besonders wenn es um Kandidaten für das Management geht. Aktivitäten neben Ihrer Hochschulausbildung zählen dagegen bei der Auswahl. So sammelt ein Bewerber, der sich im Asta, bei der Aiesec, in den drei großen Parteien oder in Vereinen über seine einfache Mitgliedschaft hinaus noch eingesetzt hat, Anerkennung für seine Initiative.

○ Diskutierten Sie die Gehaltsfrage erst an zweiter oder dritter Stelle im Vorstellungsgespräch. Zu allererst müssen Sie sich über die betrieblichen Förderungsprogramme und die bisherigen Erfolge des Unternehmens bei der Ausbildung von Nachwuchsführungskräften unterhalten. Zu großes Interesse am Einkommen läßt Sie als einen Bewerber erscheinen, der an der eigentlichen Aufgabe und dem Unternehmen nicht interessiert ist.

○ Sollten Sie ein oder mehrere Löcher in Ihrem Lebenslauf haben, müssen Sie sich auf heftiges Nachfragen gefaßt machen. Antworten wie »Während dieser Zeit habe ich mir mal die Welt angeschaut« oder »Damals habe ich auf einem Trip durch die Vereinigten Staaten mein Englisch ein bißchen aufpoliert« überzeugen nicht. Auslandsaufenthalte eines interessanten Aspiranten auf einen Anfangsjob müssen in den Augen der Auswahlbeauftragten der Unternehmen immer etwas mit dem angestrebten Beruf zu tun haben. Da zählen dann Praktika, gezielte Sprachkurse im jeweiligen Land oder eine Zusatzausbildung an einer ausländischen Universität. Gute Gründe sollten Sie auch für die Frage nach einem eventuell besonders lang geratenen Studium auf Lager haben. Zwei Semester Verlängerung gelten noch als nicht unüblich, doch was darüber hinausgeht, macht mißtrauisch.

○ Versenden Sie Ihre Bewerbungsunterlagen ganz gezielt. Regelrechte »Postwurfsendungen«, die Tag für Tag in den großen Unternehmen und Beratungshäusern eingehen, erkennen die Experten sofort und senden das Material meist gleich ungeprüft wieder zurück. Besonderes Mißfallen erregen auch kopierte und schlampig verpackte Unterlagen.

○ Liegen Ihre Diplomnote und die übrigen Daten Ihrer Ausbildung deutlich über dem Durchschnitt, können Sie auch eine Suchanzeige in einer der großen Tageszeitungen oder einem Fachblatt schalten. Dabei brauchen Sie noch nicht einmal unter einer Chiffre-Nummer zu inserieren. Personalberater studieren die Offerten hoffnungsvoller Nachwuchsleute besonders gerne und wenden sich auch an derart Qualifizierte. Die Führungskräftemakler lesen die Lebensläufe von Jungakademikern ohnehin mit großer Aufmerksamkeit, obwohl sie immer wieder betonen, ausschließlich erfahrene Manager zu suchen. Riskieren Sie also ruhig ein Gespräch mit einem Berater. Die meisten werden Ihnen aufmerksam zuhören.

Was Hochschulabsolventen verdienen

Das Kölner iba-Institut hat die Anfangsgehälter der frisch diplomierten Absolventen von Universität und Fachhochschule im Jahre 1988 ermittelt. Demnach verdienten Wirtschaftswissenschaftler im ersten Berufsjahr zwischen 40000 und 65000 Mark. Spitzenleute mit hervorragenden Examen und Praktika konnten sogar Einkommen von rund 70000 Mark aushandeln. Diese Summen überwiesen in erster Linie renommierte Beratungshäuser an ihren glänzend ausgebildeten Nachwuchs.
Genauso groß wie die Bandbreite der Anfangsgehälter für Kaufleute mit akademischem Studium ist, sind auch die Unterschiede beim Einkommen für Ingenieure. Zwischen 40000 und 65000 Mark zahlten die Firmen ihren jungen Technikexperten und Informatikern im ersten Jahr.
Die Kölner Spezialisten fanden bei ihren Erhebungen auch noch den Grund für die großen Spannweiten bei den Startgehältern für Berufsanfänger heraus: Die Unternehmen belohnen unterschiedliche akademische Ausbildungsgänge, Fachrichtung, Promotion, Notendurchschnitt oder Examensnote mit höchst unterschiedlichen Zu- und Abschlägen. Eine Faustregel gilt allerdings schon seit einigen Jahren: »Wer von der Fachhochschule kommt, muß in den ersten Berufsjahren auf rund 5000 bis 6000 Mark Jahreseinkommen verzichten.« Später machen die unterschiedlichen Ausbildungsgänge keinen Unterschied mehr. Dann zählt nur die Leistung am Arbeitsplatz.

So stellen Jungakademiker die Bewerbungsunterlagen zusammen

Inhalt und Aufbau der Bewerbungsmappe unterscheiden sich im wesentlichen nicht von den Materialsammlungen bereits Berufstätiger. Die Unterlagen müssen demnach aus diesen Schriftstücken bestehen:

- Etwa eine Seite Anschreiben
- rund eine Seite tabellarischer Lebenslauf
- Lichtbild
- Kopie des Abiturzeugnisses und des Hochschulzertifikats
- wichtige Leistungsnachweise, die Sie für den ausgeschriebenen Posten qualifizieren
- Kopie der Lehr- und/oder Praktikantenzeugnisse

Wenn Sie sich als älterer Manager eine neue Stelle suchen

Führungskräfte, die mit 50 Jahren ihren Job verlieren oder aus persönlichen Gründen kündigen wollen oder müssen, stehen vor besonders großen Problemen. Aber Sie können diese Schwierigkeiten mit der richtigen Taktik meistern. Zum einen besteht die Möglichkeit, als sogenannter Manager auf Zeit (siehe Seite 258) zu arbeiten. Zum anderen brauchen Sie aber vor der Suche nach einem festen Arbeitsplatz auch als älterer Manager keine Angst zu haben, wenn Sie die folgenden Gebote befolgen.

- Vereinbaren Sie nicht zu überhastet und spontan einen Aufhebungsvertrag. Prüfen Sie vorher erst einmal Ihren Marktwert. Am besten geht dies durch Gespräche mit Beratern. Je schlechter die Aussichten auf einen neuen Job sind, desto höher muß die Abfindung ausfallen. Erörtern Sie dann auch die Möglichkeit, daß das Unternehmen Sie bei einem Wechsel unterstützt. Diese Hilfe nennt sich Outplacement-Beratung (siehe Seite 35).
- Betreiben Sie während der Arbeitslosigkeit keine allgemeine Weiterbildung. Nur Maßnahmen, die die seit Jahren erworbenen Kenntnisse in Ihrem Spezialgebiet erweitern, vergrößern Ihre Chancen auf eine Anstellung.
- Versuchen Sie über eine schriftliche Bewerbung hinaus mit dem Personalberater oder dem Unternehmen persönlichen Kontakt aufzunehmen. Nur so können Sie den üblichen Vorurteilen wegen Ihres Alters begegnen.
- Verlassen Sie sich nicht auf die formalen Absageschreiben von den Managermaklern oder den Personalchefs, fragen Sie nach den genauen Gründen für die Ablehnung. Das hilft Ihnen bei der nächsten Bewerbung.

○ Bieten Sie keinesfalls an, jede gestellte Aufgabe im neuen Unternehmen zu übernehmen. Zu große Einkommensnachlässe machen Gesprächspartner skeptisch und lassen sie an Ihrer Qualifikation zweifeln. Sie sollten allenfalls eine Stufe unter der ehemaligen hierarchischen Ebene wieder einsteigen, sonst ordnen Sie die neuen Kollegen als »abgehalfterten« Manager ein.

○ Betreiben Sie persönliches Marketing: Überlegen Sie genau, was Sie können und was Sie lieber nicht tun wollen. Klären Sie, welches Unternehmen Ihre Leistung brauchen kann. Häufig werden die Interessenten aus Klein- und Mittelbetrieben kommen. Deshalb sollten Sie Ihre Bewerbungen auch in erster Linie an solche Häuser schicken.

○ Bewerben Sie sich nicht als Allroundtalent. Besonders ältere Führungskräfte zeichnen sich durch fundiertes Wissen auf Spezialgebieten aus.

○ Verzichten Sie auf Floskeln, wie »kreativ« und »dynamisch« Sie trotz Ihres Alters noch sind. Diese Eigenschaften verlangen Unternehmen von Managern, die das 50. Lebensjahr überschritten haben, ohnehin nicht mehr an erster Stelle. Dort gilt Ihre Erfahrung als das wichtigste Gut, das man einkauft. Obendrein unterstreichen solche Bemerkungen Ihre Unsicherheit.

Wie Sie sich als Arbeitsloser bewerben

In weiten Kreisen der Gesellschaft gelten gerade arbeitslose Fach- und Führungskräfte immer gleich als gestrandete Taugenichtse. Gilt doch selbst in Zeiten flauer Konjunktur und ständiger Schreckensmeldungen der Statistiker der Bundesanstalt für Arbeit »Qualifizierte Fachleute gibt es niemals ausreichend«. Ein erfolgreicher Manager oder Spezialist wird in den Augen der Personalchefs in den Unternehmen einfach nicht arbeitslos.

Nur jungen Bewerbern sehen es die Kritiker schon einmal nach, wenn sie sich bei der Suche nach einem Arbeitsplatz getäuscht und daraufhin ohne einen neuen Vertrag gekündigt haben. Wer sich zur weiteren Qualifikation in eine langfristige Zusatzausbildung gestürzt hat, nach dem Ende des Trainings sich aber eingestehen muß, daß er die Marktchancen mit dem neuen Abschluß falsch berechnet hat, braucht sich ebenfalls nicht vor allzu großem Mißtrauen zu fürchten. Persönliche Gründe, zum Beispiel ein notwendiger Umzug, akzeptieren einsichtige Unternehmen gelegentlich schon mal bei älteren Bewerbern.

Die Vorurteile, die den Kandidaten ohne Arbeitsplatz entgegengebracht werden, führen bei vielen, besonders wenn sie schon längere Zeit auf der Suche sind, zu Selbstmitleid und Resignation. Eigenschaften, die eine aussichtsreiche Suche nach einem Job unmöglich machen. Aktiv sein heißt in dieser Situation die Devise. Planen Sie Ihren Bewerbungsfeldzug aber besonders genau, bevor Sie mit Ihrer Selbsthilfeaktion starten.

○ Hüten Sie sich vor dem Gefühl, durch die Arbeitslosigkeit seien Sie nun mit einem Makel behaftet, den man Ihnen sofort ansieht.

○ Versuchen Sie bei Vorstellungsgesprächen oder in Ihren Bewerbungsschreiben niemals, Ihre augenblickliche Lage zu vertuschen. Angeblich geschickte Formulierungen wie »Ich könnte sofort bei Ihnen anfangen« durchschauen Personalexperten sofort. Stehen Sie zu Ihrer Situation. Nur so können Sie sich auch angemessen präsentieren. Außerdem ertappt Sie ein möglicher Arbeitgeber bei Ihrem Schwindel spätestens dann, wenn Sie Ihre Lohnsteuerkarte vorlegen. Betreiben Sie auch in Ihrem Lebenslauf oder dem beruflichen Werdegang keine »Kosmetik«, sollte durch eine eventuelle frühere Arbeitslosigkeit ein Loch entstanden sein. Wer versucht, einen Kursbesuch oder einen möglichen Auslandsaufenthalt zum angeblichen Sprachenstudium als Lückenbüßer einzutragen, macht sich bei erfahrenen Personalberatern und Firmen verdächtig.

○ Erkundigen Sie sich nach möglichen Hilfen durch das Arbeitsamt. Sie müssen ja ohnehin wegen der Arbeitslosengelder mit der Behörde sprechen. Lassen Sie sich aber nicht gleich auf jeden Kurs oder jedes Weiterbildungsprogramm ein, die Ihnen die Beamten andienen wollen. Derartige Schulungen verschreibt Ihnen das Arbeitsamt recht gerne, denn die Auszubildenden stehen während des Lehrgangs nicht mehr auf der Arbeitslosenstatistik der Nürnberger Bundesanstalt für Arbeit. Ihnen bringen solche Seminare oft aber nur sehr wenig.

○ Präparieren Sie sich auf heftiges Nachfragen, warum Sie keine Stellung mehr haben. Es reicht nicht aus, zu sagen, Ihr Unternehmen habe Pleite gemacht. Ein Bankrott kommt in den seltensten Fällen über Nacht. Wer solche Entwicklungen in seinem Unternehmen nicht genau beobachtet und sich frühzeitig auf dem Stellenmarkt umschaut, muß dafür schon gute Gründe haben. Als genauso erklärungsbedürftig gilt ein Rationalisierungsprogramm in einem Unternehmen als Entlassungsgrund für einen Manager. Diesen Schrumpfprozessen fallen in den Augen vieler nämlich immer nur die schwachen Mitarbeiter zum Opfer.

○ Stellen Sie sich auf einen möglichen Umzug, einen wesentlich weiteren Anfahrtweg, einen Branchenwechsel oder einen zumindest kurzfristigen Stopp auf dem Weg nach oben ein. Arbeitslose müssen nämlich mit einem besonders hohen Grad an Flexibilität und Mobilität ausgestattet sein. Zu oft sind die Betroffenen nicht bereit, an einem eventuell nicht so hoch angesiedelten Arbeitsplatz anzufangen oder mögliche Gehaltseinbußen hinzunehmen. Größere Beratungsunternehmen bieten vorübergehend beschäftigungslosen Führungskräften gerne die Möglichkeit, als freier Mitarbeiter auf Honorarbasis oder als Festangestellter tätig zu werden. Scheuen Sie sich also nicht, Ihnen bekannte Consulting-Agenturen anzusprechen. Eine solche Mitarbeit gibt Ihnen die Möglichkeit, in zahlreiche Unternehmen hereinzuschauen und für einen Neuanfang die notwendigen Kontakte zu sammeln. Darüber hinaus können Sie Ihre Arbeitskraft Firmen auch für eine begrenzte Zeit offerieren. Eine Anzeige, die klar und deutlich darauf hinweist, daß Sie nur als Aushilfskraft arbeiten wollen, muß Ihnen als aktivem Stellungssuchenden die Sache allerdings wert sein.

○ Versuchen Sie nicht, möglichst viele potentielle Arbeitgeber zu kontakten. Sie verfallen dann sehr schnell in die Lage, mit dem Schreiben und Versenden Ihrer Unterlagen nicht mehr hinterherzukommen. Die Folge sind dann unweigerlich pauschal formulierte Bewerbungsbriefe und Standard-Lebensläufe, die Sie womöglich auch noch kopieren. Mit derartigen Massenbewerbungen erregen Sie nirgendwo Interesse. Sie müssen in Ihrer Situation unbedingt die Energie aufbringen, jeden Brief speziell auf das angesprochene Unternehmen zuzuschneiden und in Ihrem Lebenslauf und dem beruflichen Werdegang besonders auf

Ihre Qualifikationen für die jeweilige Position hinweisen. Damit überzeugen Sie auch mögliche Vertragspartner, wie genau Sie sich mit dem Stellenangebot beschäftigt haben.

- Sprechen Sie unbedingt Bekannte, ehemalige Kollegen, Kunden oder Lieferanten auf mögliche Chancen an. Diese Leute kennen Sie und Ihre Fähigkeiten recht genau. Über solche Wege wird immerhin fast jede fünfte ausgeschriebene Position besetzt.
- Verlassen Sie sich bei der Suche nach einer neuen Stelle niemals auf nur einen Bewerbungsweg. Sie müssen alle Gelegenheiten nutzen, wieder in ein Unternehmen eintreten zu können. Wie und wo Sie sich bewerben können, steht in diesem Buch genau beschrieben.

Wie Sie sich als Manager auf Zeit bewerben

In der Bundesrepublik gelten ältere, erfahrene Manager, die sich für einen zeitlich begrenzten Einsatz in einem kleineren oder mittleren Unternehmen bewerben, oft noch als verkrachte Existenzen. Dabei sind die Hilfeleistungen der altgedienten Krisenkiller, Experten für kurzfristig zu lösende Spezialaufgaben oder Vertreter bei Personalengpässen in den oberen Unternehmensetagen in anderen Ländern schon seit Jahren höchst willkommene Helfer.
Schuld an diesem schlechten Ruf sind denn auch meist die potentiellen Mietmanager selbst. Ihre Bewerbungsschreiben und ihr Auftreten bei den Vorstellungsgesprächen lassen sie schnell als gescheiterte Wesen erscheinen. Dabei gibt es, so die Meinung von Personalchefs und Unternehmensberatern, genügend Bedarf für geeignete »Feuerwehrleute«. Wer sich also im Alter von etwa 50 bis 55 Jahren nicht mehr langfristig an ein Unternehmen binden möchte, sich aber gleichzeitig noch fit für ständig wechselnde Herausforderungen fühlt, kann als Manager auf Zeit Hervorragendes leisten. Jüngere Kandidaten haben allerdings bei der Besetzung solcher Kurzzeitposten wenig Chancen, es sei denn, sie haben sich bei ganz bestimmten Aufgaben, wie der Lösung von Software-Problemen, einen Namen gemacht.
Der Job als Nothelfer erfordert von Ihnen neben außergewöhnlichem fachlichem Können auch Flexibilität, einen hohen Grad menschlichen Einfühlungsvermögens, hundertprozentiges Selbstvertrauen und ein überzeugendes Auftreten. Können Sie mit derlei Eigenschaften aufwarten, steht einer Bewerbung nichts mehr im Weg. Damit Sie nicht bereits beim Vorstellungsgespräch scheitern, gilt es einige Punkte genau zu beachten.

○ Dienen Sie sich niemals in langen Bewerbungsschreiben als Krisenkiller oder Allzweckwaffe für alle nur erdenklichen Aufgaben an. Solche Kandidaten kommen sofort in den Ruf, mit allen Mitteln, auch wenn es nur für kurze Zeit ist, einen neuen Posten zu suchen. Beratungsunternehmen und Banken sind in erster Linie an Branchenspezialisten interessiert. Sprechen Sie lieber mit einem Personalberater über Ihr Vorhaben, in Zukunft als Manager auf Zeit tätig zu werden. Denn immer mehr Beratungshäuser stellen sich flexible und qualifizierte Einsatzkommandos für kurzfristige Aufgaben zusammen. Sie werden dann als freier Mitarbeiter in die Kartei aufgenommen oder können auch als hochbezahlter festangestellter Nothelfer arbeiten.

○ Überprüfen Sie vor der Unterschrift unter einen Vertrag als Zeitmanager – sei es als freier Mitarbeiter oder angestellter Experte – Ihr finanzielles Polster. Nur wer die nötigen Mittel hat, auch einmal eine ganze Zeit ohne Auftrag zu leben, kann ein begehrter Leihchef werden. Bei der Bewerbung werden viele potentielle Auftraggeber ohnehin indiskrete Fragen stellen: Sie schließen nämlich von Ihrer finanziellen Situation auf Ihre Karriere in früheren Jahren. Je besser Sie abgesichert sind, desto interessanter werden Sie.

○ Lassen Sie sich nicht auf einen Vertrag ein, der Sie über längere Zeit während fünf Tagen pro Woche verpflichtet. Vier Tage Service sind optimal. Sie können sich dann besser nach dringend nötigen Anschlußaufträgen umsehen.

○ Drängen Sie immer auf den Abschluß eines Dienstvertrags. Damit übernehmen Sie keine Garantie für eine erfolgreiche Arbeit. Ein Werkvertrag verpflichtet Sie hingegen zum Erfolg.

○ Verpflichten Sie sich nicht für jede Aufgabe. Prüfen Sie genau, in welch mißlicher Lage das Unternehmen wirklich ist. Wer allzu leichtgläubig in ein völlig heruntergewirtschaftetes Unternehmen einsteigt, wird in der Branche sofort als Versager disqualifiziert.

○ Sind Sie als Geschäftsführer vorgesehen, muß Ihre Kompetenz auf jeden Fall im Handelsregister dokumentiert werden. Ohne solche Vollmachten können Sie im Unternehmen nichts bewegen. Ihr Scheitern ist programmiert.

○ Lassen Sie sich nach Abschluß Ihres Auftrags immer ein Zeugnis ausstellen. Solch ein Zertifikat gilt zukünftigen Kunden als ausgezeichnete Referenz. Allerdings muß in dem Gutachten der Hinweis enthalten sein, daß Sie nur befristet in der Firma tätig waren. Sie kommen so nicht in den Verdacht, sich im Unfrieden getrennt zu haben.

○ Lassen Sie sich bei Abschluß des Vertrags niemals auf eine Konkurrenzklausel ein. Sie katapultieren sich so selber aus dem Markt. Denn gerade Branchenerfahrung bürgt für die hohe Qualität einer Leihführungskraft in Klein- und Mittelbetrieben.

Wie sich diplomierte Offiziere auf eine Bewerbung vorbereiten

Ex-Offizieren der Bundeswehr fällt es oft schwer, Führungspositionen in der Wirtschaft im Sturmschritt zu erobern. Sie können sich aber als ehemalige Uniformträger mit einem Diplom von einer der beiden Bundeswehr-Hochschulen in München oder Hamburg und einem zusätzlichen Training auf den Wechsel in die freie Wirtschaft vorbereiten. Einige Unternehmensberater, wie zum Beispiel die Hamburger SCS Personalberatung, helfen den Umsteigern mit Spezialkursen beim Umstieg.
In diesen Seminaren werden die ehemaligen Soldaten insbesondere auf die folgenden Punkte aufmerksam gemacht:

- *Informationsbeschaffung.* Die Kenntnisse über mögliche Berufe sind bei Bundeswehrangehörigen längst nicht so systematisch und umfassend, wie dies bei ihren meist jüngeren Wettbewerbern von den öffentlichen und privaten Hochschulen der Fall ist. Deshalb müssen sich die Offiziere noch vor ihrer Bewerbung mit bestimmten Berufsbildern und deren Anforderungen auseinandersetzen.
- *Stärken- und Schwächenanalyse.* Bei der Truppe sind Qualitäten wie Charakterstärke, Stehvermögen, Disziplin und Leistungsbereitschaft gefragt. Diese Eigenschaften zählen auch in der Wirtschaft. Für die Soldaten gilt es, sich über Stellenwert und Einsatzmöglichkeiten ihrer fachlichen und persönlichen Qualifikation klar zu werden. Darüber hinaus müssen sie sich mit Führungseigenschaften wie Mitarbeitermotivation und Teamfähigkeit vertraut machen, die in ihrem Aufgabenbereich eine große Rolle spielen.

○ *Bewerbungstaktik.* Die ausscheidenden Offiziere haben meist kaum Informationen, wie der Einstieg ins normale Berufsleben am sinnvollsten zu vollziehen ist. Ihre Erfahrung, sich und ihre bei der Bundeswehr erworbenen Fähigkeiten gegenüber der Wirtschaft darzustellen, ist gering. Durch ein gezieltes Training lernen sie es, sich ihrer Stärken bewußt zu werden und sich schon beim Einstellungsgespräch von der besten Seite zu präsentieren. Dies gilt insbesondere für Qualitäten, die ehemalige Uniformträger von ihren Konkurrenten unterscheiden.

○ *Markterschließung.* Um Informationen über die Lage auf dem Arbeitsmarkt und seine speziellen Segmente haben sich die Offiziere mit Hochschulabschluß meist nur wenig gekümmert. Auch ist dieses Wissen über den eigenen Marktwert notwendig, um ein Scheitern der Umsteiger zu vermeiden.

○ *Selbstbestätigung.* Gelegentlich werden die ehemaligen Angehörigen der Bundeswehr mit heftigen Vorurteilen gegenüber dem Berufsbild des Offiziers konfrontiert. Um einer Verunsicherung vorzubeugen, empfiehlt es sich, überzeugend, aber emotionsfrei, selbstbewußt, aber mit Verständnis für kritische Gegenpositionen argumentieren zu lernen.

Sie sollten sich als Soldat auf dem Weg in die Wirtschaft, wenn Sie keinen Einstiegskurs buchen wollen oder können, auf jeden Fall mit den genannten Voraussetzungen für eine erfolgreiche Bewerbungskampagne intensiv auseinandersetzen. Selbst wenn Sie sich diese wichtigen Punkte auch nur bewußt machen, werden Sie sich bei der gerade für Ihre Gruppe oft noch besonders problematischen Suche nach einem adäquaten Arbeitsplatz wesentlich leichter tun.

Was Sie beim Einstieg beachten müssen

Mit der Unterschrift unter den neuen Arbeitsvertrag sind die Beschwernisse eines Unternehmenswechsels noch längst nicht beendet. Denn jeder neue Job ist voller Fallen. Langjährige Mitarbeiter fürchten die Zusammenarbeit mit dem Neuen, hätten lieber einen Kollegen aus dem Hause auf dem Stuhl gesehen, oder – viel schlimmer noch – sich selber. Gleichzeitig gehören die Vorgesetzten zu den scharfen Beobachtern. Das alles gilt aber nicht nur für Umsteiger. Auch für Berufsanfänger wird der Eintritt in ein Unternehmen zu einem riskanten Geschäft. Dieses Risiko läßt sich aber leicht minimieren.

○ *Unterschreiben Sie den Vertrag nicht voreilig.* Immer wieder wenden sich enttäuschte Führungskräfte oder aufstiegswillige Nachwuchsmanager an die Personalberater: Sie bereuen ihren Entschluß, gerade in dieses Unternehmen eingetreten zu sein. Der Grund: Die Firma hat ihnen nicht alles über Marktlage oder die Gesamtsituation gesagt. Fordern Sie deshalb kurz vor Vertragsabschluß den Einblick in die Gewinn- und Verlustrechnung, wenn vorhanden, in die Welt- oder Europabilanz, lassen Sie sich über die Produktchancen informieren und schauen Sie in den Bericht des Wirtschaftsprüfers. Ein faires Unternehmen wird Ihnen diese Unterlagen selbstverständlich präsentieren.

○ *Schauen Sie sich vor Ihrer Entscheidung auch das Unternehmen an.* In den Suchanzeigen oder den Chefetagen legen die Unternehmen großen Wert darauf, den Betrieb in den schillerndsten Farben darzustellen. Darauf dürfen Sie sich aber keinesfalls verlassen. Schauen Sie sich intensiv die Werkhallen an, denn selbst hinter der modernsten Fassade steckt häufig ein veraltetes Produktionsverfahren. Inspizieren Sie deshalb auch die Büros der Sachbearbeiter und Sekretärinnen sowie Ihren zukünftigen Arbeitsplatz. Einrichtung und Zustand sagen etwas über die Firmenkultur aus, auch darüber, ob am falschen Ende gespart wird.

○ *Informieren Sie Kunden und Branchenkollegen von Ihrem Wechsel.* Auch in dem neuen Unternehmen dürfen Sie den Kontakt zu alten Kunden, Geschäftsfreunden und Kollegen keineswegs abreißen lassen. Ein pfiffig formuliertes Schreiben oder ein Telefonanruf bei einigen Ehemaligen reicht schon aus, ihnen von Ihrem Umstieg zu berichten. Vergessen Sie auch nicht, Ihre neue Firmenanschrift den Lieferanten Ihrer Branchenkenntnisse, wie Verlegern oder Tagungsveranstaltern, mitzuteilen. Gleiches gilt für Weiterbildungsinstitute, mit denen Sie gute Erfahrungen gemacht haben.

○ *Erwerben Sie frühzeitig Branchen-Know-how.* Lange Einarbeitungszeiten können Sie sich als Führungskraft nicht leisten. Aber auch Nachwuchskräfte müssen ihre Qualitäten möglichst schnell beweisen. Schon ab dem ersten Tag in der neuen Firma werden Sie voll gefordert. Besorgen Sie sich deshalb schon einige Monate vor Eintritt in das Unternehmen alle wichtigen Spezialkenntnisse über die neue Branche. Fachzeitschriften und die entsprechenden Verbände verschaffen zumindest einen guten Überblick über die Branchenprodukte.

○ *Entwickeln Sie eine Strategie für Ihre zukünftigen Aufgaben.* Nach Vertragsabschluß können Sie von Ihrem zukünftigen Chef guten Gewissens Interna, die gerade für Ihr Aufgabengebiet wichtig sind, erbitten. Machen Sie sich kundig, wie die Produkte in den letzten Jahren am Markt lagen und was das Unternehmen für künftige Aktionen investieren will. Damit lassen sich Verkaufs- und

Entwicklungspläne vorbereiten. Sie sollten sich dabei der Vorgehensweisen erinnern, die Sie zum Erfolg geführt haben. Versuchen Sie nicht, unbekannte Methoden anzuwenden. Ihr neuer Chef hat Sie ausschließlich wegen Ihrer persönlichen Qualifikation eingekauft.

○ *Nehmen Sie schon frühzeitig an Konferenzen teil.* Wer zur Jahresmitte einen Vertrag mit dem Eintrittstermin 1. Januar abschließt, tut gut daran, möglichst früh an den Planungsgesprächen für die Zeit nach seinem Eintritt teilzunehmen. Sie können dabei dann wichtige Informationen für die Vorbereitung auf den neuen Job erfahren. Drängen Sie aber nicht zu sehr zu solchen Konferenzen. Manche Unternehmen halten solche Aktionen Ihrer zukünftigen Mitarbeiter für zu aufdringlich.

○ *Sprechen Sie mit Mitarbeitern, Kollegen und Vorgesetzten.* Versuchen Sie nicht, sich als dynamischer Erneuerer zu profilieren, bevor Sie Chefs, Mitarbeiter und Kollegen kennen. Sonst sind selbst die bestgemeinten Aktionen von vornherein zum Mißerfolg verdammt. Und nehmen Sie sich genügend Zeit für solche Gespräche. Fragen Sie Ihre Mitarbeiter auch, was Sie von Ihnen alles erwarten und was für Qualitäten oder Fehler der alte Chef hatte. Prüfen Sie die Vorschläge Ihrer Untergebenen besonders sorgfältig. Sie kennen sich im Unternehmen besser aus und können Ihnen wertvolle Tips für eine erfolgreiche Arbeit geben. Mit den Kollegen in anderen Abteilungen müssen Sie sich schnell über die Formen der zukünftigen Zusammenarbeit einigen.

○ *Polieren Sie Ihre Sprachkenntnisse rechtzeitig auf.* In den ersten drei Monaten haben die Unternehmen nichts dagegen, junge Mitarbeiter für den Besuch von Sprachkursen freizustellen. Mit Begeisterung quittieren sie solche Wünsche gerade bei Führungskräften jedoch nie. Buchen Sie Ihre notwendige Weiterbildung also schon vor dem

Eintritt in die Firma. Dann sind die Personalchefs auch eher bereit, sich an den Kurskosten zu beteiligen. Einen Englischkurs mag jedoch heute kaum ein Weiterbildungsbeauftragter in den Betrieben mehr subventionieren. Gehört doch gerade diese Sprache heute zum Basiswissen.

○ *Verhalten Sie sich anfangs besonders zurückhaltend.* Nichts macht neue Kollegen unbeliebter, als deren oft übertriebene Arbeitswut und deren Drang, alles auf den Kopf zu stellen. Verhalten Sie sich deshalb in den ersten drei Monaten an Ihrem neuen Schreibtisch besonders zurückhaltend. Die Firma verlangt zwar von Ihnen einen Ideenschub. Verkaufen Sie Ihre Gedanken aber in aller Bescheidenheit, und hören Sie besonders gut zu. Können Sie Ihre Kreativität mit den Erfahrungen Ihrer Kollegen in Einklang bringen, dürfen Sie die Zurückhaltung langsam aufgeben.

○ *Konsultieren Sie Ihren Personalberater.* Ein erfahrener Führungs- und Nachwuchskräftemakler kennt seine Auftraggeber und deren hierarchischen Aufbau sehr genau. Überdies wirbt die Branche sehr gerne mit Hilfeleistungen in der Einarbeitungsphase ihrer ehemaligen Bewerber. Nehmen Sie die Berater also beim Wort.

Capital
RATGEBER
JOACHIM MERKL
Finanztips für Freiberufler und Selbständige
Steuern sparen
Investieren
Vorsorgen
MOSAIK VERLAG

Capital
RATGEBER
DR. HORST HAMANN
Hausbau und Immobilienkauf
So machen Sie es richtig
MOSAIK VERLAG